新 潮 文 庫

金春屋ゴメス

西條奈加著

新 潮 社 版

8531

金春屋ゴメス

十三夜の月に照らされた濡《ぬ》れ縁《えん》に、黒いしみが浮いていた。

煙管《きせる》の灰を落としたようなそのしみが小さくゆれて、存外大きな音で鳴きはじめた。

縁に座した影が、口の中で呟《つぶや》いた。

「蟋蟀《こおろぎ》か」

その一匹と競い合うかのように、ふくらんだ虫の音が庭を包み込んだ。夏のあいだ伸びるにまかせた雑草が生い茂り、さながら廃墟《はいきょ》か化け物屋敷のような荒れ果てた庭だが、秋の深まったいまは、草むらに点在する桔梗《ききょう》や藤袴《ふじばかま》が風にゆれ、それなりに風《ふ》情《ぜい》があった。廊下をこちらに向かってくる小さな足音に、縁側の蟋蟀がぴたりと翅《はね》の震えをとめた。

「お飲みになりませんか、親分」

壮年の男が、一升徳利をかるく持ちあげてみせ、

「気がきくじゃねえか」

野太い声が応じた。庭に向かってどっしりと胡座《あぐら》をかいた輪郭は、小山のようだ。身の丈六尺六寸、目方四十六貫の体軀《たいく》は、中肉中背といった背格好の手下がならぶと、その大きさがいっそう際立《きわだ》った。

茶碗《ちゃわん》に注がれた酒を一息であおり、いかにも旨《うま》そうに酒くさい息を吐く。大ぶりの湯呑《ゆの》みが、厚ぼったい手の中で妙にちんまりと猪口《ちょこ》のように見える。すかさず徳利に手を伸ばした手下を制し、手酌でなみなみと茶碗に注いだ。

「首尾はどうだ」

庭に目を据えたまま、親分が訊《たず》ねた。

「みなにあたらせてはおりますが、まだ目鼻がつきません」

「おめえの在所の伝手はどうした」

「弟に調べさせてはいますが、おそらく無駄でしょう。ですが」

手下は口をつけようとしていた茶碗をおろし、わずかに身を乗り出した。

「探していた男が見つかりました。先《せん》に話した奴《やつ》なんですが、覚えていますか」

一呼吸おいて、親分が答えた。

「十四、五年前に江戸をずらかって、行き方《がた》知れずになったたって男のことか」

「そうです。最初のうちは便りがきていたんですが、かみさんと別れたあとはぷっつり途絶えて十年以上も音沙汰《おとさた》がありませんでした。かみさんは四年前に亡《な》くなったようです」

「ふん、で、なにかわかったのか」

手下が首を横にふった。「いいえ、新しいことはなにも出てきませんでした」

親分の口から、不満げなため息がもれた。

「ただ……」手下がためらいを見せた。「奴の倅《せがれ》が役に立つのではないかと申しております。倅を江戸に入れてお役に立てて欲しいというのが、奴の願いです」

顔をしかめた親分が、どてらの襟に埋もれた短い首の裏をぼりぼりと掻《か》いた。

「その倅は使えねえって、おめえが言ったんだぜ」

「おっしゃるとおりです。奴の一家が江戸を出たとき倅は数えの七つでしたが、江戸にいた頃のことはまるで覚えていないと、奴が手紙で嘆いてました」

「それじゃ、まるきり使えねえじゃねえか」

そっぽをむいた親分の背後で、手下は膝《ひざ》においた茶碗に目を落とした。茶碗の中で、酒に映った月がゆれていた。

「その男は、長の酒がたたって肝の臓をやられ長くないということです。己が無理なら、せめて倅に……」

「いい加減にしねえか」

親分が面倒くさそうに手下の言葉をさえぎった。

「おれにお涙頂戴《ちょうだい》は通用しねえってわかってんだろ。いまのご時世じゃ、倅の江戸入りはまず叶《かな》わねえ。並のやり方じゃ、江戸に入るまで何年もかかっちまう」

「それは奴も承知しております。なんとか急ぎの江戸入りをおたのみできないかと……」

「与太ぁとばすんじゃねえ。役立たずに便宜をはかれってのか」

声には苛立《いらだ》ちがはっきりと現れていた。

「江戸へ来れば、在所に連れていけば、思い出すかもしれません」

縁に手をついて、手下が食い下がった。

いつにないしつこさに腹が立ち、怒鳴りつけるつもりで親分が手下をふりむいた。が、口を真一文字に結んでこちらを見上げる手下の目の中に、強い光を認めると、珍しいものを見たというふうに細い目をぱちぱちと瞬《しばた》かせた。怒気を含んでひとまわりふくらんでいた巨体が、風船の息がもれるように急速に萎《しぼ》んでゆく。

「おめえ、何むきになってんだ」

手下は黙って顔を伏せた。常には温厚で実直、なにかあれば冷静に事にあたる、一の子分であった。めったに感情を表に出さぬこの男には、ひどく稀《まれ》なことだった。

「おめえのわけなんかに興味はねえがな」

視線をまた庭に戻すと、親分は丸太のような腕を煙草盆《たばこぼん》に伸ばした。くわえた長煙管を一息深く吸い込んで、豪快に煙を吐く。風はほとんど感じられないのに、白い煙は左に流れていく。

「わかったよ、倅を江戸に入れるよう手をまわしてやる」

仕方がねえな、といった口調だった。

手下は、「恩にきます」とだけ言って、深々と頭を下げた。

「断っとくが、穀潰《ごくつぶ》しにゃ用はねえ。その倅が忘れたってぇなら、殴ってでも思い出させろ。七つならなにか覚えてていいはずだ。駄目ならまた江戸からたたき出すからな」

「それでようございます」

手下がまた平伏した。

煙管にたたかれた竹筒が、カン、と鳴り、灰がぽそりと中に落ちた。風が出てきたのか、木々の高い梢《こずえ》がさわぎ、月に薄く雲がかかった。それまで黙り込んでいた蟋蟀が、親分の膝先でまた鳴きはじめた。

「そういや、あすこへ行ったおめえの妹は、達者か」

しばらくのあいだ流れていく雲を見送っていた親分が、月を顎《あご》でしゃくってみせた。

「正月に賀状が来たっきりで。まあ、なんとかやってるみたいです」

言われて手下も空を仰いだ。二人の背にある障子戸に、大きな影と小さな影がならんで映っていた。

「あのお月さんに人が住んでるなんて、嘘《うそ》みたいな話ですね」

「おめえの妹が行った頃はまだハシリだったがな、ここんとこはずみがついて、人も物もどんどん流れてるそうだ。近頃じゃ、地球の裏側へ行くより早いって評判よ」

「ずいぶんとお手軽になりましたね。妹からはじめてきいたときには、よくあんなところに住む気になるもんだとあきれましたが」

「最新設備の安心快適空間が売り文句だ」

「なんだか、まがい物くさい話ですね」

「いまの時代、この江戸のほうがまがい物なんだろう」

苦いものでも噛《か》んだように、親分が呟いた。

風がいちだんと強くなってきた。萩《はぎ》の細い枝が風にあおられ、真横になびいた。

流れてきた大きな雲が月をさえぎり、庭の景色が闇《やみ》に沈んだ。

モニターをつけるといきなり、七三分け、黒縁メガネの男のアップだった。最近やたらと見かけるレトロ趣味だが、寝起きに見たい代物《しろもの》ではない。

「佐藤辰次郎《さとうしんじろう》様でいらっしゃいますか」

営業用の、つるんとした妙に甲高い声だ。

「そうですが……」

迷惑コール防止装置はつけていたはずだが、と考えながら、辰次郎はうさんくさいものを見る目つきで男をながめた。なんのセールスかと構えていたが、男は高い声をさらに半オクターブほど上げて、こう言った。

「おめでとうございます。このたび江戸への入国が許可されました」

「えっ、うそっ!」

思わず口から出てしまった。

「信じられないのも無理はありません、なにしろ三百倍の競争率ですからね。ですが正真正銘、佐藤様の永住ビザが発行されました」

ほらこのとおり、というように、七三男は自分の顔の前に広げてみせた。

「……それ、なんて書いてあるんすか」

　A4を横にしたくらいの紙に縦書きに、コンビニでよく見るヒジキサラダの切れっ端が踊っている。およそビザというイメージにはほど遠い。

「すみません、私も読めないんです」

　だらしのない答えが返ってきた。

「江戸の人でも読めないんですか？」

　休みの朝にたたき起こされた腹いせに、辰次郎はわかりやすい皮肉を言ってやった。

　だが、男のすまし顔はかわらなかった。

「私は江戸人ではありません。江戸の入出国の際、こちら側の一切の事務手続きをまかされている管理局の者でして、正真正銘の日本人です」

　どうも正真正銘が好きな奴らしい。

「江戸へ入国する際には、いくつか条件がございまして……」

「ちょ、ちょっと待って」

　辰次郎はあわててさえぎった。淀《よど》みなく同じペースでしゃべる、こういう奴は苦手だった。口をはさむきっかけがつかめず、いつまでも相手の話を拝聴することになる。調子を乱されて、七三はちょっと気分を削《そ》がれたらしい。右眉《みぎまゆ》の内側に一本皺《しわ》が寄った。

「なにか」

「あの、永住ってことは、ずっと住むってことですよね」

「そういうことです」

広辞《こうじ》苑《えん》をひいてから出直して来いというような、冷淡な口ぶりだ。

「向こうに行ったら、なかなか帰って来られないと」

「最低滞在期間の六ヶ月を過ぎれば、原則として江戸から日本へ戻るのは自由です。ただし一度戻ると再入国はできませんのでご注意ください」

「どうして？」

「江戸への入国は、一度だけしか許されておりません。それが江戸の規則です」

『規則』には納得がいかないが、一つだけわかったことがあった。江戸生まれの辰次郎は入国できても、江戸を出てきた日本人の父は二度と江戸には入れないということだ。

「でも、なんで一回なんすか？」

「やはり江戸が鎖国を敷いているためでしょう。一般人が気軽に行き来しては鎖国の意味がありませんから。ビジネスや観光目的の短期入国も許可されておりません」

ちなみに、と言いおいて、七三は言葉を続けた。

「江戸と日本の出入国人数は、ほぼ同数になるよう調整されております。最近は江戸からの出国者が少ないために、その分新規入国者はかなり制限されて、希望者の数にくらべるとほんのわずかな人数です。競争率は自然と宝くじ的な倍率になりますので、今回佐藤様が永住ビザを取得されたのは、ラッキーとしか言いようがありません」

七三は、この素晴らしい幸運に手放しで喜ばない辰次郎が不満のようだ。

江戸生まれの者は、出国後五年以内は帰国とみなされて、この抽選が免除されるらしいが、出国して十五年の自分は、自動的に『新規入国者』に組み込まれるのだろう、と辰次郎は解釈した。

「あのー、国籍はどうなるんでしょう」

七三は怪訝《けげん》な表情で辰次郎を見た。

「国籍はもちろん、日本国籍のままですが……。ひょっとして、そのあたりのこともご存知ありませんか」と、大げさにあきれてみせる。

「ええ、まったく」

七三の露骨な態度にムカッ腹を押さえるのは、努力が要った。

「江戸は三十年前、独立国家を宣言致しましたが、国際的には認められておりません。

いまどき鎖国を敷く専制君主国家など、世界が承認するはずはございませんから。現在は日本の属領の扱いに留まっております。江戸を国として扱っているのは、あくまでも日本側の好意です。ですから江戸人は皆、国際的には日本国籍を持った日本人というわけです」

「はあ、なるほど」

辰次郎は間抜けな相槌《あいづち》を打ちながら、そういえば中学か高校の歴史の教科書に、『江戸は日本の属領です』と書いてあったのを、ぼんやりと思い出した。

ようやく黙った辰次郎に、これ幸いと七三は本題に戻った。

「永住ビザの権利は一ヶ月有効です。その間によくお考えください。江戸への入国は三月の予定です。お仕事のことなどもあるでしょうし……ああ、佐藤様は大学の二年生でしたね。休学・退学の手続きは、こちらでさせていただきますのでご心配なく」

手続きのことなど、別に『ご心配』はしていない。それより祖父母のことが気がかりだった。とりわけ祖父の反対は目に見えている。自分の江戸行きで祖父の寿命を縮めるのは、辰次郎としても寝覚めが悪い。

「もちろん権利放棄はご自由です。権利の売買はできませんので、念のため。ここまでで何かご質問はございますか？」

質問というより相談にのって欲しいところだが、七三に話すくらいなら自販機相手のほうがまだましだ。少なくとも飲み物はサービスされる。

「江戸入国の際には、色々と注意事項がございまして」

七三は黒縁メガネのフレームを持ちあげた。本題に戻ってほっとした表情が窺《うかが》える。

「まず荷物は基本的には、洋服も含めて持ち込み禁止です」

「裸で行くわけ?」

「日本の出国ゲートで着物に着替えていただきます。洋服ではいけませんので」

「あ、そういうことですか」

「金銭も不可です。江戸では日本の通貨は一切使えませんので。日本円はこちらの銀行口座に預けておけばいいでしょう」

「むこうで無一文で暮らせっての?」

「当面のあいだ、仕事と衣食住はすべて世話をしてもらえるそうです」

ホーム・ステイか、ワーキング・ホリデーと考えればいいのだろうか。

「携帯は?」

辰次郎の必須《ひっす》アイテムだ。これで一人用の娯楽はたいがいカバーできる。

「もちろんいけません。なにより電化製品は一切使用できません。電気が通っていませんから」

　いまどき地球上にそんな場所があるなんて、信じられない。ゲーム、マンガ、映像ソフトに音楽データ。思いつくままならべたてた娯楽グッズは、七三にことごとく却下された。半分やけになって、辰次郎はできる限りの抵抗を試みた。

「食い物は？　ポテチとかカップラーメン、フリーズドライのハンバーガー」

「いけません。江戸の法令にひっかかります」

「薬は？　胃腸薬とか」

　七三はそれも駄目だと言う。

「病気になったらどうすれば……」

「江戸にもいちおう医者はいます。といっても最新設備はありませんから気休め程度でしょう。東洋医学や本草学が盛んなようですが、自然治癒が基本ということです」

　他人事《ひとごと》だと思って、恐ろしいことを平気で言う。

「ただ一つの応募条件がウイルスチェックなのですから、医療については期待できないということでしょう」

　七三が言うように、確かに応募の際に義務づけられていたのは、数十種ものウイルスに関するオールフリーの証明書だけだった。一方で通常の健康診断書は不要なのだから、そのあたりの感覚は理解できない。

「そうだ、コンタクト。これがなきゃなにも見えない」

「それも不可です。出発前にレーザー治療を行ってください。あと歯医者も忘れずに行って、虫歯はすべて治療したほうがいいでしょう。虫歯菌除去剤もオススメです」

愛用の枕《まくら》は、思いついたが言うのをやめた。辰次郎もさすがに疲れてきた。

「友達との映像メモリ」

「だから電化製品は……」

「せめて写真くらい」

「江戸には写真もありません」

辰次郎は、なんだかだんだん切なくなってきた。

「おふくろの形見も……だめですか」

七三ののっぺり顔が、はじめてかすかに動いた。

「そうですね、品物にもよりますが、小さくて自然素材の物であればあるいは……」

「そうだ！　木でできた鳥のオモチャならどうですか」

本当は木彫りの鳥のことなど、いまのいままで忘れていた。おそらく七三に対して意地になっていたのだろう。万策尽きて最後にのこったのが、それだった。

「……申し訳ありませんが、いまの日本の木製製品は、ほとんどすべて合成木材ですので、おそらく難しいかと」

黒縁メガネの奥の目が、本当に申し訳なさそうにこちらを見ている。格好のせいでだいぶ老《ふ》けて見えていたが、七三は案外若いのかもしれない。二十代前半といったところか。年が近いと思ったら、多少親しみがわいた。

「合成ではないはずです。おふくろが江戸から持ち帰ったものだから」

「というと……」

「おれと両親は昔、正真正銘の江戸人でした」

狐《きつね》につままれたような七三の顔を見て、辰次郎はようやく溜飲《りゅういん》を下げた。

辰次郎は七三から転送されてきた「江戸入国のしおり」を、パソコンで開いた。最初のページにのっている、「江戸のプロフィール」をプリントアウトする。

江戸は、北関東と東北にまたがる一万平方キロメートル足らずの領土を持ち、これは東京、千葉、神奈川を合わせたくらいの広さだった。御府内《ごふない》と呼ばれる中心部は、十九世紀初頭の江戸を忠実に再現している。人口七百万人のうち、百万人がこの御府内に生活していた。

元首は、当然のことながら代々『徳川』を名乗る『将軍』で、現在は三代目になる。しおりには、その程度のことしか書かれていなかった。あとは、七三がまくし立てていた注意書きがほとんどだ。辰次郎は、今度はネットで情報を検索した。

江戸国の前身は、二十一世紀初頭、ある実業家がはじめた老人タウンだった。その男は趣味と実益を兼ね、巨費を投じて江戸を再現した町並みをつくりはじめた。そのうち何人かの素封家《そほうか》がこれに賛同し、このあたりから工事は一気に大がかりなものとなる。山を削り海を埋め立て、江戸の海岸線を再現し、川や堀を巡らせ、江戸城も築かれた。ただし房総半島だけは再現のしようがなかったので、『江戸湾』だけはつくられていない。

この頃には人口も急激にふえた。当初の目的の年寄ばかりでなく、江戸情緒に惹《ひ》かれる若者や、自然に根差した生活を求めるナチュラリストたちが大勢移り住んだ。人口増加に伴い、人々の生活範囲は次第に御府内から外へ外へと広がっていった。

そしてタウン建設開始から足かけ九年後、江戸を創設した実業家は、自ら初代将軍を名乗り、日本からの独立を宣言する。しかし七三が言ったように、専制君主と鎖国の二点が各国から反感をまねき、結局、日本の属領ということで落ち着いた。

おかしなことに、いちばん腹を立てていいはずの日本は、どういうわけか弱腰だった。江戸の完全な自治権を不承不承ながら認め、強硬に開国をせまることもなかった。国際的には属領となった江戸を、国内的には国として遇した。この理由については、大枚の金がわたったとか大物政治家からのプレッシャーだとか、色々と噂《うわさ》はあるが確かなことはわからない。

辰次郎と同じ世代の日本人にとって、江戸は最初から、韓国や中国と同じ『外国』だった。おまけに観光もできず、テレビにもそのようすが映らないから親しみもない。『建国』以来、諸外国と大きな問題を起こすこともなかったから印象もうすい。

「近くて遠い国」、「変わり者が住む国」、といった悪口も囁《ささや》かれるが、正直なところ、辰次郎には興味も関心もない場所だった。「行きたい国は？」ときかれたら、五十番目くらいに名前をあげるところだ。

そんな場所で生活しようかどうか本気で迷っているのだから、人生はわからないものだ。

二月に入った冬晴れの午後、辰次郎は父の入院する病院へ足をむけた。

目をとじてベッドに横たわる父の姿は、朽ちた棒っきれのようだった。痩《や》せ細ったからだ、削《そ》げた頬と窪《くぼ》んだ目。肝臓病にありがちな黄疸《おうだん》はあらわれていないが、全身の皮膚には病の色がはっきりと浮き出ていた。十一年前に別れたときの父の面影は、どこにもなかった。

「来ていたのか」

ふと目をあけて脇《わき》に立つ辰次郎に気づくと、父の辰衛《たつえい》は弱々しい笑顔を浮かべた。

「うん、元気そうだね」

丸椅子《まるいす》に腰かけながら辰次郎は気休めを口にしたが、二ヶ月前にはじめて見舞いに訪れた頃より、さらにひとまわり縮んだように感じた。

「江戸の入国許可、下りたんだ」

とたんに父の顔が、ぱっ、と明るくなった。電灯のスイッチをつけたように、表情に生気が灯《とも》り、黄色く濁った瞳《ひとみ》に光がさした。江戸という場所が、いまの父にとってただ一つの明かりなのだと、辰次郎はあらためて思った。

「それで、おまえ、行けるのか」

余命半年と宣告された父親の、最後のたのみを断わる勇気を、辰次郎は持ち合わせていない。大学に入学して二年間、遊び中心に時間を費やし、その生活にもそろそろ飽きがきていた。多少の興味と好奇心もあった。

「うん、行ってみるよ」

「そうか……ありがとう、ありがとうな」

まともに礼を言われて、辰次郎はどぎまぎした。「いいさ、別に」と素っ気なく返し、潤《うる》んだような父の視線から目をそらした。わざと音をたててポケットを探り、手にしたものを父にわたす。

「これって、江戸のものだろ」

七三に勢いで話した、木彫りの鳥の玩具《おもちゃ》だった。といっても、一見して鳥とはわかり辛《づら》い形で、円柱の台の上に、かなりデフォルメされた丸っちい生きものが鎮座している。頭に描かれた丸い目で、どうにかそれが鳥だと識別できるような代物《しろもの》だ。

「これは鷽替《うそか》えの木鷽《きうそ》だ。利保《りほ》はずっと持っていたのか」

懐《なつ》かしそうに、黒と赤で塗られた鳥の頭をそっとなでた。凶事をうそにして幸運に替える天神様のお守りだよ、と辰衛は説明した。

「江戸を離れる半年前に、おまえと母さんと三人で、はじめて亀戸天神《かめいどてんじん》にお参りに行ったときのものだ。次の年に、前の年の鷽を返して新しいものととり替える習わしでな、来年も行こうと話していたんだが……」

「なんで江戸を出たんだよ」

辰衛の顔に、わずかな動揺が走った。

「日本生まれの父さんや母さんは、いったん江戸を出たら戻れないって知ってたんだろ」

「いろいろとな、事情があったんだ」

辰次郎には納得のいかない答えだった。

「おまえはやっぱり、江戸のことはなにも思い出さないか」

「ぜんぜん」

かるい調子で辰次郎は答えた。自分が江戸生まれで、満五歳のときに日本に来たということさえ、この前父からきいてはじめて知ったのだ。小学校へ入学する前くらいからの記憶はあったから、なんの疑問も感じずに、日本でふつうに生まれ育ったものと思っていた。

「母さんも、じいちゃんばあちゃんも、なにも言ってくれなかったし」

「おまえが忘れてしまっていたから、あえて言わなかったんだろう。お義父《とう》さんはどんなようすだ。さぞかし反対しただろう」

祖父の父嫌いはかなりのものだから、心配しているのだろう。

「思ったほどでもなかった。ばあちゃんの説得が効いたみたいだ」

それは本当だった。猛反対を覚悟で辰次郎が江戸行きを切り出すと、祖父は不機嫌を満面に出しつつも、あっさりと引き下がった。辰次郎はかえって気味が悪くなり、一時は行くのをやめようかと本気で考えたくらいだ。辰次郎から前もってきかされていた祖母が、一週間がかりで祖父を説き伏せた成果だった。

『辰衛さんが黙って辰次郎をわたしてくれたから、私たちはあの子と十年以上も一緒に暮らせたんですよ』と祖母に諭され、頑固者の祖父が、ぐうの音も出なかったらしい。

「そうか、お義母《かあ》さんが……」

にこりと笑って、辰次郎の手に木鷽を返した。

「これを、江戸の亀戸天神に納めてきてくれないか」

東京にも亀戸天神はあるのに、と辰次郎は思ったが、口には出さなかった。

「ほかには？　おれに江戸でして欲しいこと、ほかにもあるだろ」

「あとは、江戸へ行けばわかるよ」

はぐらかすように言うと、話し疲れたのか、辰衛は目をとじた。辰次郎はそのまましばらく父の横で、窓外の冬晴れの空をながめていた。

曇りや雨の日にここに来るのは気鬱《きうつ》だった。わざわざ快晴を選んできたのだが、こうして死にかけた父を前にすると、明るい外との対比が妙に悲しかった。

「行ってくるよ。からだ、大事にしろよ」

やがて立ちあがった辰次郎は、それだけ告げて病室をあとにした。

桜前線もとうに過ぎ去った三月下旬、辰次郎は浜松町で電車を降りて、竹芝埠頭《たけしばふとう》へむかった。空は穏やかに晴れわたり、空気は暖かい。温暖化のために年々開花時期が早くなるソメイヨシノは、すっかり葉桜になっていた。

ビルが途切れて視界がひらけると、埠頭に横づけされた高速飛行艇が見えた。水面すれすれをモーターボートのように走行し、それから空にとびあがるこのタイプは、伊豆《いず》七島への観光客に人気が高い。

飛行艇乗場の白い建物の奥に、江戸入国管理局のブースがあった。手荷物検査、身体検査、出国手続きと、着替えがある以外は、成田から海外へ行くときとほとんどかわらない。江戸行きの船があるという岸壁まで歩きながら、着替えた着物の袖《そで》を引っ張ったり、襟をなおしたりしてみたが、着慣れないせいかどうもしっくりこない。

やがて視界に、船の舳先《へさき》が見えた。人工岩石をぐるりとまわった向こう側に、港から隠れるように一艘《そう》の船が係留されていた。

「これかよ!」

レトロやアンティークを通りこした代物だった。辰次郎がイメージする昔の船といえば、白い帆のたくさんついた外国の帆船なのだが、目の前にあるこの船は、笹《ささ》の葉形の薄っぺらい船体に、太い帆柱が一本にょっきりと立っているだけだ。船体はすべて茶褐色に変色した木造で、ところどころまっ白に塩が吹いている。波にあおられたらバラバラに壊れてしまいそうだ。東京湾を出たとたん、絶対沈む。辰次郎はそう確信した。

「江戸入りの者か」

ふいにどこかで声がした。首を巡らすと船の上に人影がある。立っていたのは一人の武士だった。辰次郎がうなずくと、乗船するよう促した。

「長崎奉行所《ぶぎようしよ》同心、竹内朔之介《たけうちさくのすけ》だ」と、武士が名乗った。

(本物の侍だ……ちょん髷《まげ》だ……)

その格好が珍しくて、失礼だとわかっていても、つい上から下までながめてしまう。紋付の黒羽織に鼠色《ねずみいろ》の袴《はかま》、左腰には二本の刀をさしている。特に、額から青々と剃《そ》りあげられ、髷をのせた頭から目が離せない。

(すげえ、かつらじゃないや。この頭、毎日剃ってんのかな)

辰次郎の無遠慮な視線をまともに受けて、侍が苦笑した。

二十五、六歳くらいの、若い武士だった。彫りの浅い柔和な顔で、目許《めもと》が涼しい。
「そんなに珍しいか」

「その刀、本物ですか」

好奇心を抑えきれず、辰次郎は訊ねた。

「いちおう本物だ。腕がおぼつかないから、あまり役には立たぬがな」

鷹揚《おうよう》に笑うと、船の後部に向かって声をあげた。

「船頭、最後の者が乗った。船出の用意をしろ」

赤銅色《しゃくどういろ》の船頭が顔を出し、へい、と威勢よく応じた。

船には、辰次郎と同じく日本から江戸入りする者が二人いた。

「あたし奈美《なみ》、よろしく」

歯切れのいい、さっぱりとした挨拶《あいさつ》だった。髪を高く結い上げ、萌黄《もえぎ》に濃緑の葉をあしらった着物姿だが、それが板に付いていないのは、辰次郎同様、着慣れていないからだろう。逆にもう一人の男は、鼠色の着物を尻っ端折《しりぱしょ》りした格好が、ぴたりとはまっている。

「おれぁ松吉《まつきち》ってんだ」

名乗る口調は、えらく調子がいい。

「松吉って本名？」

二重の大きな目をくりくりさせて、奈美が訊ねた。目鼻立ちは悪くないのだが、日焼けなのか地なのか、とにかく色が黒い。

「いや、江戸に合う名前にかえたんだ」

「本名は？」

奈美も辰次郎も本名だった。松吉が口を尖《とが》らせる。

「そういうことをいちいち訊《き》くのが無粋ってんだ」

「でも、なんで松吉？」

重ねて訊ねる奈美は、変な名前、と言わんばかりだ。

「おれももちっといい名を考えたんだけど、六つ出したうち、最初の五つは撥《は》ねられちまったんだ。その五つが本命だったのに」

松吉はイタチ系の動物を連想させる顔だが、くるくるとかわる表情やかるい口吻《こうふん》に、人の好《よ》さがあらわれていた。

「その五つてのは、こういう名前か」三人の脇に立つ竹内が言った。「平蔵、平次、半七、忠治、紋次郎……」

「そのとおりです！」

目を丸くした松吉の顔を見て、竹内が吹き出した。

「おまえ、名前を全部時代劇からとっただろ」

「いけませんでしたか」

「おまえのような時代劇かぶれは存外多くてな、町人にはその手の名前が掃いて捨てるほどいるよ。おれのじいさんの世代は特に多い。おかげで親父《おやじ》は武士にもっとも多い主水《もんど》って名だ」

「おおっ、『必殺』ですかい！」

松吉の小さな黒目がちの目が、たちまち輝いた。

「いや、じいさんは早乙女《さおとめ》主水之介から名付けたということだ」

「『旗本退屈男』とは、渋いっすねえ」

ふたりは盛り上がっているが、辰次郎と奈美には何のことやらさっぱりわからない。

「そういえば、竹内の旦那《だんな》は、長崎奉行のご配下でしたよね」

「おまえと話していると、日本人という感じがしないな」

竹内はいささかあきれ顔だ。

「江戸の町に長崎奉行があるってのは、ぴんとこないんですが」

「昔の江戸にあった長崎奉行とそっくり同じ役目を任されているから、そう呼ばれている」

なるほど、と一人で納得した松吉が、辰次郎と奈美への説明を引き受けた。

「鎖国を行っていた昔の江戸で、唯一《ゆいいつ》の貿易港として開かれたのが長崎港だ。長崎奉行はこの長崎におかれた、いわば外務省ってとこでぃ。幕府御老中支配《ごろうじゅう》のもと、海外との交易の監督や、唐人、蘭人《らんじん》の監視、諸外国の動静を探ったりしてたお役所よ」

松吉は、べらんべらんの江戸弁でまくし立てた。辰次郎には松吉の講釈の半分もわからなかったが、外務省の一言でなんとなく飲み込めた。

「うっとうしいくらいの時代劇オタクね」

「いいじゃねえか、おれのオタクっぷりも、江戸では存分に役に立つってもんだ」

辰次郎は、まるきり江戸に無知な自分が急に不安になってきた。

「そういうおめえらは、なんだって江戸へ来る気になったんだ?」

「おれは……えーと、社会勉強」

辰次郎はそう答えた。「なんだい、そりゃ」と松吉は不満そうだが、父親のたのみで、というのも情けない。反対に奈美の答えはすっきりとしたものだった。

「あたしは世界中の国を全部まわるつもり。江戸が二十九ヶ国目なんだ。先月まで南米にいたの。あっちは真夏で暑かったわあ」

どうりでよく焼けているはずだ。最低滞在期間の六ヶ月が過ぎたら出国して、また別の国をまわる予定だという。

自分だって旅行マニアじゃねえか、と松吉がまぜっ返す。

「江戸は最大の難関だったけど、当たって良かったあ。九回目の応募でようやくよ」

「おれなんて二十七回だぜ」と、松吉。

辰次郎は驚いた。倍率三百倍はダテではないのだ。

「おめえは？」

「……一回……」

辰次郎は申し訳なさそうに下をむいた。松吉が天を仰いで大袈裟《おおげさ》に叫ぶ。

「かーっ！　いるんだよなあ、こういう奴《やつ》が！」

「ほんとすごい。私も十回以内なら充分ラッキー、って言われたけど」

二人に騒がれると、ものすごく悪いことをしているような気分になる。父のたのみが動機とはいえ、改めて自分がなんの気なしに江戸へ行こうとしているのだと実感する。松吉のように夢中になる趣味もなく、奈美のような確固たる目的もない。賑《にぎ》やかに江戸での抱負を語り合う二人を、辰次郎はどこかうらやましく思った。

「錨《いかり》を上げろお！」

船頭が声を張り上げて、水夫《かこ》たちが四本の錨を引いた。錨は地図の港マークの形ではなく、鉄棒の先に十字型に四本の爪《つめ》がついている。四爪錨《よつめいかり》というらしい。

「これじゃ船というよりボートよね……」

奈美がたった一本の帆を見上げて、不安そうに眉《まゆ》を寄せた。

「千石船《せんごくぶね》だっていうから、心配ねえだろ」と言いながら、松吉も表情は暗い。

「これで千石？」

辰次郎は千石がどの程度の量か知らないが、千石船というと客船くらいの大きさを想像していた。

「この船、長さはそこそこ……二十メートルってとこか。でも厚みがまるでないからな」

辰次郎が目算すると、間髪を入れず松吉が待ったをかけた。

「江戸は尺貫法なんだから、メートルで言うなよ」

概算で、尺が三十センチ、寸が三センチ、分が三ミリだと、松吉が講釈した。

「全部三がつくから、インチやヤードよりは覚えやすいかもね。でも尺の上はなに？数十メートルも三十センチ刻みで表すわけ？」

「……えっと、それはだな……」

奈美に突っ込まれて松吉が口ごもる。竹内が横から口を添えた。

「尺の十倍は丈だ。それにこの船は確かに千石船だよ」

これは弁財船《べざいせん》という船で、満杯にのせれば千石以上は充分積める、と竹内が請け合った。この船には客室らしいものも見あたらない。観光遊覧船でさえ三、四層のフロアはあるものだが、この船には船底と甲板の二層しかない。甲板の後半分に、ちょうど背の低い平屋をのせたように屋根がついていたが、その扉のない出入り口を水夫らが忙しく往復しているところを見ると、客室ではなさそうだ。

「沈んだらどうしよう」

出航が近づき、奈美が真顔で心配すると、松吉が情けない声をあげた。

「縁起の悪いこと言うんじゃねえよ！　おれ、泳げねんだから」

「あたしは泳げるけど、人を助ける余裕はないな、悪いけど」

「……わかったよ、松吉さんはおれが助けるよ……」

「おっ、そうか、悪いな。おめえいい奴じゃん、っとこれは江戸弁じゃねえや。それと、さんなんて他人行儀はよしてくれ。袖《そで》ふり合うも多生の縁て言うだろ」

結構本気で船の性能に不安を感じているからこそ、三人は軽口で気を紛らわせていた。

「帆を張れえ！」

船頭の号令に、長い帆柱の先端から船の後部にむかって、扇形に張られた二本の太い綱が、ぎりぎりと帆を持ち上げはじめた。

「屋倉《やぐら》に轆轤《ろくろ》仕掛けが二機あってな、それを四人でまわして帆が上がる仕掛けだ」

竹内が船の後部の平屋部分を指さした。

「帆はこれ一枚だけですか？」と、奈美が訊《たず》ねた。

「舳先側に弥帆《やほ》という小さな帆はついているが、船を走らせるのは、ほとんどあの大きな一枚の帆だけだ」

「エンジンは……ついてませんよね」

もうほとんど帆柱を覆《おお》い隠し、風を孕《はら》みはじめた帆を、辰次郎が見あげた。風が順風ならよしとして、横風や逆風ならどうやって走るのかわからなかったのだ。

「まあ、見ておいで」

竹内はにこりと笑って腕を組み、船の進行方向に目をむけた。

船がするすると動き出した。風が着物の裾《すそ》をあおる。ふりむくと竹芝埠頭がだんだんと遠ざかり、その後ろに高層ビルが見えた。ビルが霞《かす》んで見えなくなった頃、竹内が三人を屋倉に入るよう促した。

「慣れるまで何かにつかまっていろ」と竹内は言って、自分は屋倉の外に出た。

それを待っていたかのように、いきなり船が加速した。

「うわっ！」

油断していた松吉は、屋倉の反対側の壁にごろごろところがった。船体が左側に傾いているのだ。

「速いっ！」

辰次郎と奈美も、信じられないスピードに顔を見合わせた。屋倉から首だけ突き出すと、さっきまで真正面に向かっていた帆が、大きく斜めに傾いている。帆の左側が船尾のあたりにあり、逆に右側が大きく前に出ている状態だ。

奈美が叫んだ。「そうか、アビームね！」

奈美は、海外で何度かヨットに乗ったことがあるという。アビームとは横風のことで、ヨットは順風よりこのアビームでもっとも速く走るのだ、と説明した。

「そのとおり。この弁財船も、順風の真帆《まほ》よりも横風を受けた片帆《かたほ》のほうが速い。逆風でもそこそこ走ることができるんだ」

屋倉の外に立つ竹内が、頭を出した三人に晴れやかに笑いかけた。ぼうぼうと吹いてくる海風に、高く結ってあった奈美の髪が一束ほつれ、真横に流れた。

船は小気味良いほどの速さで、海を渡っていった。

——辰次郎……、辰次郎……

(誰かおれを呼んでる……この声……母さん……?)

——辰次郎……しっかりしろ……

(父さん……?)

父と母の声が交互にひびく。大丈夫、と言おうとしても声が出ない。体中が鉛を詰めたように重い。胸がムカムカする。吐きたい。吐きたい……。と、口の中が苦いもので一杯になった。なんだ、この味。気持ち悪い。すごく気持ちの悪い味……。また吐き気がこみあげる。吐いても吐いても口の中に嫌な味がのこる。

——辰次郎、大丈夫か、辰次郎!

辰次郎ははっと目を覚ました。起きたとき、自分がどこにいるのかわからなかった。波の音がする。船だ。壁の向かい側には、体育座りの格好で松吉が眠っていた。規則正しく上下する松吉の肩を見て、ようやく江戸湊《えどみなと》行きの船の中だと思い出した。

辰次郎は大きく息を吐いた。脇《わき》の下が汗で冷たく、口の中が変に苦い。

(あれ?)

夢の中の嫌な味が、口の中にのこっていた。

（これ、なんだっけ……、この味）

思い出そうとすればするほど、記憶はたよりなく遠ざかっていく。

「よお、大丈夫か」

いつのまにか、松吉が目を覚ましていた。持ち前の元気は見る影もなく、ぐったりしている。

「眠ってちょっとすっきりしたみたいだ。そっちは？」

なんとかな、と松吉は口の端で笑った。もともと色の白い顔が、ことさら青白い。

辰次郎と松吉は、途中から船酔いにおそわれたのだ。小さな弁財船は、時折上下にはげしくゆれた。出国ゲートで係員に飲まされた酔止薬のおかげか、吐くほどひどくはならなかったが、途中から二人とも屋倉にこもってダウンしていたのだ。

辰次郎はいつのまにか、屋倉の壁に背をもたせかけ眠っていたらしい。起き上がろうとすると板張りの上に直《じか》に座っていた尻がいたい。

「寝ているあいだ、おれのこと呼んだかな」

松吉の呼びかけが、夢の中で両親にすりかわったものかと、辰次郎は訊《たず》ねてみた。

「いや、おれはいま目が覚めたばかりだ」

「そうか……。おれ、少し風にあたってくるよ」

言いおいて甲板に出ると、奈美が船縁《ふなべり》の欄干に張りついて海を見ていた。遠くに陸地が見え、船はまっすぐにそこへ向かっていく。少し減速しているようだ。

「あら、具合どお?」

辰次郎に気づいた奈美がふりむいた。奈美一人がぴんぴんしている。

「どうにか。さすがに二十八ヶ国で鳴らしただけあるね」

奈美は、まあね、とかるく返した。

「江戸に、着いたのか」

松吉もふらふらしながら屋倉から這《は》い出してきた。

「あの岬をこえたら、江戸だって」

船首のほうから竹内が歩いてきた。辰次郎と松吉を見ると、「あと四半刻《しはんとき》で江戸湊に入るから、辛抱しろよ」と声をかけた。

「四半刻って?」と、辰次郎が訊ね、

「三十分と覚えとけばいい」松吉が答えた。

「いま何時くらいかな。眠ってたから時間の感覚が全然ないや」

「江戸は不定時法だから、あんまし時間を気にしないほうがいいぞ」

不定時法とは、日の出、日の入を基準に、一日を区分したものだ。したがって、夏と冬では一刻の長さが違い、春分の日に近いこの時期は、一刻はほぼ二時間と考えていい、と松吉が教えてくれた。なにかと便利な奴だ。

「だいたいの目安で言うと、日本の十二時は、江戸では九つってんだ。そこから一刻進むたびに、八つ、七つとなって、六つは日本の六時に相当する。朝が明六《あけむ》つ、夕が暮六《くれむ》つだ」

辰次郎に理解できたのは、その六つだけだ。

「どうして時間が進むごとに、九、八、七と数字は下がるわけ？　理解に苦しむわ」

奈美が文句をつける。これには辰次郎も同感だ。

「そんなこと知るかよ」松吉がむくれる。「それより、いま江戸は一月だから」

「なによ、そのとんでもない時差は！」

「時差じゃねえよ。陰暦を使ってるから、日本のような太陽暦にくらべて半月からひと月半ずれるんだ。ほら、中国でもいまだに旧正月は祝うだろ」

説明する口調にまだ勢いはないものの、江戸豆知識を披露しているうちに、松吉は少し調子をとり戻したようだ。

「東京は三月なのに、二月に逆戻りってなんか変ね」

同意を求めるように、奈美が辰次郎を見上げる。百七十七センチ、いや五尺九寸の辰次郎より、奈美は頭一つ分低い。松吉は二人のちょうど中間くらいだ。

「兄ちゃんたちは、江戸での落ち着き先はどこだい」

屋倉から、船頭が出てきた。赤銅色《しゃくどういろ》に焼けた顔は、奈美よりもさらに黒い。続いて顔を出した、二人の水夫もご同様だ。辰次郎たちは無言で顔を見合わせた。入国管理局からは、なにもきいていなかった。代わって竹内が答えた。

「ああ、三人ともそれぞれ請け人が決まっている。江戸湊に迎えにくるはずだ」

松吉が勢い込む。「おれ、どこに住むんすか？」

「えっと、おまえは確か」と、竹内が懐《ふところ》から帳面をとり出した。風にあおられて開くのにてこずっている。「深川材木町弥太郎長屋だ。差配の儀助《ぎすけ》が請け人だ」

「おおっ！　深川材木町！」

松吉が喜びの声をあげる。船酔いからすっかり回復したようだ。

「どんなところか知ってるの？」奈美が訊ねると、

「いや、でも時代劇に出てくる町名だ」と、松吉はすましたものだ。

「奈美は……神田藤堂町《とうどう》、高田屋泰蔵方《たかだやたいぞう》。請け人は同人」

「神田に藤堂町なんてありましたかね？」

「昔の江戸では、藤堂姓の武家屋敷があった場所だそうだ。それにしても、よく知っているなあ」

松吉をながめる竹内は、感心しながらも半分あきれている。

「昔の江戸にくらべ領土に限りがある分、大名も藩士も数が少ない。その分町屋が多くなっているんだ」

「あたしは、その高田屋さんに居候《いそうろう》するんですか？」

「高田屋は織屋《おりや》、つまり機織《はたおり》職人を抱えて織物を生業《なりわい》としている。とりあえずそこで働いてみないか、ということだ」

「機織か……」と、難しい顔で奈美が考え込んでいる。

「高田屋なら、おれの遠縁の娘も田舎から出てきて働いてるが、同い年くらいの若い娘が何人もいて、楽しいって言ってたぞ」

奈美を元気づけるかのように、水夫の一人が日焼けした顔に笑みを浮かべた。

「二十五は江戸では年増《としま》だけどな」

松吉がぼそりと言って、奈美に思いきりにらまれている。

辰次郎は二人とも同じ年くらいかと見ていたが、松吉が四つ、奈美が五つ上だった。

「で、この兄ちゃんは、どこに行くんだい」

「辰次郎の請け人は芝露月町《ろうげつ》、金春屋喜平《こんぱるやきへい》だ」

竹内は帳面も見ずにさらりと答え、ほおーっ！　という声が水夫たちからあがった。

「なんですか、金春屋って」

「金春屋は一膳飯屋《いちぜんめしや》でなあ、安くて旨《うま》いんで評判なんだ。しかし喜平さんとこで人手が要るんかね、あすこは親子三代でずっとやってきただろうが」

年嵩《としかさ》の水夫が、竹内に顔を向けた。

「いや、働き口は飯屋じゃなくて、裏のほうだ」

「裏って、裏金春《うらこんぱる》か！」

とたんに水夫《かこ》らの顔が、みるみるうちに曇った。なにかに怯《おび》えたようにそろって口をつぐみ、辰次郎にちらちらと視線を投げる。

「……飯屋の裏ってことは、調理場で働くってことですか？」

まわりの不穏な空気に首をかしげながら、辰次郎は竹内に訊ねた。

「いや、裏金春というのはな……」

言いかけた竹内の言葉をさえぎって、船頭が厳かに告げた。

「あそこにはな、ゴメス大明神様がいらっしゃる」

竹内が、あきれたように船頭を見た。二人の水夫も顔を見合わせたが、船頭の目の中に茶目っ気を見てとると、心得たとばかりに大真面目《おおまじめ》な顔で話を合わせた。

「そうそう、裏金春に御本尊様がおられるんだ」

「ゴメス大明神なんて、きいたことねえな。なんの神様すか？」と、松吉が首をひねる。

「神様というより、魔除《まよ》けという感じだな」

それまで船頭たちを困惑ぎみにながめていた竹内が、喉《のど》の奥でおかしな声を出した。吹き出すのを堪《こら》えたのだということは、江戸入りの三人は気づかなかった。

「だがな、霊験《れいげん》はあらたかだから、よっく拝んどいたほうがいいぞ」

「はあ。じゃあ、裏金春って神社なんですか？」

「いや、神社じゃない。裏金春は裏金春だ」

船頭は謎《なぞ》かけのように告げると、「そら、あの向こうが江戸湊だ」と船の前方を示した。海に鋭角に突き出す、低い岬が見えた。

三人の注意がそちらにそれると、船頭は竹内におかしそうに目配せを送り、湊入りの準備のため、二人の水夫とともに持ち場へ去った。竹内は困った奴《やつ》らだという顔をしてみせたが、なにも言わなかった。

船が岬に近づいた。岬を覆う松林の隙間《すきま》から、ちらちらと白い帆がいくつも見え隠れする。その突端をまわると、いきなり展望が開けた。

三人がいっせいに歓声をあげた。眼前に広がる光景は、別世界だった。

何十艘《そう》もの一枚帆の船が、青い海に浮かぶ姿は壮観だった。海面すれすれにとびかう鳥の群れが光に乱反射し、流れるような弧を描きながら河口付近に浮かぶ中州に舞い下りた。岸に近づくごとに船の数はふえ、大小の帆船のあいだを縫うように、笠《かさ》をかぶった船頭の櫂《かい》に操られた小舟が行き来する。

岸辺がせまるにつれ、ずらりとならんだ倉のまぶしいほどの白壁や、河口近くに掛かった弓型の橋、玩具《おもちゃ》のような木と紙でできた町屋などが臨まれた。精緻《せいち》につくられたテーマパークのようでいて、そこにはやはり人が生活する厚みが感じられた。自分が本当に時を溯《さかのぼ》り、二百五十年前の江戸時代に来てしまったような錯覚に陥る。

目の前の江戸湊の風景は、ゆったりと美しかった。

ふと見ると、隣に立つ松吉の目が潤《うる》んでいた。辰次郎の視線に気づくと、照れたように鼻をすりあげ、「やっと、来れた」とぽつりと呟《つぶや》いた。

病室の辰衛の顔が、脳裏に浮かんだ。ここに二度と戻れない父の無念が胸にせまり、辰次郎を捕えた。

江戸湊で入国の手続きをすませると、すでに陽は傾きかけていた。

「おまえの請け人の金春屋喜平だ」

竹内は、辰次郎を小柄な老人に引き合わせた。

「おまえさんが辰次郎か、よく来たな」

細長い顔は、額が広く顎《あご》が長い。そのせいか、どこか間延びしたようなとぼけた雰囲気があり、辰次郎は少しほっとした。松吉も奈美も、すでに請け人と一緒に行ってしまったものだから、薄暗さが増すにつれ心細さを感じていたのだった。

竹内はあとを喜平にまかせると、「じゃあ、またな」と言って、すたすたと去っていった。夕闇《ゆうやみ》に溶け込んでゆく竹内の後姿を追いながら、辰次郎は首をかしげた。松吉や奈美には「達者でな」だったのが、なぜ自分だけ「じゃあ、またな」なのだろう。

「わしらも行くか」

喜平が歩きはじめた。痩《や》せぎすだが、腰はぴんと伸びている。足取りも意外なほど早い。辰次郎はあわててあとを追い、喜平の背中に話しかけた。

「あのう、金春屋にゴメス大明神の御本尊があるってきいたんですけど」

「なんだと?」

立ち止まった喜平は、怪訝《けげん》な顔でふりむいた。

「船でそうききました。ようく拝んでおけって」

喜平が吹き出した。

「ああ、あるとも。うちの裏手にな、御本尊がある。なんなら拝んでいくかい」

「やめときます。夜の神様ってなんか恐《こわ》いから」

何がうけたものか、喜平のくすくす笑いはなかなかやまなかった。

湊《みなと》に面したその界隈《かいわい》から一、二本入ると、両脇《りょうわき》にずらりと店が立ちならぶ広い通りに出た。品川へ抜ける東海道だ、と喜平が言った。東海道といえば新幹線のことだと思っている辰次郎にはぴんとこない。喜平は骨張った指で、通りの北を示した。

「うちはこの道を、五町ほど行ったところにある」

陽は落ちていたが、低い家並みと行き交う人々の姿が、残照に影絵のように浮かびあがる。軒先で立ち話に興じる女の笑い声、母親の背でむずかる赤ん坊の泣き声、尻《しり》っ端折《ぱしょ》りの威勢のいい男が隠居と交わす挨拶《あいさつ》、雑多な喧騒《けんそう》の中の一場面が、はじめて見るものなのにどこか懐《なつ》かしい。

人通りが結構多い。物売りが天秤棒《てんびんぼう》で担《かつ》ぐ荷台に肩を小突かれた。脇を駆け抜けようとした子供は辰次郎の腰にぶつかり、「ごめんよ」と叫んで走り去った。一軒の店先で女が軒先の行灯《あんどん》に灯を入れると、ぶら下がった丸い看板がぼんやり見えた。

「あれは？」

「床屋だ。髷《まげ》を結った頭を真上から見た形だよ」

　これは唐辛子の商い、ここは火打鉄屋《ひうちがねや》、こっちがどぶろく屋、と喜平は面倒くさがりもせず、辰次郎の求めに応じ答えてくれた。潮の香りにまじって、どこからか醤油《しょうゆ》の焦《こ》げる旨そうな匂《にお》いがただよってくる。辰次郎の腹の虫が、ぐうと鳴った。

「船の上で、昼飯食べそこねたもんで」

　辰次郎は頭をかいた。昼飯の握り飯にありついたのは、船酔い知らずの奈美だけだ。

「うちは一膳飯屋だから、食い物だけはたんとある。食っていきな」

　喜平は東海道を西に折れて、次の四辻《よつつじ》の角で足をとめた。

「ここだよ。さ、入んな」

　喜平に促され、辰次郎は紺地に白く『金春屋』と染め抜かれた暖簾《のれん》をくぐった。

　間口二間半、奥行三間の店内には、びっしりと卓がならべられ、その八割ほどが埋まっていた。中は薄暗く、所々に吊《つ》るされた行灯の灯が、辰次郎には路地裏の酒場を連想させる。しかし酒と飯に興じる客の騒々しさには、居酒屋の雰囲気があった。

「お春《はる》、ここにも飯だ」

　正面奥のあいた卓に辰次郎を座らせると、喜平は声を張り上げた。

金春屋はよく繁盛《はんじょう》している店のようだ。お春と呼ばれた娘ともう一人の女が客あしらいを一手に引き受け、奥の板場には湯気だか煙だかがもうもうと立ちのぼっている。

「あのう、おれも手伝います。今日からここで働くんですよね。正直言って料理は苦手だけど、皿下げるくらいならおれもできます」

一瞬きょとんと目の前の若者を見つめて、喜平は腹の底から笑い出した。

「そうか、すまなかったな、おまえさんの問いに答えるのに忙しくて、肝心のことを話していなかった」とひとまず詫《わ》びた。「竹内の旦那《だんな》からは、何もきいてないのかい」

大明神に話がそれて、結局、大事なことはきかずじまいだった。

「おまえさんの働き口はここじゃあない。うちは人手は足りてるからな」

金春屋は、喜平が仕入と勘定を賄《まかな》い、娘婿《むすめむこ》と孫息子が板場を仕切り、孫娘のお春と、孫息子の嫁のお駒《こま》が客を引き受けていた。喜平の妻と娘は、すでに他界していた。

「おじいちゃん、乾物屋の島屋さんが来月の仕入のことで勝手口に来ていなさるわ」

お春が角盆《かくぼん》を辰次郎の前においた。あいよ、と応《こた》えて喜平が板場へ姿を消した。

盆の上には湯気をたてた味噌《みそ》汁と丼《どんぶり》一杯のご飯、煮魚に、木の芽をのせた小鉢が添えられている。烏賊《いか》と筍《たけのこ》の木の芽和《あ》えで、魚は目張《めばる》だという。祖母は洋食やエスニックが得意だったから、こういう純和風な食事を前にすると、辰次郎はなんだかにやにやしてしまう。

「裏金春へきた人でしょ。今日、外から江戸入りしたっていう」

辰次郎は名を名乗り、よろしく、と頭を下げた。

「裏金春って、なに？」

「あら、きいてないの？　ほんとは畏《おそ》れ多いんだけど、うちの裏手で地続きになっているからそう呼ばれてるの」

お春は丸い顔に、黒目がちの目とぽってりとした口元が愛らしい、十六、七の娘だ。

「そこってなにを……うめえ！」

蜆《しじみ》の味噌汁を一口すすって思わず叫ぶと、働き口のことなどどこかへ行ってしまった。空腹だったこともあり、辰次郎は夢中で食べた。出汁《だし》の利《き》いた薄味の煮魚とさわやかな木の芽味噌のとり合わせも絶妙だが、とりわけ米の飯が旨かった。口に含むとなんともいえない良い香りがする。

「あのう、お代わりは……」

丼がからになったところで、ようやく目の前に突っ立っているお春に気づいた。

間髪入れずに突き出された丼を、お春がふっくらした手で受けとった。

「あら、お仲間がきたわ」

お代わりを辰次郎の前においたお春の視線を追うと、入り口のあたりに三人の男が立っていた。席はあらかた塞《ふさ》がっており、空席を物色しているようだ。

「甚三《じんざ》さん」

お春に手招きされ、どことなく崩れた雰囲気の三人が、だらだらと歩み寄ってくる。

「今日から裏のお雇いになった、辰次郎さん」

「新入り？」

いちばん前にいた男が、切れ長の目でじろりとにらんだ。すらりとした長身の、整った顔立ちだが、いかんせん目つきが悪い。後ろの二人も、長身の男の陰から、値踏みするようにじろじろと辰次郎をながめまわした。

「兄貴分の甚三さんと、木亮《もくすけ》さんに寛治《かんじ》さん」

三人ならぶと、大、中、小、といったところだ。寛治がいちばん背が低く、豆粒の目の下に小さなだんごの鼻をつけたようで、太めの鼠《ねずみ》を連想させる。反対に木亮は顔の部品がすべて大きく、ぎょろりとした両の目のあいだがひどく狭い険のある人相だ。

「なんだ、挨拶もなしかよ」

辰次郎はあわてて立ち上がり、「よろしくお願いします！」と頭を下げた。

三人がどっと笑った。「こりゃ、礼儀作法から教えてやらなけりゃいけねえな」

辰次郎と同じ卓に、あたりまえのように席を占める。

「半鐘泥棒みたいに、いつまでも突っ立ってんじゃねえよ」

言われて辰次郎も、鼠の寛治の横に座る。三人が酒と肴《さかな》を注文した。

「なんだ、食わないのか？」

二杯目の飯を前にして、箸《はし》をとらない辰次郎の手元を、甚三が見ていた。

「飯の食い方まで教える必要があるのかねえ」

「木亮さん、今日、日本から着いたばかりなんだから、あんまり苛《いじ》めないの」

冷酒を入れた徳利と猪口《ちょこ》、煮込みの鉢やらを、お春がてきぱきと卓にならべた。

「江戸入り者だと？」

「きいてないの？」

「近いうちに一人ふえるかもしれねえって話は、地蔵の頭《かしら》からききましたけどね」

「そうだったか？」

「あとで親分のとこに連れていってあげてね、甚三さん」

「おう、まかせとけ。木亮、おめえ連れてってやれ」

「えっ、やっぱりこういうことは、兄いが……」

「おれは今日すでに二回も親分に御目見《おめみ》えしてるんだ。これ以上は体にさわる」

「おいらは昨日今日と続けて張りたおされてるんすよ。寛治、おめえが行けよ」

「やなこった、新入りと一緒にぶちのめされるのはご免だよ」

辰次郎《しんじろう》は箸を宙に据えたまま、じっと聞き耳を立てていた。親分、地蔵の頭、兄いと続き、張りたおすとくれば、この三人の柄の悪さを考え合わすと答えは一つだ。

頭から血の気が引いた。これまでの二十年、清廉《せいれん》潔白とはいかないが、補導の経験さえない辰次郎だ。不良も暴走族も通りこして、いきなりその道を極めてしまっては、洒落《しやれ》にならない。

「いいかげんにしておあげよ。恐がってるじゃないか」

びっくりするほど大きな声で、お春の義姉《あね》のお駒が割って入った。お春よりさらにふたまわりほどふっくらしている。

「そうよ、ここで脅してどうすんのよ」

すでに顔面蒼白《そうはく》な辰次郎に、お春もあわてている。

「あのう、働き口って、裏金春って、ヤクザ……すか」

思い切って口にしたが、情けないことに声がうわずっていた。ちょうど猪口をあおった甚三が、ぶっ！　と酒を吹き出し、それをはずみにどっと笑いが起きた。

「ほらごらん、みなであんまり脅かすから」

お駒とお春は盆を胸に抱いたまま、体を折り曲げて苦しそうに笑いころげている。

「まあ、ヤクザな稼業と言われれば、当たっているがな」

「裏金春って言われたし、なんか後ろ暗いものを想像しちゃって……」

涙を流して笑う甚三たちをながめ、辰次郎は当惑ぎみにもごもごと呟いた。

「裏金春ってのはね、長崎奉行様の出張所のことよ」

「はあ？」

ヤクザの次に奉行所と言われても、頭がついていかない。

「間抜けな返事を返すんじゃねえよ。おれたちは間違いなくお奉行様の雇い人だ」

お春の言葉を、木亮が請け合った。

「長崎奉行ってたしか、船にいた竹内さんってお侍が……」

「ああ、竹内の旦那に会ったのか。あの方はふだんは出島の役所にいなさるが、ここにもちょくちょく顔を出す」

「じゃあ、おれは今日から、竹内さんの同僚になるんだ」

いったん落ち着いた座が、またどっとわいた。

「とんでもねえ、竹内の旦那はお武家だから御上《おかみ》お抱えだが、おれたちは小者とか手先とか言われる、いわばお奉行の雑役《ざつえき》や下働きだ」

国家公務員と、役所の臨時雇いのバイトということか、と辰次郎は解釈した。

「お、新入りが入ったってこたぁ、おれも飯運びとはおさらばだ」

「おお、寛治、それは目出度《めでて》え」

「新入り、おれの大事なお役目は、今日からおめえと良太《りょうた》にまかせる」

「良太ってのぁ、半年前に入った、裏金春ではいっち若い奴《やつ》でな」

「おい、ありゃ、良太じゃねえか。間がいいってのぁ、このことだ」

その言葉どおり、転がり込むように入ってきた若い男が、甚三のもとにまっしぐらに駆け寄った。ニキビを散らした頬の輪郭がふっくらとまだ幼いが、その表情は険しい。

「甚兄い、とりこもりだ!」

甚三の顔が、さっと引き締まった。椅子《いす》を蹴倒《けたお》して立ち上がる。

「どこだ」

「日本橋長谷川《はせがわ》町だ。蠟燭屋《ろうそくや》の旦那の妾宅《しょうたく》で、旦那を人質にこもりやがった。がら九《く》の親分が、一家総出で囲んでいるらしい」

「がら九といえば、南の旦那の配下だろう」

ぎょろ目を良太にむけ、木亮が即座に応じた。

「よくわからねえが、とにかくうちから人を出してくれってことだ。頭が甚兄いにまかせるって」

「良太、おれが承知したと頭に伝えろ」

合点、と叫んでまたとび出そうとする良太を、木亮が呼びとめた。

「長谷川町はどのあたりだ」

「稲荷《いなり》の真裏だ」

よしっ！と言いざま、甚三が店を走り出た。木亮と寛治があとに続くと、辰次郎もあわてて駆け出した。なんということはない、条件反射のようなもので、からだが勝手に動いてしまった。不謹慎だが、胸の内がどこかわくわくしていた。

後ろからひたひたとついてくる足音に気づき、寛治が途中でふりむいた。

「兄い！」

呼ばれた甚三がふり返り、辰次郎を認めたが、なにも言わなかった。辰次郎はそれを了承と受けとり、ひたすら寛治の背を追った。

通りにはほとんど人影がなく、四人が土をふみしめる音だけが、はたはたとひびく。

それにしても、と辰次郎は内心で舌を巻いていた。三人とも足が疾《はや》い。辰次郎は足には自信があった。このところ運動不足ぎみとはいえ、決して遅くはないはずだった。

その自分が全力で走っていくのがやっとの有り様だ。

調子が出ないのには理由もあった。履き慣れない草履のせいもあるが、なによりいちばん厄介なのが道の暗さだった。所々に店先の行灯や常夜灯が灯《とも》ってはいるが、明かりというには程遠い。東京のどんな薄暗い路地裏よりも、ずっと闇《やみ》が深かった。

どれくらい走ったろうか、木亮がふいに方向をかえた。

「兄い、長谷川町ならこっちのほうが近道だ」

脇道《わきみち》に入った三人に続いて、辰次郎も板塀を右に曲がった。

「うわっ！」

辰次郎が、出し抜けに叫んだ。どうした、と寛治の声がして、とまってくれた気配がする。が、辰次郎にはなにも見えなかった。それまでうっすらと見えていた地面が消えて、真っ暗な空間になった。いきなり目を塞がれたみたいに、上下の感覚さえなくなった。辰次郎は一歩もふみ出せず、呆然《ぼうぜん》と立ち尽くしていた。

「おい、どうしたんだ」

甚三の声がして、こちらへ戻る草履の音が、少し離れたところからきこえる。

右腕をいきなりつかまれ、「わっ！」とまた声が出た。

「大丈夫かよ」

その声で、右腕をつかんでいるのが寛治だとわかった。

「すいません、暗くて……」声が震えていた。急に足をとめたためにどっと吹き出した汗が、変に冷たい。「……なにも、見えなくて……」

木亮の声がした。「おめえ、鳥目か？」

「とりめ？」

「夜、目が見えない病気だ」

「いや、そんなはずは……」

「日本の夜は明るいっていうからな。江戸入りしてすぐは、夜道はしんどいんだろ」

口を添えた甚三に、木亮が薄情なことを提案する。

「どうしやす？　ここにおいて行きやすか」

「まあ、ここまでついてきたんだからな」

「しょうがねえ、こいつを持ってな」

寛治がうすい木綿を辰次郎に握らせた。これで手を引いてくれるというのだろう。

「すみません」

「ちゃんと息合わせて走ってくれよ」

右手の中の手拭《てぬぐい》が強く引かれ、はずみで足が前へ出た。走り出すと、それまで体にからみついていた恐怖は嘘《うそ》みたいに剝《は》がれ、後ろにとんでいった。

寛治の伴走は、実際はたいした距離ではなかったが、辰次郎には長く感じられた。長谷川町の稲荷裏に着いたときには、顎《あご》が上がりかけていた。

甚三らの到着をきき、がら九の親分が板塀の外に出てきた。

「おう、裏金春の、わざわざすまねえな」

「がら九」の謂《いわ》れである、特徴のあるひどい濁声《だみごえ》でねぎらった。

「空き巣狙《ねら》いが見つかって、騒がれた揚句のとりこもりだ。人質は妾《めかけ》の旦那《だんな》の和倉屋《わくらや》惣右衛門《そうえもん》だ。旦那に万一のことがあっちゃならねえって、和倉屋の番頭から釘《くぎ》をさされて踏み込むこともできねえ」

「また、どじな空き巣だな」

「いや、運が悪かったんだ。賊も、旦那もな」

空き巣に入った賊は、あらかじめこの家に目星をつけていたらしい。妾と手伝いの小女が二人とも出掛ける、日暮れ時のほんのわずかな隙《すき》を狙って侵入した。ところが、たまたま妾宅に出向いた旦那に出くわし、賊は刃物を抜き、そこへ小女が戻り、外へ知らせてこの騒ぎとなった、とがら九が事の顚末《てんまつ》を説明した。

「旦那はなんだって、たまたま出向いたんでしょうねえ」

「んなこたあ、関わりねえだろ」

寛治は誰に問うでもなく口にしたのだが、たちまち木亮ににぎろりとにらまれた。

「いや、それがそうでもねえ。こっから先がおめえらに関わってくることだ」

がら九は腕を組み、猪首《いくび》をさらにめりこませるようにして甚三たちに顔を寄せた。

「和倉屋は刀鍔《かたなつば》道楽にかけちゃ名が知れていてな、集めた品を妾宅に溜《た》めこんでるんだ。今日も手に入れた刀鍔をここへ収めにきて、賊と出くわしたというわけだ」

甚三が舌で上唇を嘗《な》めた。「なるほど、刀鍔か」

「もう一つある。おれが手札を受けてる南町《みなみまち》の倉田《くらた》の旦那が、賊の説得にあたってるんだが、とりあえず相手の申し出に応じて和倉屋をとり返そうって算段をした。その申し出ってのがな、奴に盗品と人質をつけて堀から大川へ放せというもんだ。しかも人質は江戸湊へ出てから返すと言ってる」

「ほお、江戸湊ねえ」

提灯《ちょうちん》に照らされた甚三の顔に、心なしか朱がさしたように見えた。

「刀鍔をそのまま江戸から持ち出して、奴も一緒にずらかる心積もりじゃねえかと、おれたちはそうにらんでいる」

「おそらく間違いねえな」

「そうなれば長崎奉行に絡《から》んでもらうのが、いちばんてっとり早い。賊の申し出を飲むふりをして時を稼ぐから、そのまに裏金春を引っ張ってこいとの旦那のお指図だ」

「わかりやした」

甚三が即座に請け合った。南町同心の倉田は、裏庭から、障子一枚隔てた座敷にこもる賊と対峙《たいじ》していた。賊との長丁場に疲れたのだろう、背を丸め庭石に腰を降ろしていたが、がら九の後ろに甚三らの一行を認めると、ほっとしたように立ち上がった。

「九作《きゅうさく》からきいてくれたか」

「はい、旦那のおっしゃるとおり、賊は盗んだ品物を外へ抜け売りするつもりでしょう。刀鍔は、外国では特に高値で売れるそうですから」

倉田の前に身を屈《かが》めた甚三は、小声で言った。

「やはりそうか」

倉田は能吏らしい引き締まった顔で、大きくうなずいた。

額を寄せ合うようにして、倉田、がら九、甚三の三人が手配の確認をする。

「これから、踏み込むんですか?」

興奮を抑えきれず、辰次郎は寛治の耳元に屈み込んで囁《ささや》いた。寛治が答えるより早く、木亮が目の前にあった辰次郎の頭を小突く。

「なに頓馬《とんま》なこと言ってんだ。いま踏み込んだら旦那の苦労が水の泡だ。そんな荒っぽいことするもんか」

「違うんすか？　刀抜いたり、御用だ御用だ、とかしないんですか」

「そりゃ、講談か芝居の見過ぎだ。毎度大捕物をやらかすような同心がいたら、いい笑いもんだ」

事件に対し、機知と裁量でうまく事を収めることができるか否《いな》かで、町方役人の力量が試される、と木亮が講釈する。派手な場面を期待していた分、辰次郎の落胆は大きい。

「がら九の親分の仕切りなら、おれたちの出番はない。まあ、黙って見てな」

話がまとまったらしい。倉田と甚三を縁側の前にのこして、がら九とその子分たち、辰次郎ら三人は、庭に散って植え込みの陰に身をひそめた。

「中の者に申す。舟の仕度が整った。和倉屋とともに出てこられよ」

腹に力をこめた倉田の声が、あたりに低くひびいた。障子の中からは、こそりとも音がしない。庭は無人のように静まりかえっている。池の魚か、ぽちゃんと小さな水音がした。やがて座敷の中から、くぐもった声がきこえた。

「本当に舟は用意したのか」

「本当だ。申し出どおり、富沢町の堀端に用意させた」

「……捕り方なんぞ、おれのほかには、舟まで案内する小者しかおらぬ」

「大丈夫だ。いないだろうな」

辰次郎らが見守る甚三の背は、微動だにしない。

ややあって、障子がコトリと動いた。中から外を窺《うかが》うような気配があり、ゆっくりと戸が開いた。白髪頭の和倉屋惣右衛門の首を左腕でかき抱くようにして、賊が縁側にあらわれた。右手に逆手に持った短刀の切っ先は、和倉屋の首筋にぴたりと当てられている。身振りで倉田を下がらせると、足袋裸足《たびはだし》のまま人質とともに庭へ降りた。

賊は、意外なほど華奢《きゃしゃ》な体つきだった。

おそらく刀鍔なのだろう、菓子箱くらいの風呂敷《ふろしき》包みを胸に抱いた和倉屋は、明らかに憔悴《しょうすい》しきっていた。

「私がご案内させていただきます」

高い上背を小さく見せようと、腰を折った甚三が丁寧に申し出たが、賊は嫌な顔をした。

「おめえが船頭じゃなかろうな。くたばりそうな年寄の船頭にしろと言ったはずだぞ」

「ご心配なく。すべて長崎奉行様が手抜かりなく、お手配致しました」

賊の肩先が、びくり、とはねた。ゆっくりと顔を上げた甚三が、賊と目を合わせた。

「……長崎……奉行だと」

「はい、長崎奉行馬込播磨守《まごめはりまのかみ》様で」

げっ！　と、蟇蛙《ひきがえる》のような音が、賊の喉《のど》からもれた。

「なな、なんだって、長崎奉行が出てくるんだ！　盗みなら、町方の支配だろうが」

瘧《おこり》にかかったかのように、賊のからだが震え出した。

「それは、そこにお持ちの刀鍔のせいでございますよ。それがお奉行の興味をえらく惹《ひ》きましてねえ、お奉行自ら馬で駆けつけておりますので、そろそろこちらに……」

「ひえええええ」

鶏が絞め殺されるような悲鳴を発したのは、和倉屋惣右衛門であった。勘弁してください、お許しください、とくり返し口の中で呟《つぶや》く。

「じょ、冗談じゃねえ！　そんなことしてみろ、いますぐこのジジイぶっ殺すぞ！」

「と申しましても、すでにこちらに向かっておりますので」

と、身を起こした甚三が、がらりと調子をかえると、どすのきいた声を放った。

「金春屋ゴメスがなあ！」

「うわあああ！」

賊と惣右衛門が一緒に叫び出した。

背後から忍び足で近寄っていたがら九とふたりの子分が、それっとばかりに賊をとり押さえた。刃物を落とされた賊は、あっという間に地面に引き据えられた。

「和倉屋！　大丈夫か！」

駆け寄った倉田が、怪我《けが》のないことを確かめた。だが筋張ったからだが細かく震え、唱えているのは経文らしい。

「じいさん、心配すんな、お奉行は来ねえ」

「……じゃあ、あたしの刀鍔のことでお咎《とが》めを受けるようなことは……」

ねえよ、と笑った甚三を、後ろ手に縛られた賊が悔しそうににらんだ。

「倉田様、本当なら南町のお調べがすんでから、うちが引き取るのが筋なんですが」

「うむ、こやつが渡りをつけようとした、江戸湊《えどみなと》の船のことだな」

「へい、この野郎をうまく使えば、今夜中にも一網打尽にできるかもしれやせん」

「あいわかった、こちらの調べはそのあとで良い。上にはおれから話をつけよう」

倉田と甚三の足元に跪《ひざまず》いた賊は、いまはもう諦《あきら》めたのか首を垂れている。提灯に照らされた男の顔を、見るともなしにながめていた辰次郎が「あっ！」と声をあげた。

賊の唇の端から血が流れていた。

「この野郎、舌ぁ嚙《か》みやがった！」

木亮が素早く賊の顔を仰向かせ、寛治の指示で辰次郎が両手で力一杯口をこじあけた。賊の目から涙がこぼれた。まだ若い男だ。木亮が素早く男の口に手拭を嚙ませた。

「大丈夫だ、舌の先が切れただけだ。脅かしやがって」

甚三が跪き、男の目をまっすぐに見つめた。

「長崎奉行にだって、お慈悲はある。わかってるだろうがおめえ次第だ」

手拭の奥で、男がなにか訴えた。大きくうなずいた甚三の目許《めもと》がやわらいだ。

「大丈夫だ、おめえのことは悪いようにはしない」

肩を落とした男の背がかすかにゆれ、すすり泣きがもれた。

木亮が出島の長崎奉行所へすっとんでいき、甚三は窃盗団の情報を引き出すために、近くの番屋へ賊を連れていった。裏金春への繋《つな》ぎには、寛治と辰次郎が走ることになった。きた道を戻りながら、辰次郎が話しかけた。

「親分って、長崎奉行様のことだったんですね」

「ああ、泣く子も黙る金春屋ゴメスと言やあ、江戸で知らねえ者はねえ」

「さっき賊に言った、長崎奉行にもお慈悲があるって、ちょっとじんときました」

「ああ、はったりだけどな」と、寛治があっさり告げた。

「ええっ！　あれ、嘘なんすか？」

「嘘じゃねえが、奴《やっ》を裁くのは、無慈悲で鳴らしたうちの親分だからな」

空き巣狙いの顔は、極悪人にはとても見えなかった。辰次郎はため息をつき、寛治とつながった手拭を握りなおした。


裏金春の入り口は、表の飯屋の角を曲がった先にあった。造作は大きいが、屋根をのせた小さな木戸にがらり戸の玄関は、屋敷というよりふつうの町屋の趣きだった。

玄関に到着した寛治があわただしく奥へ走り去ると、屋内はにわかに騒がしくなった。続いて長崎奉行所の役人だろう、黒羽織をひるがえした武士が二人駆け込んできた。彼らと寛治を含めた五人ほどの男たちが、またばたばたと出ていくまでのあいだ、辰次郎は玄関をくぐった広い土間に、ぽつねんと突っ立っていた。大捕物を見たい気持ちはあったが、走り去る寛治の真剣な顔を見て辰次郎は諦めた。夜道も走れないのでは、足手まといになるだけだ。

遠くに犬の遠吠《とおぼ》えがきこえた。松吉には釘をさされたが、日本にいるときの癖でつい、いま何時だろうと考えた。そのとき廊下の奥から、小さな灯が近づいてきた。土間を上がった板張りの広敷に男があらわれ、手にした蠟燭《ろうそく》をかざした。

「おまえが辰次郎か」

「はい」

「大きくなったな」

懐《なつ》かしそうな眼差《まなざ》しに、辰次郎は戸惑いを覚えた。どこか物悲しいような男の目に、辰次郎は檻《おり》の中からこちらを見つめる動物園の猿を連想した。

「おれを、知っているんですか」

「ああ、おまえが小さい頃にな。おまえの親父《おやじ》とは幼馴染《おさななじ》みだ」

「すいません、覚えてなくて」

男は別に気を悪くしたようすもなく、昔話をそこで打ち切ると、十助《じゅうすけ》だ、と名乗った。「地蔵の頭」と呼ばれるとおり、落ち着きのあるやわらかい物腰の男だった。年は辰衛と同じくらい、四十半ばというところか。

「おいで、お奉行様にご挨拶《あいさつ》だ」

十助の後ろについて、右へ左へ曲がる廊下を奥へと進みながら、辰次郎は刑場に引き立てられる罪人の気分だった。長崎奉行の恐ろしさは、甚三たちの会話からも賊の反応からも充分承知していた。十助はやがて、障子越しに灯りのさした座敷の前で跪いた。

「親分、辰次郎を連れて参りました」

「おう、入れ」

座敷に上がった辰次郎は、そのまま平伏した。からだ中の筋肉が、がちがちに緊張しているのがわかる。

「おめえが辰次郎か」

はい、と応《こた》えた声がかすれていた。

「江戸を逃げた奴の息子か」

「えっ」

意外な言葉に思わず顔を上げたとたん、辰次郎の心臓がどんっと鳴った。

怪奇映画の中で、油断していたところにいきなり怖いものがとび出してくる、あれと同じ感覚だった。椅子《いす》の上で、心臓と一緒にからだがびくんっと跳ねてしまう、あの瞬間だ。

（すごい……）

人間離れした、怪異な風貌《ふうぼう》だった。

胡座《あぐら》をかいた輪郭は、さながら巨大な鏡餅《かがみもち》だった。そそけ立った髪が、鏡餅の肩をぞろりと覆《おお》う。極端に吊《つ》り上がった細い目が陰険に光り、横広がりの低い鼻が、真ん中に鎮座している。顔の横一杯に広がった分厚い唇がたまらなく不快な上、鼻の右下には、極めつけのように大きなイボがあった。

行灯《あんどん》にぼんやりと浮かびあがったその姿を、辰次郎は口を半開きにしてポカンと見ていた。怖いもの見たさとはこのことだ。目を背けたいのに、どうしても目が放せない。

(まさに、怪獣……)

「おい、てめえ」

怪獣が口を開いた。

「ぼんやりしてんじゃねえっ!」

いきなり右頰を張られ、辰次郎は座敷の左の襖《ふすま》まで、勢いよくふっとんだ。一瞬、何が起きたのかわからなかった。貧血を起こしたように、目の前が霞《かす》み耳鳴りがした。

「親分、昔のことは、まだなにも話してないんです」

「ふん、仕方ねえな、こいつのことはおめえにまかせる。日切りまでにどうにかしろ」

二人のやりとりは、辰次郎の耳には届いていなかった。

十助がさし出した濡《ぬ》れ手拭《てぬぐい》の冷たい感触に、辰次郎はようやく我に返った。気を失ったわけではないが、動転のあまり、殴られてからいままでの記憶がはっきりしない。

「そのようすじゃ、親に殴られたこともなさそうだな」

「日本じゃ、家庭内暴力はご法度《はっと》ですから」

むくれる辰次郎に、十助は薄く笑った。地蔵に似た、穏やかな表情だ。盆にのった土瓶から茶を注ぎ、冷めてから飲むように、と辰次郎の前に茶碗《ちゃわん》をおいた。

「おまえの親父の具合はどうだ」

「良くないです。あと半年もたないと言われました」

「肝の臓の病だときいたが」

「酒で肝臓をやられて、すでに癌《がん》になっているそうです。母と別れてから、飲んでばかりいたんでしょうね。昔から、嫌なことを酒で紛らす癖がありましたから」

辰次郎が覚えている限り、父はむっつりと酒を飲んでいることが多かった。暴れることも怒鳴ることもない静かな酒だったが、そのぶん近寄りがたく、父がそばにいるといつも緊張していたように思う。

「強いことは強かったが、昔はそんな悪い酒を飲むような奴じゃなかった」

いかにも辛《つら》そうに、十助は眉間《みけん》に深い皺《しわ》を寄せた。

「父とは、ずっとつきあいがあったんですか」

「いや、長いこと途絶えていて、去年の秋からだ。確かめたい用向きができてな、日本の伝手《つて》を頼って探し出してもらった」

「おれも去年の秋……十一月のおわり頃です。いきなり父から会いたいって。電話をくれたのは病院の事務局でしたけど。十年以上も音信不通だったから驚きました。母が亡《な》くなったことは、あっちも驚いてたけど、こっちも連絡のつけようがなかったし」

「お利保さんは、残念なことをしたな。私も長いこと知らずじまいで不義理をした」

と、十助は肩を落とした。

「交通事故は、日本では日常茶飯事ですけどね……」

さらりと言ったつもりが、言葉の最後が尻《しり》つぼみになった。朝元気に出かけていった人間が、なんの前ぶれもなく、その日の晩には霊安室で冷たくなっている。あの呆《ぼう》然《ぜん》自失の感覚は、経験した者にしかわからない。大事に抱えていた何かを、横から腕ごともぎ取られたような、あれは一種の暴力だ。

「そういえば……」母の話で、形見の木鷽《きうそ》を思い出し、「亀戸天神《かめいどてんじん》に鷽替えに行きたいんですが」と、辰衛からのたのまれごとを話した。

「鷽替えは正月の行事だぞ」

「そうなんですか」

拍子抜けする思いがして、忘れかけていた右頬が、じん、と痛んだ。あてた手拭はぬるくなっている。とり替えた新しい鷽を病院に送ってやろうかと、親孝行めいたことを考えていただけに、なんだか無性に腹が立った。来年の正月までは、辰衛のからだはとてももちそうにない。

「まったく、なに考えてんだか」

腹立ちまぎれに、声に出していた。茶碗に手を伸ばし、ごくりごくりと音をたてて飲み干した。辰次郎が茶碗をおくのを待って、十助は居住まいを正した。

「おまえの江戸入りは、親父さんの望みもあるが、もとはといえばここの役目にからんだ話からだ。その役目におまえが使えるかもしれないと考えたんだ」

十助は、怪訝《けげん》な表情を浮かべる若者の顔をながめた。わずかに骨張った輪郭と、しまった口許は父親ゆずりだが、一重の涼しい目は母親に似ていた。

「おまえには江戸にいた頃のことを、思い出してもらわねばならない」

「……ひょっとして……一度で入国許可が下りたのは……」

十助の話す本筋とは別に、辰次郎は船上での会話を思い出していた。

「私が親分に無理を言って、便宜をはかっていただいた。そうでなければおまえの江戸入りなぞ、三年かけても果たせぬところだ」

倍率三百倍は、やはりダテではなかった。辰次郎は松吉と奈美に、心の中で謝った。


「おい、新入り、起きろ！」

頭に何かがぶつかった衝撃で、辰次郎は目が覚めた。木亮が辰次郎の頭を、足でがんがん蹴《け》っていた。

「てめえ、おれたちよりよっぽど早く休んだくせに、なにいつまで寝てやがる」

「すいません！……イテッ！」

がばっと起きた拍子に、口許に痛みが走った。

「どした？」

「いや、昨日、親分に殴られて……」

「へえ、おめえもなかなかやるじゃねえか」と、木亮がうれしくないほめ方をした。

「外の井戸で顔洗ったら表で飯だ。あの二人はまだ寝かせとけ。後始末が長引いてさっき帰ったばかりなんだ。あ、てめえの布団《ふとん》はてめえでたためよ」

言うだけ言うと、木亮はさっさと出ていった。

あけ放した障子から燦々《さんさん》と降りそそぐ陽射《ひざ》しは昼のものだ。六畳ふた間の座敷奥には、木亮が言うように、盛り上がった掛布団が二つ見える。そのほかには見事にすっきりと何もない、まるで家具を全部運びおえた引越し後のような座敷だった。辰次郎を含めて五人が寝起きする、裏金春の手先たちの寝間だ、と昨日ここへ連れてきた十助からきいていた。役目の内容はまた改めて話すとのことで、詳しいことはきけずじまいだった。

「これじゃ、毎日が修学旅行だ」

一枚きりのせんべい布団をたたみながら、ついついため息がもれる。日本なら学生寮でも個室は必須《ひっす》だが、そんなものは望むべくもないらしい。

昼間の金春屋は、夜と違って一膳飯屋《いちぜんめしや》らしい明るい活気に満ちていた。暖簾《のれん》をくぐると、昨夜と同じ混み具合で、襷《たすき》掛けのお駒とお春の奮闘ぶりも相変わらずだ。

辰次郎は、店の奥に木亮を見つけた。昨日甚三らを呼びにきた、良太という若い男と、もう一人中年の男が卓を囲んでいた。木亮が当然のように紹介役をかって出た。

「孤八《こもはち》のおやじだ。甚三兄いと同格で、みなには『おやじ』と呼ばれてる。裏金春の中で、ただ一人の所帯持ちだ」

孤八は日に焼けたじゃが芋のようなごつい男だが、顔中に深い皺を寄せて笑いかける表情に愛嬌《あいきょう》があった。

「からだもでかいし体力もありそうだ。おまえならやっていけるだろう」

殴られるための体力だろうか、といまの辰次郎は思わずにいられない。

「昨日、あれからどうなりました？　うまくいったんすか？」

お春が運んできた飯をぱくつきながら、昨夜の空き巣狙《ねら》いの顚末《てんまつ》を訊《たず》ねると、あたぼうよ、と調子のいい応えが良太から返ってきた。

「あとでたっぷり話してやらあ」と、木亮がふんぞり返る。

「木兄いの講談は長《なげ》えからな。茶菓子なぞ用意して、腰を据えてかかったほうがいい」

良太がいらぬ横車を出し、ぽかりと頭を張られている。

「孤八さん、あがったよ」

お駒が、小さいが持ち重りのしそうな風呂敷《ふろしき》包みを孤八にわたした。

「すまねえな。ここの飯を食えば、うちの嬶《かかあ》もすぐに床上げができるってもんだ」

「食がすすむようになれば、もう心配いらないよ。ほんとに良かったよ」

お駒の大きな口が横に広がって、丸い顔いっぱいの笑顔になった。

「おやじはこの近くの長屋に住んでて、裏金春へは通いなんだ」

風呂敷包みを手に菰八が席を立つと、木亮が言った。女房とのあいだに五つと三つの女の子があるらしい。

「おせんさん、風邪で五日も寝ついちまって心配してたんだけどね……」

話の途中で、お駒が辰次郎の顔を覗《のぞ》き込んだ。「おや、その顔どうしたんだい、口んとこ腫《は》れてるじゃないか。男前が台無しだね」

鏡がないので言われるまで気づかなかったが、紫色の痣《あざ》になっているらしい。

「甚三の兄きにくらべりゃ、だいぶ落ちる男前だがな」

木亮の揶揄《やゆ》は、当たっているだけにキツイ。お駒は笑って、あがったよ、という声に応じてまた板場へ引き返していった。

「おれのケガ、そんなにひどいすか？」

「そんなのはケガのうちに入らねえよ。親分にしちゃずいぶん加減したな」

「おめえが鼻血の海に沈んだときは、鼻の骨が折れたと大騒ぎしてたじゃねえか」

「そういう木兄いこそ、座敷から蹴りとばされて庭の池に落ちたとき、膝《ひざ》までの水ん中で溺《おぼ》れるうってわめいてたんすよね」

木亮と良太が軽口をたたき合う。実話だとすると、タフな連中だ。

「誰が言い出したんすか、ゴメスって」

あまりにも的を射た名前だけに、勇気ある行動だ。

「誰かはわからねえが、その通り名は親分の名前を端折《はしょ》っただけだ。馬込寿々《まごめすず》って名前の真ん中の三文字を読めばゴメスになるだろ」

木亮が湯気のたった茶をうまそうにすすり、煙草盆《たばこぼん》を引き寄せた。

「まごめすず、でゴメスか」

なるほど、と辰次郎は納得した。「女みたいな名前ですね」

「……ゴメスの親分は女だぜ」

爪楊枝《つまようじ》をくわえた良太が、ぼそりと言った。

「でえええっ！」

その声で、近くの卓にいた数人の客が、椅子の上でとびあがった。

「ばっかやろ、飯粒とばすんじゃねえ！」

向かい側の良太が立ち上がり、辰次郎の胸倉をつかんだ。辰次郎の大仰な驚きっぷりが面白いのだろう、木亮はにやにやしている。

「お奉行って女性がなれるものなんですか？」

良太が顔の飯粒をとりおわった頃、辰次郎がその疑問を口にした。

「いまの江戸には女の役人もぽつぽついるんだ。女も家督を継げるからな。奉行って名のつく役目にいる者もあれば、藩主が女ってところもある」

と、木亮が煙管《きせる》を一息吸って、うまそうに煙を吐き出した。白い煙が辰次郎の顔の前をゆっくりと流れていく。辰次郎は、なんだか急に力が抜けてしまった。

「なんか、悪いことしたかな」

初見の女性の、その容姿の悪さを、いつまでもじろじろながめたとあっては叩かれても文句は言えない。

「まあ、うちの親分の場合、男だ女だという前に、人間かどうかぎりぎりのところにいるからな、おめえが気にするこたあねえよ」

「その言い方はあんまりじゃ……」

「いいや、甘《あめ》えこと言ってられるのもいまのうちだ。なんせ親分は、厚顔無恥、冷酷無比、極悪非道で誉れ高《たけ》えからな」

二人の顔を見比べながら、辰次郎が小声で訊ねた。

「……いいとこ、ないんですか？」

とたんに二人が、難しい顔をして考え込んだ。

「なくもねえが……」「強《し》いて言えば……」「たとえば……」

二人はしばらく首をひねっていたが、とうとう一つも出てこなかった。

「用意はいいか、最後のヤツが出てきたら、行くぞ！」

良太が緊張した面持ちで目配せを送る。鼻の穴をふくらませて、辰次郎が気合を入れた。

「いつでもいいっす！」

「昨日みたいなヘマやらかしてみろ、簀《す》巻《ま》きにして親分の座敷に放り込むぞ」

「それだけは勘弁してください。今日は大丈夫。箸《はし》よーし一味よーし湯呑《ゆの》みよーし」

辰次郎が膳の上を指さし確認する。

「ほいっ！　汁あがったよ」

金春屋喜平の孫息子、拓一《たくいち》が、湯気のたった大椀《おおわん》を膳にのせた。

脚つき膳の両脇《りょうわき》を持って、辰次郎が腹に力をこめた。幅二尺七寸、奥行一尺八寸の巨大な膳が持ち上がった。隙間《すきま》なくならんだ大皿や大鉢のために、膳はずっしりと重い。これを水平に保ち、且《か》つできるだけ早くゴメスのいる奥座敷に運ぶのは、なかなか気骨の折れる重労働だった。板場から裏庭に抜け、裏金春まで膳をささげ持つ辰次郎の後ろを、巨大な飯櫃《めしびつ》と十助用の膳を両手に抱えた良太がつき従う。

「親分が出島からここに移って居座っちまったのは、金春屋の飯に惚《ほ》れ込んでのことだからなあ」

辰次郎にこの役目をわたし、肩の荷を降ろした寛治が言うだけのことはあって、ゴメスは朝晩の飯をなによりも楽しみにしている。それだけ執着も強いということで、汁が少しでもぬるいと椀がとび、昨日辰次郎が箸を忘れたときは烈火のごとく怒り、湯呑みをたたきつけられた。

この緊張感あふれる「膳出し」が朝晩二度、さらに膳下げ、酒、肴《さかな》、と注文が来るたびに、良太と辰次郎は金春屋の板場と奥座敷を何度も往復するはめになる。総髪を髷《まげ》に結い、肩衣半袴《かたぎぬはんばかま》を着込んだゴメスが裏金春から出ていくと、辰次郎と良太はほっと息をつく。親分が登城や寄合に出掛ける昼間だけが、憩《いこ》いのひとときなのだ。

「おい、誰かいないか」

十助が廊下へ向かって呼ばわった。朝の膳下げも無事おわり、尻っ端折りで廊下の拭《ふ》き掃除をしていた辰次郎は、はい、ただいま、と奥へ急いだ。

「辰次郎か、この手紙を出島のお奉行様へ届けてくれ」

十助が、和紙に包まれた書状を辰次郎に手渡した。

「え、お奉行様って、親分は奥にいますよね」

いまさっきまで、ゴメスの大鼾《おおいびき》が廊下にひびきわたっていたのだ。今日は登城日にあたらず、ほかに用もないようで、ゴメスは食後の朝寝を決めこんでいた。

「出島の粟田《あわた》様にお届けするんだ」

きょとんとする辰次郎を見て、十助はようやく気がついた。

「長崎奉行は二人いらっしゃるんだ。うちの親分と、出島のお役所に詰めていなさる粟田様だ」

へえ、と辰次郎は素直に驚いた。それぞれの役所の最高責任者である奉行という役職が、複数いるとは知らなかったのだ。南北町奉行所は、各々《おのおの》奉行が一人ずつ。寺社奉行が二人、勘定奉行に至っては四、五人いると、話のついでに十助が説明した。

「やれやれ、ほんとに何もわかってないんだな。落ち着いたら頭から教えなければならんな」

十助がため息をつく。申し訳なさそうに辰次郎が頭を下げて、

「あのう、それで出島へはどう行くんでしょうか」

十助をさらにあきれさせたが、長崎奉行所に行くのははじめてなのだから仕方ない。辰次郎が裏金春へきて、今日で五日目になる。毎日兄き連中にどやされながら、大

事な膳出しをはじめ、使いに走ったり掃除や洗濯などの下働きをしたりで、あっという間に過ぎてゆく。なにしろ覚えることがあまりにも多過ぎる。というより、見るもの聞くものすべてが、辰次郎にとっては驚きの連続だった。

いまどき南米だろうがアフリカだろうが、辰次郎は実際に行ったことはないが、月でさえ、東京と同じようなものがあたりまえにある。パソコン、コンビニ、コーラにバーガー、熱いシャワーとふかふかのベッド。この江戸には、そういうものがまるっきりない。入国前に集めた雑な情報と、江戸の現実とのあいだには、はかり知れない落差があった。言ってしまえば、あらゆるものが不便なことが江戸の特徴だった。

水道がないから井戸で水を汲《く》む。地下鉄がないから自分の足で走る。炬燵《こたつ》や火鉢では、かざした手足しか温まらない。提灯《ちょうちん》や行灯《あんどん》に至っては、豆電球なみの暗さだ。

その一方で、そういう不便な生活を、辰次郎はどこかで楽しんでいた。

いまはまだ、珍しさが先に立っているだけかもしれないが、すくった水の手の切れそうな冷たさや、ふみしめる土の地面の感触や、どぶ川から立ちのぼる異臭、時折海からただようねっとりとからみつくような濃い潮の香り、真っ暗な通りでふと空を見上げたときの、その重みで天球ごと落ちてきそうな星の多さは、一つ一つが新鮮な驚きだった。

眠っていたからだの感覚が、次第に目覚めていくような、そんな生活だった。

裏金春から出島までは、子供の足でも四半刻《しはんとき》とかからぬわずかな距離だった。浜御《はまご》殿《てん》と築地《つきじ》本願寺にはさまれ、四方を海と堀に囲まれた一画で、昔の江戸では大名の中下屋敷があったという。近世江戸の長崎にあった出島は、一ヶ所だけが陸とつながった人工的につくられた扇形の「島」だったが、いまの江戸では長崎奉行所のあるこの場所を、出島と呼び習わしていた。

辰次郎が奉行所の門を見つけたとき、後ろから声がかかった。

「役所に使いか」と、肩をならべたのは竹内だった。

竹内は日に一度は裏金春に顔を出し、奥の間《ま》で探索状況を報告したり指示を受けるのが日課だった。粟田への書状を気軽に引き受けて、竹内が訊ねた。

「ひょっとして、ここははじめてか」

うなずいた辰次郎が、奉行が二人いることを今日まで知らなかったと話すと、竹内は笑って、「午《ひる》までなら時間があるから、良かったら中を案内しよう」と申し出た。

建物内はあまり見せられないが、と言いながら、竹内は辰次郎を連れて、時代劇で有名なお白州や、訴訟にきた人の控え室である公事《くじ》人溜《にんだま》り、竹内らが詰める同心詰所と、役所内をひととおりまわってくれた。

敷地の裏手にさしかかったとき、小柄な老人が建物の陰からひょこひょことあらわれた。

「これは、お奉行」

竹内が丁寧に辞儀をした。そら豆にあずきの目鼻をつけたようなこぢんまりとした顔、五尺二寸の小さなからだ、毒も害もなさそうな枯れた雰囲気。栗田和泉守秀実《いずみのかみひでざね》は、どこをとってもゴメスとは見事なほどの対極にあった。

「こんなところで、どうされました」

「なに、時々肝試しにな、裏にくるんだ。たまには刺激がないとな」

栗田はどこか、いたずらをしてきた子供のような表情だ。

「ははあ、なるほど、馬場ですな」と、竹内が心得顔でうなずいた。

栗田がその場を離れると、辰次郎が訊ねた。

「このお役所は、そんなに刺激がないんですか？」

裏金春はゴメスの存在だけで、充分心臓に悪い。

「あれは栗田様の洒落《しゃれ》だ。まあ事実、交易の監督や唐絵目利《めき》き、通詞の派遣といった、あまり荒っぽくない職務を栗田様が管掌されているがな」

「つまり荒事は全部、うちの親分担当ってことですね」

辰次郎がゲンナリした顔をしてみせると、竹内が言い訳ぎみに否定した。

「そういうわけではない。もともとお二人の職務は、きっちり線引きがされているわけではないんだ。場合によっては、一緒に事にあたることもある」

だがあの老人では、悪党との切った張ったのやりとりなど到底できそうにもない。

「それにな、栗田様と馬込様は、そろって長崎奉行に就任される前から昵懇《じっこん》の間柄でな、正反対のご気性も手伝って馬が合うんだ。お二方のあいだによけいな派閥争いなぞない分、おれたち下の者はお役目がやりやすい」

いかなるときも主《あるじ》を立てるのは武家の習いだが、竹内の言葉には、二人の奉行に対する真摯《しんし》な敬意が読みとれた。

「あっ、しまった」

足をとめた竹内が、懐《ふところ》に手をあてて叫んだ。

「栗田様への書状をわたすのを忘れていた」

ちょっとわたしてくるよ、と言いおいて竹内は駆けていく。失念していたのは辰次郎も同罪なのに、偉そうな役人面《やくにんづら》をしないのが竹内のいいところだ。

こういう気さくな人柄や、育ちの良さからくる鷹揚《おうよう》さは、表裏を問わず金春屋のみなに慕われており、特にお駒とお春は竹内贔屓《びいき》だった。

容姿や男気なら甚三のほうが上なのだが、甚三は玄人《くろうと》女には滅法受けがいいのに対し、どうも素人《しろうと》にはいま一息だ、とは裏金春で囁《ささや》かれるネタの一つだった。

手持ち無沙汰《ぶさた》な辰次郎は、粟田と竹内の話にあった馬場でも見ようと、ぶらぶらと敷地の裏へ歩いていった。そのあたりは白壁の蔵がずらりとならび、蔵の向こうに丸太でつくられた柵《さく》が見えた。近寄ってみると、柵はいささか大仰なほど高く頑丈なつくりだった。柵の向こうが馬場らしく、さらにそのつきあたりに海が見えた。子供が通れそうなくらいの柵の隙間から覗《のぞ》くと、はるか遠くにぽつんと一頭、黒い馬が見えるきりだった。

退屈になった辰次郎は、落ちていた干草のかたまりを拾いあげ、丸太の隙間から腕を突っ込んだ。干草をふりながら、遠くに見える黒い馬に、おーいと呼びかけてみた。

馬は辰次郎に気づいてくれたようだ。ゆっくりとこちらに向かって駆けてくる……、と見えたのは錯覚だった。大量の土埃《つちぼこり》を巻き上げながら、凄《すご》い勢いで突進してくる。

「げっ！」

信じられない速さだった。鼻息も荒くまっすぐこちらに突っ込んでくるようすは、どう見ても好意的ではない。黒い巨大な生きものが、辰次郎の目の前一杯にせまった。

馬の血走った目に見据えられたとき、辰次郎は観念した。

「離れろっ！」

大音響とともに馬が丸太に体あたりし、それより一瞬早く、竹内が辰次郎の着物の襟首をつかみ、柵から引きはなした。メキリ、と丸太の裂ける音がして地面が大きくゆれたが、頑丈な柵はもちこたえた。興奮冷めやらぬ馬は、どすんどすんと大きな音をたてて、頭や前足で柵をたたいている。あれだけ激しく丸太にぶつかったのに、まるで応《こた》えていないようだ。

「大丈夫か」

竹内に支えられ、辰次郎はよろよろと立ち上がった。立ってみてはじめて、柵の中で暴れる黒い馬の、異常な大きさがわかった。頭を立てると、その高さは実に八尺をこえる。

「あれは……」

「黒鬼丸《こつきまる》。馬込様の馬だ。あそこは黒鬼丸のためだけの馬場なんだ」

詰所でお茶をもらって、ようやく人心地ついた辰次郎に、竹内が説明した。

「先《せん》にはほかの馬もたくさんいたのだが、黒鬼丸が片っ端から蹴《け》りたおすものだから、専用馬場になってしまった」

役所の馬は別の馬場に移されたらしい。

「やっぱり動物って、飼い主に似るものなんですね」

「黒鬼丸は馬込様が将軍家から拝領した当初から、あの気性だよ」

「将軍様から？」

「ああ、就任以来の目覚ましいご活躍に対する褒美《ほうび》として、二年前にいただいたんだ」

「ずいぶんと迷惑なご褒美ですね」

あの一頭に馬場を占領されては、役所も困ったことだろう。

「まあ幸い、黒鬼丸も馬込様だけにはなついてくれてな」

まさに毒をもって毒を制す、というところか。

詰所を出たところで、小者を連れて役所の門にむかう粟田が見えた。

「お奉行、ただいま駕籠《かご》の用意をさせますのでお待ちください！」

与力らしき侍があわてて呼びかけたが、後ろも見ずにひらひらと手をふって門を出ていった。その姿を見送って、辰次郎はふと思った。粟田の言う肝試しとは、辰次郎がやったのと同じことではなかろうか。馬場の柵の外には、干草のかたまりがいくつも落ちていた。

あの老人は、案外からだに似合わぬ胆っ玉の持ち主なのかもしれない。遠ざかる小さな背をながめて、辰次郎はそんなことを考えていた。

辰次郎が出島からもどると、ちょうど昼飯どきだった。表の飯屋の暖簾《のれん》をくぐると、店の中に、木亮、寛治と韋駄天《いだてん》の姿があった。

韋駄天は、その名のとおり足が疾《はや》く、探索の際の橋渡しや緊急の伝令に重宝されている。あまり軽口をたたかず、裏金春の手先の中ではいっとう無口だ。いまも飯粒をとばしながら話に興じているのはもっぱら木亮と寛治で、それに韋駄天が時折相槌《あいづち》を打っていた。

辰次郎が黒鬼丸との顚末《てんまつ》を話すと、案の定、木亮と寛治は腹を抱えて笑い出した。

「親分と黒鬼丸の経緯《いきさつ》にも伝説があってな」

飯をおえた木亮が話し出した。もともと黒鬼丸は、江戸と親交の厚い、中東のとある王家から贈られたものだという。

「なんでも砂漠の英雄と謳《うた》われた名馬らしい」

辰次郎は胡麻油《ごまあぶら》の香ばしい鰊《にしん》の揚出《あげだ》しにかぶりつきながら、耳だけ話に集中させる。

「広大な砂漠なら英雄でも、狭いお江戸ではまさに走る凶器でな。もともと荒かった気性が、江戸で気鬱《きうつ》が溜まったためか、いっそう凶暴になった。城中で蹴りたおされる者あとをたたず、公儀は頭を抱えていた。ある日、ついに柵を蹴破り脱走した黒鬼丸。城中大騒ぎのさなか、たまたまお誉《ほ》めの言葉を賜るためにお城に赴いたのが、ご存知金春屋ゴメスと思いねえ」

興がのると講談調になるのは、木亮のいつもの癖だ。パンパン、と寛治が箸《はし》で卓をたたき、合いの手を入れる。

「必死で止めようと群がる侍を、バッタバッタとふりとばして走る黒鬼丸。その先に立ち塞《ふさ》がったは我らがゴメス。さあ、ゴメスと黒鬼丸の一騎打ちだ。馬力にまかせて突進する黒鬼丸を、仁王立ちのゴメスがあの眼力でじっと見据える。あわやぶつかるという、すんでのところで怯《ひる》んだのは黒鬼丸。一声高く嘶《いなな》くと、ゴメスの眼前で前足を高く上げ、ぴたりと止まったって寸法だ。その一部始終をおききになった将軍様が、褒美として遣わしたってえわけだ」

話をおえた木亮が、湯呑《ゆの》みの茶をがぶりと飲んだ。脚色はかなり多そうだが、まるきり嘘《うそ》ではなさそうだ。木亮がさらに余談を披露しかけたところで、頭の上で声がした。

「なあに与太とばしてんだい」

みなが顔を上げると、韋駄天の後ろに甚三が立っていた。

「盛り上がってるようだが、辰公《しんこう》にお客だぜ」と、親指で外を示す。

辰次郎はみなから辰公と呼ばれている。漬け物みたいで気に入らないが仕方ない。

暖簾《のれん》を分けて表に出ると、男が背をむけて立っていた。その後姿に見覚えがあった。

「松吉い！」

「よう、忙しいとこすまねえな」

松吉はどこか照れくさそうだ。辰次郎は、まるで十年ぶりに幼友達に再会したような気分だった。五日前にたった一度会った奴《やつ》が、どうしてこんなに懐《なつ》かしいのだろう。

松吉は辰次郎にたのみごとがあると切り出した。

「おれも裏金春、いや、長崎奉行様のもとで働かしてくれないか」

松吉の表情は真剣だった。

「おれ、本当は町方に関わる仕事がしたくて、それが江戸入りの目的の一つだったんだ。南北の町奉行所に足を運んだけど、人手が足りてるとあっさり断わられちまってよ」

通称、町方と呼ばれる江戸町奉行所は、警察署と裁判所に、役場を兼ね備えたような組織だが、時代劇では役場の部分はカットされ、犯罪に立ちむかう正義の一団として描かれることが多い。時代劇オタクの松吉が、町奉行所に憧《あこが》れるのも無理はない。

「どこぞの岡っ引きへの弟子入りも考えたんだが、その途中で裏金春の話をきき込んだんだ。裏金春が、実は長崎奉行所の出張所で、江戸いちばんの名奉行がいるって」

「いったい誰がそんな大嘘を……」

辰次郎は口の中でぼやいた。金春屋の店先で松吉に拝みたおされ、辰次郎は仕方なく店の中の甚三たちに引き合わせた。話をきいた甚三は、開口一番に言った。

「いまどき珍しい、命知らずな野郎だな」

「まったくですね」と、木亮も寛治もあきれ顔だ。

「でも江戸入りして日のあさい新参者ならあり得ますよ」

韋駄天の一言に、なるほど、と三人が納得する。

「親分の悪名、もとい名声は、江戸中に鳴りひびいているからな。わざわざてめえからとび込んでくる馬鹿《ばか》はまずいねえ」

「たまに入っても、三月《みつき》ともたず逃げ出す奴がほとんどだしな」

「じゃあ、いまのこってる兄いたちは、江戸いちばんの命知らずってことですね」

「ばあか、ほめるなって」

話に興じていた辰次郎は、松吉が心なしか青ざめてきたことにようやく気がついた。

「やっぱり、やめといたほうがいいんじゃないか」

理想に燃える松吉が、長崎奉行の実態を知ったときの衝撃を思うと、とても勧められない。だが、松吉の決心は固かった。

「……いや、やっぱりたのむ！　おれを裏金春で雇い入れてくれ」

「いいじゃねえか、貴重な人材だ。頭《かしら》にはおれから口利いてやるよ」

甚三たちは、いたって呑気《のんき》だ。善は急げとばかりに一同はそのまま松吉を連れて裏金春へ戻った。甚三が十助に話を通すと、幸か不幸か親分への目通りはすぐに叶《かな》った。

しばらくして松吉は、みなの期待を裏切らず、鼻血を垂らしながら戻ってきた。

「四、五日の辛抱だ、松吉。どんなものでも慣れるもんだ」

松吉の鼻に手拭《てぬぐい》をあてて辰次郎が励ました。松吉は歯の根が合わぬほど震えている。

「昼間の親分見てこれじゃ、しょうがねえな。夜は三倍増しの迫力だぞ。ほんとに大丈夫か？」

木亮が濃い眉《まゆ》を寄せて疑わしげに松吉を見やる。松吉は、かくんかくんとうなずいた。

「ど、ど、どうしても働きてえんだ」

震えながらも松吉は、はっきりと言った。

ふと気がつくと、十助が奥の間から出てきて辰次郎を手招きしていた。

「明日の朝、私と一緒に澁名村《すくな》へ出掛ける。往復で五、六日はかかるから、旅仕度をしておきなさい」

「すくな村、ですか」

「そうだ、私の田舎だ。おまえもそこで生まれたんだ」

言いのこすと、辰次郎の問いをさえぎるように、十助は踵《きびす》を返し奥座敷へ戻っていった。

裏金春を立って二日目の午後、辰次郎と十助は笹目《ささめ》藩澁名村を見下ろす峠に着いた。

「あれが澁名村だ」

その一言で我慢が切れて、辰次郎はその場にへたりこんだ。喉《のど》を鳴らして竹筒の水を飲み干すと、草むらの上に大の字になった。

十助はその無作法を別段叱《しか》りもせず、辰次郎の傍らに自分も腰を降ろした。

「よく音をあげなかったな。もっと前にへたばるかと思っていたよ」

芝露月《ろうげつ》町からは十四里の道程だった。まだ夜の明けきらぬうちに裏金春を立ち、千《せん》住《じゅ》宿から東北に向かった。途中の宿に一泊し、橋のない大きな川で渡し舟を使ったほかは、ひたすら歩き通しの強行軍だ。

この道中、辰次郎は懸命に十助の歩調に合わせ、自分から休みたいとは意地でも口に出さなかった。十助もまた、後ろをついてくる辰次郎を、ふり返って気遣うことはしなかった。弱音を吐いたら、そのまま黙っておいていかれそうな、前を歩く十助の背中は、それほど厳しかった。

「へたばっても、十さんにおんぶしてもらうわけにはいきませんからね」

冗談めかして言ったが、足だけが頼りの旅の心細さを痛感していた。

「途中までなら乗合舟もあるが、上流へむかう舟は脚が遅いからな、行きは使わなかった。帰りはそれに乗ろう」

帰りも同じだけ歩くのか、とうんざりしていた辰次郎には、なによりの朗報だった。

高い空に大きな綿のような雲が一つ、ゆっくりと右から左へ流れていく。近くの林の中で、山鳩《やまばと》がぽーぽーと鳴いた。

「十さんも、ここで生まれたんですか」

寝転がったまま空をぼんやりとながめていた辰次郎が、思い出したように訊《たず》ねた。

「いや、生まれたのは日本だ。十歳のとき両親と一緒にこの漉名村へきて、農業をはじめたんだ。江戸が建国される前の話だ」

「おれの両親は？」

「おまえ、何もきいてないのか」

「母が大学卒業と同時に一人で江戸にきたことは、この前祖母からききましたけど」

「お利保さんは、ここから五里ばかり北にある、炭焼きの盛んな村から嫁にきたんだ。もともと炭に興味があって江戸に入ったときいた。そういえば、日本にいた頃は燃料だか資源だかの学問を修めたと言ってたな。おれの母親がその村の出でな、そこから話がまとまった」

　裏金春では「私」と言う十助が、いつのまにか「おれ」になっていた。

「それって、見合ですか」

「まあ、そういうことだ。なんだ、がっかりしてるのか」

「そういうわけでもないけど……」

「いまの日本には見合はないのか」

「大ありですよ。昔ながらの合コンや結婚相談所も健在だけど、いまいちばん多いのは、遺伝子と生まれ育った環境を登録して、機械が何十万人の中からぴったりの相手を選ぶヤツですね」

「機械に相手を決めさせるのか」

十助があんぐりと口を開く。

「でも評判いいですよ。恋愛結婚やほかの見合方法よりも離婚率が低いって」

「やれやれ、なんて夢のない話だ」

十助にとっては、遺伝子見合のほうが浪漫《ロマン》に欠けるようだ。

「でもおまえの親父《おやじ》と……おれは辰《たつ》つぁんと呼んでいたがな、辰つぁんとお利保さんは、縁結びをした母親が後々まで自慢の種にするほど似合いの夫婦だったよ。姿や気質《たち》はまるきり違うのに、なんて言ったらいいのかな、色というか風情《ふぜい》というか、そんなものがよく似ていた。二人一緒にいるとしっくりくる、そんな感じだった」

「へえ、そうだったんだ」

言外に匂《にお》わせた辰次郎の気持ちに気づいたのだろう、どこか申し訳なさそうに十助が言い足した。

「だから辰つぁんからの便りで、別れたときかされたときは、驚いたというよりも、頭をがつんと殴られたみたいな気がしたよ」

眉間《みけん》にくっきりと皺を寄せた十助の顔が、いかにも辛《つら》そうだ。

「離婚なんて、日本ではあたりまえのことですよ。なんせ離婚率八割ですからね」

その場をひきたてるように明るく言ったが、離婚前の両親のようすには、あまりいい思い出はない。離婚の原因は、父に甲斐性《かいしよう》がなかったせいだときいていた。祖父が半端者《はんぱもの》と称したとおり、父はどこに行っても仕事が長続きせず、職を転々とした。母の収入で生活はできたが、家庭の雰囲気は決して良くなかった。辰次郎が小学三年生の冬、両親は正式に離婚し、母と辰次郎は横浜の母の実家で祖父母と一緒に暮らしてきた。

思い出すと気が滅入《めい》り、辰次郎ははずみをつけてからだを起こした。

眼下には漉名村が見渡せる。まわりを低い山に囲まれた盆地に、不規則な形の田畑が一面に広がっていた。所々に藁葺《わらぶ》き屋根の民家が点在し、ところどころから煮炊《にた》きの煙が薄く立ちのぼっている。ここで育った記憶はないのに、辰次郎は懐かしさを感じた。たとえばアメリカの田舎へ行っても、こんな気持ちは起こらない。たぶんこれが、長い歴史の中で日本人の遺伝子のどこかに記憶された、原風景というものなのだろう。

「辰つぁんは十五のときに一人で漉名村に来たんだ」

菅笠《すげがさ》の下で村を見下ろす十助の目は、さらに遠くを見ているようだ。

「中学生で、一人で江戸へ来たってことですか?」

数え十五は、満年齢の十三、四にあたる。

「辰つぁんは日本にいた頃、ひきこもりだったらしい」

ひきこもりは家族や他人との接触を拒み、自室に終日こもる人種のことだが、いまの日本ではそれほど珍しいことではなかった。実際、人口の一割程度はいるとされている。ネットが発達した現代では、部屋から一歩も出ずに就学することも、能力さえあれば仕事につくことも可能だから、あまり問題にならない。

辰次郎がそう説明すると、十助はずいぶんと驚いたようだった。

「辰つぁんがこの村に来たのは、江戸建国の前の年、もう三十年以上前のことだ」

当時の日本では、ひきこもりというと、世間からの落ちこぼれのように扱われていたようだ。辰衛の両親がひどく気に病み、江戸に来させたらしい。

「なんでそんな父さんが、江戸に来ることになったんすか」

「江戸での暮らしが、心の病に良く効くらしい。特に土いじり、つまり農業は、効きめが高いということだ。日本の求めに応じて、鎖国後もそういう者たちを受け入れている」

辰次郎《しんじろう》だけでなく、たぶん大方の日本人にはあまり知られていない事実だった。

「じゃあ、父さんもこの村で治療して良くなったんですね」

「いや、治療というか……」

十助は、鬢《びん》に白いものがまじった頭をかいた。

「村人と一緒に農作業をするだけで、特別なことは何もしないんだ。こちらも別に変な気遣いもしない。たまにはちょいと変わった奴もいるにはいるが、ほかの連中と同じように、ふつうにつきあっていくだけなんだ」

十助の口もとがほころんだ。なにか思い出したのだろう、そんな表情だ。

「辰つぁんはおれの家で面倒見てたんだ。来た当初はいまのおまえみたいに、ひょろひょろと背ばかり高くて、そのくせぼんやりな奴でな」

随分な言いようだが、十助の顔はどこか楽しげだ。

「辰つぁんより三つ下のおれは、小さい頃はやんちゃでな、とりすましたような辰つぁんの顔が気に入らなくて、よくいたずらをしたもんだ。でかいヒキガエルを頭に乗せたり、着物に糊《のり》を塗ってみたり、ものすごく苦い木の実を騙《だま》して食べさせたり。そのたびに親父に見つかってぶん殴られていた」

「……それってイジメじゃないですか。いまの日本では犯罪ですよ」

半ばあきれた口ぶりに、そうか、犯罪か、と十助が顔をくしゃくしゃにして笑った。

辰次郎が江戸へ来てはじめて見る、十助の心からの笑顔だった。

「でも、いくら苛《いじ》めても辰つぁんは怒りもしないし泣きもしない、ただ困ったような顔でじっと耐えているだけだった。いつのまにかそんな辰つぁんを、おれは心のどこかで尊敬するようになっていたんだろうな。そのうちいたずらをやめて、逆に辰つぁんのあとをくっついて歩くようになった。辰つぁんは別にそれを喜ぶでもなく、前と同じに淡々としていた」

陽が傾いてきたのだろう。村に降る陽射《ひざ》しの色合いが濃くなっていた。

「二人で裏山に木の実をとりにいったことがあった。夏だったから、山桃の木だったように思う。登ってたおれが、油断した拍子に足を滑らせて、地面にまともに落っこちたんだ。どのくらいのあいだか覚えてないが、おれは気を失ってたらしい。目をあけると辰つぁんの青ざめた顔があった。おれがむっくり起き上がると、辰つぁんは幾度もおれのからだを確かめて、どこもケガしていないようだとわかると、いきなり大声で泣き出したんだ。地面にしゃがみこんで、着物の袖《そで》に顔をうめて、いつまでもいつまでも泣いてるんだ」

地面に丸くなり声をあげて泣く男の子の姿が、辰次郎にも見えるような気がした。

十助がおかしそうに、ふふっと笑った。

「おれは、あんなにうろたえたことは、生まれてはじめてだった。おろおろしながら懸命に宥《なだ》めたが、辰つぁんはなかなか泣きやまなくてな。結局、長いことそうしていたように思う」

「十さんが無事で、ほっとしたんでしょうね」

「ああ、その拍子に辰つぁんの固い殻が音をたてて割れたんだろう。それから少しずつ、笑ったり怒ったりするようになった」

いまはもう橙色《だいだいいろ》に染まる村に、辰次郎は目をやった。大きな雀《すずめ》の群が、騒々しい囀《さえず》りとともに東へとび去っていった。

死期を迎えた辰衛が、あれほど江戸に固執するわけが、ようやく少し飲み込めたように思えた。

「父さんはただ、もう一度この景色が見たいんだ」

誰にきかせるつもりもない、ひとり言だった。

辰次郎は気づかなかったが、十助の背中がぐらりとゆれた。

茜色《あかねいろ》が次第に濃くなってゆくさまを、二人は黙って見守っていた。

西の山々が真っ赤に染まる頃、二人は十助の生家にたどり着いた。

母屋《おもや》は高い藁葺き屋根をのせた平屋づくりで、その脇の井戸で泥にまみれた男が釣瓶《つるべ》を引いていた。

「あんちゃん!」

男は十助の姿を認めると、桶《おけ》を放り出して駆けてきた。

「よく帰ってきたな。何年ぶりだよ。便りばっかでちっとも顔出さないうちに、だいぶ老《ふ》けたんじゃねえか」

「そいつはお互いさまだろう」と、十助が苦笑いする。

この家の主《あるじ》、十助の弟の清造《せいぞう》は、顔は兄に似ていたが、年が七つ離れているせいか、十助よりも快活な印象だった。

「清造、辰つぁんとこの辰次郎を覚えてないか」

「もちろん覚えてるさ。辰坊はよくここにも遊びにきて、おれがこさえたドングリや竹の玩具《おもちゃ》を喜んでたっけ。はしっこい元気な子供だったのにな……」

「こいつが辰次郎だよ」

十助が、辰次郎の縞《しま》の合羽《かっぱ》の背を、ぱんぱんとたたいた。

清造の目が、まん丸に開かれた。「ほんとか……ほんとに辰坊か」

「本当だよ。大きくなったろう」

清造はよく日に焼けた両腕で、辰次郎の肩をがっとつかんだ。穴のあくほど辰次郎を見つめる目が潤《うる》んでいる。

「助かったとはきいてたけど、よく、まあ、こんなにでかくなって……」

清造の言葉の意味が、辰次郎にはわからなかった。目だけで訊ねると、十助が言った。

「おまえは一度、死にかけたんだ」

「うっそ！」

「本当だ！　本当にひどい病で、もう絶対助からないとみんな諦《あきら》めていたんだぞ！」

緊張感のない辰次郎に、清造が食ってかかる。そしてまた辰次郎の顔を見て、良かった、良かった、としつこいほど何度もくり返した。

清造は女房のお和《かず》とのあいだに、十三の長男を頭に四人の子供がおり、囲炉裏のまわりで皆がそろっての賑《にぎ》やかな食事は壮観だった。お和と子供たちが奥へ下がると、囲炉裏端は急に静かになった。炉の中の枝のはぜる音だけが、時折パチリとひびいた。山の中腹に位置する瀧名村は、春とはいえ夜半はかなりの冷え込みになった。

「おれの病気って、なんだったんですか」

舌に伝わる酒の辛さに顔をしかめて、辰次郎が訊ねた。

徳利から酒を注いでいた十助が、上目遣いに辰次郎をちらりと見た。

「わからなかった。原因もなんの病かも、治し方も、誰も何もわからなかったんだ」

囲炉裏の向こう側に座る十助の顔が、急に老けこんだように見えた。

十五年前の夏、この村で五人の子供が次々と病にたおれた。

子供は腹痛を訴え、高熱を発し、卵白のような粘り気のある便と、大量に血のまじった下痢が続いた。

「当時、村には二人の医者がいたが……」

「この村に、二人も？」

辰次郎は思わず十助の言葉をさえぎった。それほど意外に感じられたのだ。

「今は三人いる。本道に外科、それと鍼医《はりい》がいる。産婆《さんば》は別に三人ほどいるんだ」

「そんなに……」

清造の言葉に心底驚いたようすの辰次郎に、十助は諭すように説いた。

「建国当初から、どんな小さな村でも最低二人の医者をおくようにと、公儀から各藩への達しがあったんだ。それにな、昔の江戸でも医者は案外多かったそうだ。記録が少ないためにあまり知られていないが、特に村医者は、後世の日本人が考えていた以上にたくさんいたということだ」

日本の僻地《へきち》や離島には、いまでも無医村がある。医療の立ち遅れていると思っていたこの江戸の周到さに、辰次郎は少なからず衝撃を覚えた。

口をつぐんだ辰次郎に微笑すると、十助は話を続けた。

「二人の医者は、そろって赤痢を疑った」

水の良い瀧名村では発生をみたことはなかったが、江戸のあちこちで赤痢の小さな流行はたびたび起きており、医者はその症状をよく知っていた。

赤痢とはいわゆる赤い下痢である。粘り気のある便や血便は、赤痢特有の症状だった。また、俗に「しぶりばら」と呼ばれる、いくら厠《かわや》へ通っても渋って通じぬにもかかわらず、くりかえし便意をもよおすところも赤痢の病状と一致した。

江戸は医術においても、科学を用いた治療を認めていない。そのかわり、和漢生薬《しょうやく》や鍼灸《しんきゅう》を用いた東洋医療に、西洋の医術の智慧《ちえ》を巧みにとり入れ、独自に進化させていた。本草学をはじめとし、この分野においては、今や本家の中国を抜いて世界一と言われている。

昔の江戸なら為《な》す術《すべ》がなかった赤痢にも、特効薬と言えぬまでも、種々の薬草を組み合わせた効き目の高い生薬があり、医者はそれを子供に処方した。四、五日経《た》つと熱と下痢は治まり、薬の効き目かと大人たちが胸をなでおろしたころ、今度は吐血がはじまった。吐血は少しずつだが、日に何度も起きた。子供は口からも鼻からも血を流し、最後に大量に吐血して亡《な》くなった。二人の医者は一様に、赤痢には起こり得ないこの症状に困惑した。

「あれは、むごい死病だった」

清造が辛そうに呟いた。

「……じゃあ、その五人は、みんな亡くなったんですか」

手元を見つめて小さくうなずくと、十助は病で亡くなった子供の名前を次々にあげていった。

安吉《やすきち》次男　仁吉《にきち》　六歳
安吉三男　藤兵《とうへい》　四歳
高介《こうすけ》次男　利蔵《としぞう》　六歳
嘉助《かすけ》長男　嘉一郎《かいちろう》　六歳
坂田《さかた》村五郎太《ごろうた》次男　佐之吉《さのきち》　七歳

「仁吉と藤兵は兄弟だ。坂田村の佐之吉は、嘉一郎の従兄《いとこ》にあたり、その夏坂田村からきて嘉一郎の家にやっかいになっていた」

昨日のことを話すかのような、正確で淀《よど》みのない口調だった。

「……よく、覚えてますね」

十五年も経っているのに、とは口に出さなかった。

「兄貴はその頃、村の庄屋をしていたからな。それで頭にのこってるんだ」

二人の医者は手を尽くしたが、発病した子供はすべて同じ経過をたどり、最後に吐血して死んでいった。医者はこれまでにない流行病《はやりやまい》と宣し、村は恐慌《きようこう》状態に陥った。

人々はこの病を「鬼赤痢」と呼んだ。鬼とついたのは、吐血の惨《むご》たらしさと、発病した五人すべてが死んだことに因《よ》る。

十助は、ただちに笹目藩に届け出た。それは藩から庄屋へきつく言いわたされていた決りであったが、なによりも十助は、病の広がりと患者の増大を恐れた。藩が疫病沈静のために講じる大掛かりな手立てや、原因究明に遣わされる医者や学者に、十助は期待したのだった。

だがその到着も待たず、新たな患者があらわれた。

「六人目が、七歳のおまえだった」

十助は辰次郎にむかって言った。満年齢にすると辰次郎はこのとき五歳だ。

「お利保さんは半狂乱になってたな……」

清造が呟《つぶや》いて、そのあとを十助が引きとった。

「お利保さんは最初の男の子を一歳で亡くしたんだ。麻疹《はしか》をこじらせてな。次に産まれた女の子は弱くて、三月《みつき》と育たなかった。だからおまえのことは、人一倍大事に育てたんだ」

自分に兄や姉がいたなんて、辰次郎にはまったくの初耳だった。

「日本の医術なら治せるかもしれない、この子を連れて江戸を出ようと何度も辰つぁんにたのんでた。泣きながら訴えていたお利保さんの声が、いまでも耳にのこってるよ」

清造がやりきれないようすで、太い枝を折った。炉にくべられた枝が燃え上がった。

「それでおれたち家族は江戸を出て、日本の病院でおれの病気を治したんですね」

辰次郎の言葉に、十助は痛いところを突かれたような顔をした。

「いや、それが、そうでもないらしいんだ。日本の医者にかかったときは、おまえの病は治っていたと、そう辰つぁんの便りには書いてあった」

「どういうことですか？」

ここからは辰衛の手紙に書いてあったことだ、と十助が前置きした。

漉名村を出て四日目の晩、一家はようやく日本の入国管理局へついた。事情を説明すると、すぐさま隔離され、大きな病院へ運ばれた。辰次郎はその頃、青白い顔でぐったりしており、下痢が治まり吐血がはじまるまでの小康状態と両親は見ていた。病院であらゆる検査を受けたが、下された診断は、「急性腸炎による極度の栄養失調と脱水症状」だった。

「それだけ？」

拍子抜けした辰次郎に、十助がこっくりとうなずく。

五歳の辰次郎はそのまま入院したが、主な治療は水分と栄養の補給だったという。十日も経つとすっかり元気をとり戻し、医者からもお墨付きをいただき、あっさりと帰された。

「辰坊が助かったってきいたときは、みんなとびあがって喜んだもんよ」

清造がようやく笑顔を見せ、十助も目を細めた。彼らが自分の与り知《あずか》らぬところで案じてくれていたと思うと、辰次郎の鼻の奥につんとなにかが込み上げた。

ただひとつ十助が戸惑ったのは、病の正体がわからないことだった。辰衛は念のため、別の病院でも辰次郎の検査を受けさせたが、やはりなにも出なかった。これを裏打ちするように、藩から遣わされた医者や学者がいくら調べても、病についてはわからずじまいとなった。幸い辰次郎を最後に新たな患者はあらわれなかったが、村人たちは不安を抱えたまま、息をひそめるようにその夏を過ごした。

ここに来て、十助と村人のあいだに諍《いさか》いが起きた。一部の村人たちは、藩への届け出を最後まで強く反対していたのだ。『病の噂《うわさ》が広まれば、今年村で採れた作物はまったく売れなくなる』彼らの危惧《きぐ》はそこにあった。

届けを怠れば村へ咎《とが》がおりる。もとより隠しおおせるはずもないのだが、病がそれ以上広がらなかったことで、届けはやはりすべきではなかったと声高に囁《ささや》かれるようになった。実際、彼らの心配していたとおり、その年瀧名村の作物は、村外へ出すことを禁じられ、その余波は数年にわたって村を苦しめた。十助は村人の誹謗《ひぼう》に晒《さら》された。彼らはやり場のない怒りの矛先を、十助にむけたのだ。

「あとになって、おまえを含めた六人が遊び仲間であったから、山の中で毒キノコでも食べたのではないかという噂も流れた。しかしはっきりしたことは、なにもわからなかった」

それ以来、村には一度も鬼赤痢は出ていない、と十助は話を締めくくった。

翌日、午餉《ひるげ》をすますと、十助は辰次郎を連れて、辰衛一家のもとの住まいへ向かった。曲がりくねった畦道《あぜみち》を、清造の家から南に半里ほど行った頃、十助は道端に影をさしかけた大きな木の下で立ち止まった。

「住んでいた家はのこってないが、ここから向こうの林までが辰つぁんの田んぼだった」

畦道に縁取られた、長方形の土地だった。八割ほどが耕されており、掘り返されたところが黒っぽい土色になっていた。畑の境界にあたる林のあたりに、人影が見える。午時だから、弁当をつかっているのだろう。

「こういう田畑が、いまの江戸を支えているんだ」

十助は誇らしげに言った。

江戸は、食料の九割五分を自前で賄《まかな》っている。農業、漁業に加え、牧畜も盛んで、昔の江戸でははばかりのあった牛や豚も、いまの江戸人はふつうに食する。食料ばかりでなく、暮らしに必要な物資は、ほとんど輸入に頼ることなく自給していた。

「それが江戸の強みなんだ。外交にも余裕が生まれ、むやみに利を追い求める交易をせずともよい。他国との摩擦や軋轢《あつれき》を、最小限に抑えることができる」

建国以来、他国と問題を起こさなかった理由の一つであるようだ。政治経済に疎《うと》い辰次郎でも、日本の食料自給率が二割を切ったことは知っている。

十助が口をとざすと、遠くで賑やかな小鳥の囀《さえず》りがきこえた。日差しに目を細めながら、辰次郎は空を見上げたが、遥《はる》かかなたの上空に、空に浮いたような鳶《とび》が見えただけだった。風に乗って、馬糞《ばふん》のような堆肥《たいひ》のようなにおいがただよってきた。

「やっぱり、なにも思い出さないか」

木の根元に腰を降ろした十助が、辰次郎を見上げた。

「すいません」

肩をすくめてあやまった。

昨日、一家が瀧名村を出た経緯《いきさつ》をきいて、気づいたことがあった。辰次郎には、小学校へ上がる前に入院した記憶がのこっていた。同じ病室の子供たちとカードゲームをしたことや、売店で買ってもらったコーヒー牛乳の味など、とりとめのないものだが、たぶんそれが、江戸を出て運ばれたという病院でのことなのだろう。つまり辰次郎の記憶は、そこからはじまっているということだ。

辰衛が十助へ寄越した便りによれば、息子の記憶がとんでしまったことを、両親はひどく心配したらしい。病で頭をやられたと考えたのだ。だが検査の結果、どこにも異常は見あたらず、翌年入学した小学校の成績にも問題はなかった。この頃から逆に、両親は江戸にいたときのことを話題にするのはやめたようだ。

十助を木陰にのこし、辰次郎は田んぼのまわりの埃《ほこり》っぽい畦道を一人ぶらぶら歩いてみた。江戸の町中でも見かけるが、さらに多くの馬糞がそこら中に落ちている。

前から歩いてきた二人の農婦が、辰次郎に無遠慮な視線を投げた。ばつが悪そうに辰次郎が会釈《えしゃく》をすると、背の高いほうの女が声をかけた。

「見ない顔だが、旅の人かね」

かけられた声は案外若い。二人とも着物をからげた腰巻姿に手拭《てぬぐい》をかぶっているが、もう一人は年配の女だった。

「昔、このあたりに住んでました」

「昔？」

「十五年ほど前になります」

年配の女がはっとした。

「ひょっとして、辰衛のことか」

「そうです、覚えてますか？」

声をはずませる辰次郎とは逆に、女は露骨に嫌な顔をした。

「いまさら、なにしにきた」

わけのわからない敵意に面食らって、辰次郎は「いや、別に」と曖昧《あいまい》に返すしかなかった。年嵩《としかさ》の農婦は、やはり事情の飲み込めないようすの若い女を引きずるようにして足早に去った。

「なんか、感じ悪いすね」

木陰に戻って、十助の前で顔をしかめた。十助は一部始終を見ていたようだ。

「病を治すために江戸を出ていく者を、『江戸ころび』とか『江戸しくじり』とか言ってな、あまりいい顔をされない。むろん一部の者だけだが、あんなふうに憎む者もいる」

辰次郎はぽかんとした。まるでわからない理屈だ。

「江戸で治せない病気なら、日本でも海外でも、どこでも行って治療するのはあたりまえでしょう。なにがいけないんですか」

「この江戸の暮らしは、自然と人の力だけがたのみだ。それは医術でも同じことだ。人の智慧や生薬で治せない病なら、仕方のないものと諦《あきら》めるしかないんだ」

「……だって、人の命がかかってるんだろ。そんなことに意地を張ってどうするんだよ」

知らず知らずのうちに、声が荒くなった。

「意地じゃない。それが江戸の理《ことわり》というものだ」

十助の顔に、確固たる信念が窺《うかが》えた。

さっきまで隣にいたと思っていた十助が、急に大河の向こう岸へ行ってしまったように思えた。人や国や民族によって、価値観や思想が違うのはあたりまえのことだ。その垣根を越えてくれる唯一《ゆいいつ》の切り札が人命尊重だと、これまでそう信じてきた。

辰次郎ははっとした。昨晩の清造の言葉が胸をよぎった。母が泣きながら父に訴えていたと、清造は確かにそう言った。

「……父さんも……父も、同じように考えていたんですか」

十助の視線が道に落ちた。木漏れ日の射《さ》す地面には、まだらの影がゆれている。

「そうだ。辰つぁんを無理に説き伏せて、江戸から出させたのはこのおれだ。村のために、どうしても病の原因や治す手立てを知りたかった。おまえのからだを調べてもらえば、なにかわかると思ったんだ。たぶん焦《あせ》っていたんだろうな。若い庄屋と侮《あなど》られまいとの気負いがあった。だからどんな手段を使ってでも、一刻も早く病の正体を突きとめたかった」

古傷を擦《こす》られでもしたように、十助の顔が歪《ゆが》んだ。我身の功名心から江戸の理を破ったという後悔は、十五年経《た》ったいまでも、十助を苛《さいな》んでいるのだった。

「結局、おまえは自然に治り、病のことはわからずじまいだ。辰つぁんはいい貧乏籤《びんぼうくじ》を引いた」

「なんだよ、それ」

啞然《あぜん》とする辰次郎に、十助は言葉を重ねた。

「お利保さんも、おまえと同じ考えだった。辰つぁんと別れることになったのは、それが根っこにあったらしい。冷たいと、辰つぁんは随分責められたそうだ」

「あたりまえだろう！」

母親を持ち出され、怒りが暴発した。普遍な事柄がまるで伝わらない相手ほど、気味の悪い存在はない。父や十助が、まるで異星人のように思えた。胸の内にくすぶり続けていたものに、ひといきに火がついた。

「どんな手段を使ってでも子供を守ろうとするのは、母親としてあたりまえじゃないか！　それがどうしてここでは通用しないんだ！　江戸の理なんて、そんな無茶苦茶な言い分があるものか！」

不覚にも、いっぱいに見開いた目に涙がにじんだ。ぼやけた画像の中の十助が、表情をやわらげた。

「わかってる。おまえの言いたいことも、お利保さんの思いも、辰つぁんもおれもわかってるんだ。目線の違いというか、違う秤《はかり》でものを量ろうとしているようなものだ」

辰次郎の肩に手をかけて、宥《なだ》めるようにかるくたたいた。

「おれの目線は、次元が低いですか」

「ははは、そうじゃあない。ここでおれたちが仲たがいをしても、仕方がないということだ」

十助の笑顔に、納得はできぬまでも辰次郎はひとまず矛を納めた。大きく息を吐き出すと、午飯をおえたばかりだというのに、急に空腹を覚えた。

気を緩めた辰次郎とは逆に、十助の顔がきゅっと窄《すぼ》まった。

「詳しいことは裏金春に帰ってから話すが、お役目のことだ。おまえには、なんでもいいから病のことを思い出してもらいたい」

「……どうして」

怖いくらい真剣な表情に、辰次郎はたじろいだ。

「鬼赤痢が、江戸に出たんだ」

陽射しの降りそそぐ畑を、ツバメが横切った。のどかな風景の中で、辰次郎と十助だけが、顔をこわばらせたまま立ち尽くしていた。

「最初に私たちの耳に入ったのは、去年の七月半ばのことだ」

辰次郎と十助が、溮名《すくな》村から戻ったその日の晩だった。締めきられた座敷の中、辰次郎はゴメスの前にきっちりと膝《ひざ》をそろえ、十助の話に耳を傾けた。

「下谷《したや》で七十一になる菓子屋の隠居が亡《な》くなった。喜平がその隠居と親しくしていてな、弔いできいた病のようすを私たちに話したんだ」

赤痢に似た症状から吐血して亡くなるまで、隠居の病の経過は、漉名村で亡くなった五人の子供たちとまったく同じだった。そしてその頃から同じような奇病の噂《うわさ》が、江戸のあちらこちらできかれるようになった。

発生場所は大きく分けて、内神田、外神田、小川町《おがわまち》、下谷、浅草の五ヵ所だった。病状はどれも漉名村の鬼赤痢に酷似していたが、患者の傾向には違いがあった。子供はたった一人だけで、あとは年寄を含む大人、しかも男が八割を占めていた。

「病状に細かな差はあっても、血を吐きはじめると、皆すぐに駄目になった。七月はじめから八月半ばのあいだに、発症した者百三十四人すべてが亡くなった」

流行病《はやりやまい》にしては、患者数は決して多くはなかったが、ひとたび発症すれば助からないこの病に、人々は恐怖した。

「江戸市中でも奇病の噂は広まり、誰が言うともなく、漉名村と同じ鬼赤痢の名で囁《ささや》かれるようになった。よみうりにも書かれ、いろいろな噂もたったが、八月以降は新たな患者は出なかったから、秋が来るとともにいちおう騒ぎは収まった」

十助に話をまかせ、他人事《ひとごと》のような顔をしているゴメスが、吸殻を灰吹きにたたき落とした。先刻からたて続けに煙管《きせる》をふかしているので、座敷が白く煙っている。

「しかし親分が気にされてな、去年よりさかのぼって調べてみた。そうしたら、一昨年に四人、鬼赤痢と思われる者が見つかり、やはり四人とも死んでいた」

それより前は、いくら調べても出てこなかった。一昨年、去年と続けば、今年も起こることは十二分に予想される。しかも去年よりさらにふえる恐れもあった。今年の夏が来る前に方策を立てるべく、ゴメスや十助は去年のうちから八方手を尽くした。亡くなった者たちの周辺を調べ、その家族に話をきき、漉名村の清造にも十五年前の記録を洗いなおさせたが、とっかかりさえ摑《つか》めなかった。辰衛にも確かめたが、先に手紙で書き送ってきた以上のことは、なにもわからなかった。

「それでおれを江戸に入れてみたというわけですね」

自分を呼んだということは、それだけ探索が行き詰まっているということだ。彼らの焦りは理解できるが、子供の頃の忘れた記憶を思い出せというのは無謀ではなかろうか。患者を日本へ運んで治療させるのが、やはり最上の策ではないか、と漉名村での十助との口論を思い出したが、さすがにゴメスに食ってかかる度胸はない。

「親分は、この病のもとが自然にあるものではなく、人為の産物だと推察された。それなら外から入ってきたと考えるのが妥当だろう。だからこの件については、親分が正式に長崎奉行所にて探索する旨《むね》、御上に申し上げている」

「どうして、人工のものだとわかるんですか」

「鬼赤痢は、生きものの原則に外れていることが多過ぎるんだ」

それまで十助に手綱をあずけていたゴメスが、ようやく口を開いた。

「いちばん腑《ふ》に落ちねえのが、かかった者をすべて殺しちまうってことだ。生きものってのはどれも子孫をのこしてふやすことが第一義で、それは病の菌でも同じことだ。奴《やつ》らの目的はとりついた人間を殺すことじゃねえ、利用してふえることだ。みんな殺しちまえば、かえってふえ辛《づら》くなる、これじゃ元も子もねえんだ」

ゴメスの分厚い唇はほとんど動いていないのに、言葉だけが大量に吐き出される。

「人のからだの性質《たち》ってなぁ様々で、病に抗《あらが》う力も人によって差が大きい。常ならこれが、生死を左右する。大量の死人が出た黒死病でもコロリでも、助かる者は多い。鬼赤痢が、仮にもっと派手に広がる病であれば、また話は別だがな。風邪みてぇにその辺をとんだり、なにか他の媒体でふえるもんなら、人を殺したあとでもふえ続けることができる。だが鬼赤痢はその類《たぐい》でもねえようだ。短いあいだにいっせいに患者の出ることから推すと、からだに長いこと潜伏する病原とも違う」

茶碗酒《ちゃわんざけ》をあおったゴメスは、どてらの袖《そで》で口を拭い、先を続けた。ゴメスは年中通してどてらを愛用しており、いまも中綿を抜いた濃茶のどてらをはおっていた。

「流行《はや》りがやけに短かいのも気にかかる。高温多湿を好むなら春から夏、結核や風邪なら秋から冬と数ヶ月から半年は続く。ところが鬼赤痢の流行は、せいぜいひと月半だ」

「菌がからだに入る経路にも合点がいかねえ。赤痢様《よう》の症状から見ると、口から侵入し排泄物《はいせつぶつ》を介して伝染《うつ》るはずなんだが、患者に通ずる水や食べ物がどうしても出てこねえ。かといって他のすじ道も浮かばねえ。流行病にしては患者が多くねえとこをみると、空気から気道に入るもんじゃねえし、瀧名村での事例があるから性行為感染も消える。のこるは虫や鼠《ねずみ》、動物あたりだが、こいつもどうもぴんとこねえ」

辰次郎はただただ驚いていた。話の内容もさることながら、たまに怒鳴りつける以外は、いつもむっつりと押し黙っていることの多い親分が、これほど滑らかに大量に話すとは思いもよらないことだった。

「こういうことから推すと、自然の病原とは到底考えられねえんだ。誰がなんのために持ち込んだのか、そいつはわからねえ。大事なのは、からだに入る経路と病の正体を確かめるこった。それとなにより治療法が先決だ」

ゴメスがちらりと辰次郎を見た。足のしびれが気になりはじめ、尻《しり》をもぞもぞさせていた辰次郎が、はじかれたように頭を下げた。

「お役に立てなくて申し訳ありません！　これから頑張って思い出します！」

拳骨《げんこつ》の一発くらいは覚悟していたが、座敷には外の風の音しかしない。日が落ちて風が強くなった。時折突風のように吹きつけ、外に面した障子を鳴らした。

おそるおそる頭を上げると、ゴメスは右手に持った茶碗を膝の上においたまま、じっと考え込んでいた。どうします、と辰次郎が目で訴えると、十助がうなずいた。そのまま黙っていろということらしい。足先のしびれがふくらはぎまで広がった頃、ゴメスが辰次郎に身を乗り出した。

「ひょっとするとおめえは、拾いものだったかもしれねえ」

まともに目を合わせた辰次郎は、畳の上でとびあがりそうになった。

十助がわずかに膝を進める。「と、言いますと」

「漉名村で五人、江戸で合わせて百三十八人、しめて百四十三人すべてが死んでるんだ。こいつ以外のすべてがだ。やっぱりこいつには、病から生き延びたわけがなにかあるはずだ」

ゴメスの目が、きらりと光ったように見えて、辰次郎の顔から血の気が引いた。

「親分、解剖とか人体実験とか、そういうのだけは勘弁して下さい！」

辰次郎は畳を後退《あとずさ》りながら叫んだ。

「なに早飲み込みしてんだ。てめえを解剖したって犬の糞《くそ》にもならねえ。十五年前、日本の最新医療とやらで調べて無駄だったんだろ。いまのおめえには、病の痕跡《こんせき》なんぞこれっぽっちものこってやしねえよ」

犬の糞はひどいが、辰次郎はほっと胸をなでおろした。

「いいか、こいつとほかの患者には、一つだけ大きな違いがある」

辰次郎と十助は顔を見合わせた。思いあたることがない。

「こいつだけが、江戸を出たんだ」

ゴメスは、自信たっぷりに言い切った。

「……ですが、辰次郎は日本で療治したわけではありません。日本に着く前に、どういうわけか病が癒《い》えていたと……」

「ああ、だからこういうことだ、十助。江戸から日本までのあいだのどこかに、こいつの病が治るなにかがあったんだ」

「えっ！」

意表を突かれた十助が、言葉を失った。

「厳密に言えば、漉名村を出てから御府内に入り、船で日本に着くまでのあいだだ。このどこかに、病を治す手立てが隠れているはずだ。十助、辰衛にもう一度繋《つな》ぎをつけろ。この間《かん》のことをもう一度細かに書き送れとたのめ」

「はっ！」

十助が面を伏せた。

「辰次郎、てめえは死にものぐるいで思い出せ」

「はいっ！」

勢いで返事はしたものの、さてどうしようかと辰次郎は考えた。まるで太平洋で小島を見つけるようなものだ。

「記憶ってのはそうそう消えるもんじゃねえ。たとえ病のせいで頭がおかしくなったとしてもだ、どこかに必ず切れっ端の一つでものこっているもんだ。いいか、なんでもいい、なんか少しでもひっかかることがあれば、そいつを突ついてみるんだ」

たたみ込むように重ねられ、辰次郎は困り果てた。漉名村から日本に着くまでのあいだ、辰次郎は死にかけていた。危篤《きとく》状態の子供が、なにを覚えていると……。ここまで考えて、待てよ、と思いついた。

「どうした」

押し黙った辰次郎に、十助が顔をむけた。

「船の上で、夢、見たんです」

江戸湊《えどみなと》までの船上で、船酔いに苦しみながら見た夢を、辰次郎は二人に話した。いちばん気になったのは、夢から覚めても口の中にのこっていた、あの味だった。

「苦味のある、なんともいえない嫌な味でした」

「なにかの薬を飲まされたんじゃねえのか」

ゴメスが辰次郎ではなく、十助にむかって訊《たず》ねた。

「いや、少なくとも瀧名村から持って出たのは水だけだったと思います。村にあったどの薬も効かないことは、わかってましたから」

「江戸湊の辺りで、なにか薬を買ったとか」

「それなら辰つぁんが必ず教えてくれるはずだ」

辰次郎の指摘も、すぐに十助が打ち消した。

「すいません、夢の話だし、まるきり関係ないかもしれません」

腕を組んで思案を巡らせるゴメスに、辰次郎は断りを入れた。

「言ったろう、ひっかかりは手掛かりになる。駄目でもともとだ。おめえはどうにかしてそれを手繰ってみろ」

「はい!」

返事だけは達者なようすに、吊《つ》り上がった細目に不信の色を浮かべたが、ゴメスはそのまま下がっていいと言いわたした。

座敷の外から、小さなおとないの声がした。韋駄天が手紙を届けにきたのだった。

韋駄天とともに座敷を辞した辰次郎は、廊下の途中で話しかけた。

「親分って、もしかしてものすごく頭がいいんですか?」

ふり返った韋駄天は、こくんと一つうなずいた。

「時々おれは、あのでかいからだの中身がすべて、脳みそじゃないかって思うことがあるよ」

真顔で言われるとこわくなった。

玄関脇《わき》の座敷から、酒盛りをするみなの陽気な笑い声が、強い風の合間に小さくきこえた。辰次郎は身震いを一つして、廊下を戻る韋駄天のあとを追った。

「今度、奈美の働いてる織屋《おりや》へ行かないか」

朝の膳出《ぜんだ》しをおえたところで、松吉が言い出した。漉名村から戻って以来、膳出しは辰次郎と松吉の仕事になっていた。

「この前、使いの途中で思い出して藤堂町に寄ってみたんだ」

辰次郎が瀧名村に出掛けていたときの話らしい。

記憶をたどるこれといった名案も思いつけぬまま、数日が過ぎていた。その気晴しのつもりもあって、二つ返事で話にのった。うまい具合に寛治と良太を見つけ、日取りを相談したところ、今度と言わず午後にでも行ってこいとの快諾を得た。もともと気のいい二人だが、膳出しを肩代わりしてくれた新入りには、滅法愛想がいい。

二人の好意に甘えて、辰次郎と松吉は午餉《ひるげ》をすますと、神田藤堂町に足をむけた。

陽気のいい、暖かな春の午後だった。道行く人の表情も明るく、活気にあふれる町並には、病の不安など影も形も見えない。筋違《すじかい》御門の手前を右に折れ、和泉橋《いずみばし》から神田川をわたった。神田藤堂町は上野にほど近い、まわりを狭い堀で囲まれた一画だった。

織屋高田屋は、表通りに面した帳場はこぢんまりとしているが、奥に長いつくりで、その半分以上を機織場《はたおりば》が占めていた。勝手知ったる松吉は、まっすぐ裏の織場へ足をむけた。あけ放された戸口から中を覗《のぞ》くと、織機が七台もおいてある。中の一台に腰掛けた奈美の手さばきは、意外なほどに早かった。

「おや、また来たのかい」

ちょうど奥から出てきた老婆《ろうば》が、二人に気がついた。

「たびたびすいませんお甲《こう》さん、こいつがどうしても来たいってもんだから」

松吉がいいかげんなことを言う。お甲は辰次郎を見上げて、ふうん、と笑った。

白い肌と張りのある目許《めもと》に、若い頃の美貌《びぼう》がしのばれる。きれいに櫛目《くしめ》の通った白髪にさした、塗りの簪《かんざし》が粋《いき》に見えた。

呼ばれた奈美は、辰次郎との再会を喜んでから、二人の前に手を出した。

「まさか、手ぶらじゃないよね」

「しっかりしてんな」

松吉があきれながらも、途中で買った草餅《くさもち》の包みをさし出した。

「どっちがお奈美のいい人だい」

お甲が値踏みするように辰次郎と松吉を見比べる。織機についた女たちも興味深げにこちらをながめていたが、奈美の応酬はかろやかだ。

「こんなもんじゃまだまだ、あたしの相手には十年早いわね」

「そんなこと言ってると、あっという間にあたしみたいになっちまうよ」

お甲がからからと笑い、傍にいた一人の娘に茶を運ぶよう指図した。

「腕が上がったな。この前より全然早えや」

「無地の平織りだもの。なにも考えずに杼《ひ》と筬《おさ》を動かすだけだから誰でもできるよ」

奈美は謙遜《けんそん》するが、二人の前で披露した、流れるような手の動きは見事なものだ。

「本当に、とんからりって音がするんだな」

辰次郎が妙なところで感心している。筬で横糸を、とん、と打ち込み、杼が通るときに、からり、とかろやかな音がする。なんともいえない心地良い調子だった。

織場にはほかに、お春くらいの娘が三人、さらに男の職人も二人いた。鶴《つる》の恩返しの影響か、機織というと女性の仕事と思っていたが、そうでもないらしい。

「田舎では女の仕事になってるが、御府内では男の織人のほうが多いくらいだよ」

お甲が言った。お甲はこの織場を仕切っている熟練の織人だった。お甲の織機の前にある布は、ほかより目の細かな薄手の品だった。織機そのものも違うようだ。

「唐桟織《とうざんおり》っていうの。素敵でしょう」

「そういえば、甚兄いがよく着てるものと似ているな」と、松吉が布をながめる。

「お奈美はすじがいいから、修行すればこういう品も織れるようになるさ」

お甲は、まんざら世辞でもないようすだ。

「気が遠くなるほど先の話だけどね」

照れ隠しか、奈美は肩をすくめてみせたが、かなりやる気になっていることは見てとれた。

娘の一人が、御持たせですが、と皿に盛った草餅と土瓶を運んできて、賑《にぎ》やかなお茶の時間となった。

「すいません、仕事を中断させた上、長居してしまって」

帰り際《ぎわ》、辰次郎があやまると、

「そんなこと気にするなんて、やっぱり日本人だねえ」と、お甲に笑われた。

言われてみれば、日本では場所も時間も、仕事と私事ははっきりと区別されている。その線引きが、江戸ではひどく曖昧《あいまい》なのだった。裏金春でも、休憩時間がない割に、茶飲み話に興じることは意外と多い。急の知らせで夜中にたたき起こされても、翌日は昼過ぎまで寝ていたりする。どちらが良いか、と問われれば、答えは出し辛《づら》いところだが、こういうのも案外悪くない、と辰次郎は思うようになっていた。

地面に長く伸びた影をふみながら、辰次郎と松吉は裏金春への道を急いだ。思いのほか高田屋に腰を据えてしまったが、夕餉の膳出しには間に合わせなくてはならない。

京橋をわたると、家並の途切れる辻《つじ》から富士が見えた。もちろん本家本元の富士山とは別物だが、ここでは『江戸富士』と呼ばれ人々の信仰を集めていた。丘に石や土を盛って形を整えたというから、実際はごく低い山らしいが、市中からは十里と離れていないため、距離が近い分それなりに大きな山に見える。

「前から気になってたんだけど……あの富士山、なんか変じゃないか?」

辰次郎が話しかけた。富士山はもっと、なだらかな稜線《りょうせん》を描いていたはずだ。それにくらべ江戸富士は、頂上あたりが玉葱《たまねぎ》の芽のように尖《とが》っており、辰次郎は見るたびに違和感を覚えていたのだった。

「なんだ、知らなかったのか。江戸富士は本物の富士を写したもんじゃねえよ。ありゃ、北斎《ほくさい》の絵が下地になってんだ」

辰次郎の疑問に、松吉はあっさりと答えた。

「絵に似せたおかげで登山には向かなくなっちまってな、五合目までしか登れねんだってよ。ついでに言うと、盛った土も赤土だから、これがほんとの赤富士ってぇわけだ」

江戸をつくった初代将軍も、松吉みたいなオタクだったのかもしれない、と辰次郎は苦笑した。

「富士のねえ江戸なんざ、オチのねえ小話。てんで締りがねえってな」

当の松吉は、夕日に真っ赤に染まった富士をながめてご満悦だったが、天秤棒《てんびんぼう》の両脇に傘をたくさん括《くく》りつけた行商人の姿を認めると、すいっと視線がそちらにそれた。

面白そうな物売りをつかまえて冷やかすのは、松吉の趣味だった。急いでいなければ声をかけたいところなのだろう。

「そういや、おめえ、なんか思い出したか、小さい頃のこと」

すれ違った古傘買いを残念そうに見送りながら、松吉が訊ねた。

「いや、なんにも」

「そっか……」

「おまえだったらどうする？　試験で数式が出てこないとか、なくした財布を探すとか、そんなときにさ」

「試験は諦《あきら》めるけど、財布はやっぱりその場所まで戻るだろうな。財布を出した最後の場所まで行ってみるよ、きっと」

辰次郎が足をとめ、松吉に向きなおった。

「やっぱりそれだな。その場所に行ってみるのがいちばんいいよな」

「……でもおめえ、村まで行ってみたんだろ」

晴れやかな顔の辰次郎に、松吉は怪訝《けげん》な顔をした。

玄関で草履をひっかけた辰次郎を、十助が呼びとめた。みな探索に出ていて、裏金春はひっそりかんと静まりかえっている。

「これを八丁堀へ届けて欲しいんだが、ほかに誰もいないんでな」

その言い方にかちんときて、ついつっけんどんな調子になった。

「八丁堀なら大丈夫ですけど、何度か兄いたちにくっついていきましたから、でもいまから行って戻ると、晩の膳出しに間に合わなくなりますが」

「親分はこれから他出されるから、今晩の膳出しはないぞ。松吉にきいてないか」

それなら心おきなく、八丁堀に足を伸ばせるというものだ。

「おまえ、どこかへ行くつもりだったのじゃないか」

十助は、書状の宛人《あてにん》である吟味方与力の組屋敷を口で説明してから、思い出したように訊ねた。

「出島の竹内様のところへ行くつもりでした。この前お願いしたこと、今日の夕刻に返事をくださるとのことでしたから」と、辰次郎は答えた。

書状を懐《ふところ》に汐留橋《しおどめばし》へむかうと、芝口二丁目の脇道に、物売りを冷やかす松吉の姿があった。辰次郎が大声で呼ぶと、松吉ははじかれたようにふりむいた。

「晩の膳出しがないって、教えろよな」

辰次郎は松吉の肘《ひじ》を小突いた。

「あ、すまねえ！　朝の膳下げのあときいてたんだ。すぐに寛兄いに呼ばれて出掛けたもんで忘れちまってた。わりい」

　右手を額にあてて、拝んでみせた。

　辰次郎は、脇に立つ物売りの右肩に担《かつ》がれたものに目をとめた。

「これ、なんだっけ。見たことあるような気がする」

「行灯《あんどん》に使う灯心だよ、毎日見てるじゃねえか」

　言われて、ああ、と思い出した。灯心はいわば、蠟燭《ろうそく》の芯《しん》にあたる。長い灯心を小皿に入れた灯油に浸し、行灯に入れて火をつけるのだ。

「裏金春で使っているのは綿糸だけど、これはイグサの外皮を剥《む》いたもんだってよ」

　松吉の話にうなずくように、菅笠《すげがさ》をかぶり、長い灯心の束を担いだ灯心売りが頭を下げた。着物の袖《そで》から手甲《てっこう》が覗いているところを見ると、案外遠くの村から売りにきているものかもしれない。

「これからどこ行くんだ、出島か？」

　出島のあとに、八丁堀の吟味方与力の屋敷へいくと告げると、松吉は指でもくわえそうな顔になった。

「そこならおれのほうが詳しいのにな。前に一度行ったんだ。使いを代わりてえところだが、頭《かしら》へ繋《つな》ぎをしてから、また探索中の寛兄いんとこに戻んなきゃいけねえんだ」

「だったら、こんなとこで油売ってちゃまずいだろ」

あきれる辰次郎に、へへ、と舌を出した。

松吉と別れた辰次郎は、出島へ寄ってから八丁堀へ赴いた。

十助からの書状をわたし、吟味方与力の屋敷の門を出ると、五つの鐘が鳴った。

「もう八時か」

松吉に叱《しか》られても、日本時間におきかえる癖がなかなか抜けない。

八丁堀を西に抜ける橋にさしかかったとき、月に照らされた橋の反対側に、人影を認めた。着物の裾《すそ》を端折《はしょ》り、ほっかぶりに加え、顔の下半分を手拭《てぬぐい》で覆《おお》ったその男は、橋の中ほどで辰次郎の行く手を塞《ふさ》いだ。男の右手に匕首《あいくち》が閃《ひらめ》いた。

(追剝《おいは》ぎだ!)

話にはきいていたが、そのときも、「おめえのような図体《ずうたい》なら狙《ねら》われる心配もねえだろ」とみなに一笑されたのだ。

(どうする……)と考えて、ひとまず来た道を戻ることにした。賊は、肩幅は広いが小さい男だった。歩幅からいけば自分に有利だと、咄嗟《とっさ》に考えたのだ。

だがその判断は甘かった。先の奴《やつ》よりもう少し背の高い男があらわれ、辰次郎の逃げ道を塞いだ。ほっかぶりと覆面、匕首までもがおそろいだった。じりじりと詰め寄られ、辰次郎は橋のまん中まで後退せざるを得なかった。

素早くあたりを見まわしたが、八丁堀だというのに、同心はおろか犬さえ通る気配がない。ごくりと喉《のど》が鳴った。これは駄目だ、と観念した。

「あまり持ち合わせがないけど」

間抜けな断りを入れ、小粒の入った縞《しま》の財布を橋の上に投げた。探索費兼小遣いとしてもらったものだが、兄いたちの後ろに金魚の糞《ふん》ではほとんど使う機会もなく、その分財布の重さも頼りない。

二人の男はなにも言わない。そろって一歩、間合いを詰めた。逆に一歩、二歩と下がった辰次郎の腰に、橋の欄干があたった。彼らの不満はわかるが、ない袖はふれぬ。そういえば、と辰次郎は思い出した。着物から褌《ふんどし》まで身ぐるみ剝がすから追剝ぎなのだと、たしか誰かが言っていた。辰次郎の着物は安物だが、まだ新しい。

「……あの、いま脱ぎますから」

さらに間抜けな断りを入れてから、ゆっくりと羽織を脱いだ。追剝ぎは相変わらず無言のままだ。さっき一度間合いを詰めてからは、動いてさえいない。脱いだ羽織を右手に持った辰次郎は、賊との距離が案外開いていることに気がついた。一メートル、いや、三尺少々といったところか。

次の瞬間、羽織を真横に大きくふった。羽織が広がり、二人の男が視界から消える。からだの流れをとめずに欄干に足をかけ、はずみをつけてとびあがった。背中に切りつけられる不安から、握った羽織はそのまま右肩に担ぐようにして放さなかった。盛大な飛沫《しぶき》をあげて、辰次郎のからだが黒い水に呑《の》み込まれた。

「どうしたんだ、その格好！」

濡《ぬ》れ鼠《ねずみ》のまま玄関の土間に突っ立って、がたがたと震える辰次郎に、松吉が目を丸くした。

とび込んだ橋の下流に頭を出して、あとはひたすら裏金春まで駆け通した。湯屋はとうにおわった刻限だったから、井戸端でからだをふいて着替えをすると、どてらや布団《ふとん》をかぶせられ、舌を火傷《やけど》しそうな熱い燗酒《かんざけ》を大量に飲まされた。

「馬鹿《ばか》野郎！　褌もみんなくれてやって、素っ裸で戻ってくりゃいい話じゃねえか！　切られなかったのはたまたまだ。二度とそんな真似《まね》すんじゃねえぞ！」

事の顛末《てんまつ》を語った辰次郎を、木亮《もくすけ》がこっぴどくどやしつけた。言うことはもっともなので、辰次郎は布団から出した首を亀《かめ》のようにすくめた。

「ただ、あの二人、薄気味悪くて、それでつい逃げたくなったんです。いま考えてもあの追剝ぎ、やっぱりおかしい」

「どういうことだ」

冷酒の猪口《ちょこ》を片手に、甚三《じんざ》が訊《たず》ねる。

「物盗《ものと》りなら、金出せとか着物追いてけとか、言えばいいでしょう」

「最初っからおめえを刺すつもりだったってのか？」と、良太が勢い込む。

「それならとっくにやられてますよ。二人に囲まれてから川にとび込むまでのあいだに、刺す余裕は充分あったから」

「なんだよ、それじゃわけがわかんねえじゃねえか」

「そうなんですよね……」

「まあ、ともかく無事でなによりじゃねえか」

辰次郎の前に、寛治が新しい徳利をおいた。いいかげん酔いがまわってくらくらしていたが、ほっとした拍子に恐怖が甦《よみがえ》り、二日酔い覚悟で何度も猪口をあおった。

「親分や十さんに、言ったほうがいいですか」

「いや、それはおれから伝えておく」

煙管《きせる》をくわえたまま、なにやら考え込んでいた甚三が顔を上げた。

「それよりも念のためだ、おめえは当分、日が落ちたら一人で出歩くな。夜出掛けるなら必ず誰かと一緒に行け」

「辰次郎が、誰かに狙われてるっていうんすか!」

「だから、念のためだ」

自分のことのように青ざめた松吉をかるくいなし、長煙管の雁首《がんくび》を鳴らした。

「半人前から父兄同伴に格下げか」

呂律《ろれつ》のまわらなくなった口で、辰次郎は呟《つぶや》いた。


「あの、苦い薬が欲しいんですけど」

「たいがいの薬は苦いものですので、そうおっしゃられても」

「じゃあ、いちばん苦いのをください」

縞のお仕着せに紺の前掛けを締めた丁稚《でっち》が、困ったような顔をした。少々お待ち下さいと、上がり框《かまち》に辰次郎をかけさせて、店の奥に入っていった。

日本橋本町三丁目は、薬町と呼ばれるほど薬種問屋が多かった。

辰次郎が事情を話し、どの店が良いか菰八《こもはち》に訊ねたところ、「そんなわけのわからねえたのみなら、客あしらいのいい店がよかろう」とこの店を教えてくれたのだった。

足をむけた薬種問屋は、気後れしそうな大店《おおだな》だった。店の内には、病院の消毒薬とは違う、草いきれのような生薬のにおいが満ちていた。孤八が太鼓判を押したとおり、結構な数の先客に、番頭か手代らしい者がそれぞれついて丁寧に応対していた。

お待たせ致しました、と奥から店の手代が出てきた。

「なにやら苦い薬をお探しとか。お差し支えなければ、どのような症状にお使いになるかおきかせ願えませんか」

さすが手代だけあって、そつのない応対ぶりだが、訊《き》かれた辰次郎は答えに詰まった。本当のことを話すわけにもゆかず、口から出るにまかせていいかげんなことを言った。

「いや、薬に使うわけじゃなくて、えーと、宴会の余興というか……」

「余興、でございますか」

手代のぼってりした唇が、鯉《こい》のように丸く広がった。

「そのう、余興に負けた者が罰として飲むもので……すいません」

苦しい言い訳だが仕方ない。この点だけは、はっきりさせなくてはならない。

「とにかく健康な者が飲んでも大丈夫な薬で、味だけ苦いものはありませんか」

この無茶苦茶な希望にも手代は別段嫌な顔もせず、唇と同じにふっくらとした顎《あご》に手をあててしばし考え込んだ。

「……そうでございますね、そういうことでしたら、千振《せんぶり》などはいかがでしょう」

「せんぶり、きいたことはあります」

「健胃の薬ですから、病のない方が飲んでも心配はありませんし、千回振っても苦いということで名前がついたほどですので」

「それでいいです。それください！」

「どの程度ご入用ですか」

「えーと、一、二回分もあれば。あの、勝手言って何ですが、すぐ飲めるようにできませんか。これから使いたいので」

「これから宴席でございますか」

まだ午前《ひるまえ》なのだから、手代が驚くのも無理はない。それでも手代は奥で煎《せん》じた千振を、辰次郎の持参した竹筒に入れてくれた。

薬種問屋を出た辰次郎は、江戸湊へ急いだ。入国した日に降りた桟橋へいくと、竹内は先にきて待っていた。

松吉の財布の話で思いつき、辰次郎はもう一度、船で沖まで出てみることにしたのだった。漉名村でも記憶が戻らなかったいまとなっては、あの夢が唯一《ゆいいつ》のこされた細い綱だった。船上でまた都合よくあの夢を見るはずもないが、夢の詳細をもう少し思い出せるかもしれないと考えたのだ。

「すいません、こんな雲をつかむような話につきあわせて」

「お役目なのだから気にするな。今日の船はこの前の半分の五百石だが我慢してくれ」

裏金春の誰かにたのみ、漁船にでも乗せてもらうつもりでいたが、沖に出るには役所の許しが必要とのことで、結局竹内にたのむことになった。

桟橋から沖に停泊した船までは、伝馬《てんま》船《せん》と呼ばれる小舟で漕《こ》ぎつける。辰次郎は船に上がるとすぐに、竹筒に入った千振を飲んでみた。

「にげーっ！」

「千振なら苦くてあたりまえだ。おまえもまた、突飛なことを考えるものだ」

手代の前で嘘《うそ》をならべて千振を買ったのは、夢から覚めたときのあの味を、もう少し具体的に思い出したいと考えてのことだった。

「たとえ味を思い出しても、なにを口に入れたかわからなければ仕方あるまいに」

竹内の言うとおりだった。

「少なくとも、千振じゃないことはわかりましたけどね」

いくら水を飲んでも口の中にのこる苦味に顔をしかめながら、ただ苦いだけの味とは違っていたな、と感じた。たとえば、くさい食べ物は飲み込んだあとも口に嫌なにおいがのこる。それに近い感覚だ。

「今日は風もあるし、この天気だ。沖は波が荒いかもしれねえ」

船頭の言葉通り、空一面を厚い雲が覆っている。船の大きさもあるだろうが、船底にあたる波の感触は入国したときとは桁違《けたちが》いだった。千振の後味の悪さも手伝って、沖に出る前に早くも胸がむかついた。思えばあの日のように酔止めも飲んでいない。

口と胸を押さえ懸命に我慢したが、血がどんどん下に下がっていくのがわかる。

「おい、大丈夫か」

紙のように白くなった辰次郎の顔に、気づいた竹内が駆け寄ったが間に合わなかった。船の欄干から頭を突き出して、辰次郎は盛大に吐いた。船から落ちぬよう、竹内が後ろから帯をつかむ。波に乗るたび船は大きく上下し、そのたびに辰次郎は吐いた。千振の味が口一杯に広がり、気持ち悪さに拍車がかかる。しまいには吐いても吐いても胃液しか出てこなくなったが、胸の悪さは治まらなかった。

「まったく無茶ぁしやがって、しっかりしろよ」

珍しくべらんめえ調になった竹内が、辰次郎の背をさすっている。

ついに吐き疲れて、辰次郎は甲板に大の字になった。真上に広がる空は、湊《みなと》を出た時分よりさらに暗い。風の唸《うな》りが耳に届くまでになった頃、船頭が声を張り上げた。

「竹内の旦那《だんな》、湊へ戻ってもいいかね。こりゃあ、一雨くるぞ」

「どうだ、もう戻ってもよいか」

辰次郎はしゃべる気力もない。上から覗《のぞ》き込む竹内に、目だけで了解を告げた。

湊の入り口の松林の岬をまわったころ、辰次郎の顔に、ぽたりと最初の雨粒が落ちた。雨が顔をたたく回数は次第にふえたが、風に流されてか、まともに上からあたらずに横や斜めから思い出したように吹きつける。竹内に屋倉《やぐら》に入るよう促されたが、辰次郎は断った。

「これでは裏金春まですぐには戻れんな。湊に着けば人足相手の茶店や飯屋があるから、それまで我慢しろよ」

心配顔の竹内が、飲めるか、と水の入った竹筒をさし出した。一口含むと、水の甘味が口の中に広がった。飲み込んだあとに千振か吐いた後味か、嫌な味がまた舌に甦った。

「あった……」唸り声をあげた風が、辰次郎の顔に雨粒のかたまりをたたきつけた。

「どうした」

竹筒を手にしたまま、かたまっている辰次郎の肩を、竹内がかるくゆさぶった。

「あったんだ、前にも、これと似たようなことが！」

「なにか、思い出したのか」

返事の代わりに、何度も首を縦にふった。

母に抱かれて船に乗っていた。まわりの海が真っ黒に見え、風が吹きつけるたびに、豆を撒《ま》いたような音をたてて甲板が雨にたたかれた。心配そうに覗き込む両親が、しっかりしろ、と何度も叫ぶ。胸がむかつき、ひどく気持ちが悪い。我慢ができなくなり吐いた。口の中があの味で一杯になる。

「竹内様、あれはただ苦いんじゃなかった。甘くて苦いものだった」

「甘くて、苦い？」

「そうです、最初甘くて、そのあとになんともいえない嫌な苦味がのこるんだ」

船が湊にとまり、錨《いかり》がおろされた。少したよりなくなった雨が、辰次郎の顔に真上から落ちてきた。

竹内は桟橋からほど近い、旅籠《はたご》を兼ねた飯屋に辰次郎を連れていった。土間に茶店のような縁台がならび、その奥が広い入れ込み座敷になっている。辰次郎はそこに転がって動けなくなった。

「しばらく座敷の隅を占領させてもらうぞ、猪助《いすけ》」

役目柄、江戸湊にくることの多い竹内は見知りらしく、顔を出した中年の主人に、気安い調子で断りを入れた。

「だいぶ加減が悪いようですね、どうなさいました」

「船酔いだ。なに、半刻《はんとき》も経《た》てばなおるだろう」

さいですか、と猪助が笑い、やはり竹内と顔馴染《かおなじみ》らしい娘が茶を運んできた。

「甘くて苦い物か」

座敷に近い縁台に腰掛けた竹内が、茶碗《ちゃわん》を手にとった。

「おまえの話だと、江戸湊から日本への船の中で、それを飲んだということか」

「そこがちょっと曖昧《あいまい》で、船で飲んだものか、その前に飲んで船で吐いたものか、はっきりしないんですよね」

失礼を承知で、横向きに寝転がったまま辰次郎が答えた。

「吐いたときのものとすると、甘いと苦いを一緒に口に入れたわけではないかもしれんな」

竹内が考え込んだ。せっかく記憶の一部が戻っても、これではなんの役にも立たない。

小さなため息をついて寝そべっている座敷内を見渡すと、がたいの良い日焼けした男たちが五、六人、蕎麦《そば》やぶっかけ飯をすすっていた。ここは一階が船人足相手の飯屋で、船待ち客を泊める旅籠も二階にあるという。

「天候に恵まれなければ、何日もここで足止めを食うこともあるからな」

「そういえば……」

竹内の話で、辰次郎は思い出した。

両親と辰次郎が村を出てからの足取りは、十助が辰衛に確かめていた。しかしなにを与えたかという問いには、湯冷ましだけだと辰衛は書いてきた。

夜明けを待たずに村を出た一家は、江戸湊までの十四里を歩き通した。鬼赤痢を患《わずら》う辰次郎を連れている以上、乗合舟を使うわけにもゆかず、宿に泊まるのもはばかられた。夫婦は野犬や追剝《おいは》ぎに怯《おび》えながら、わずかな休息をとりつつ道を急いだ。

下りの多い行程ではあるが、それでも女子供の足なら三日はかかる。それをお利保は、子を助けたいと願う母親の執念で、村を出てまる二日後の日の出前には江戸湊へたどり着いた。

「でも日本へわたる船が出たのは、その日の午過《ひるす》ぎだったと書いてありました。そのあいだこういう旅籠に……」と言いさして大事なことに気がついた。「……なわけないすよね。おれを連れていたんだから」

「うん、出国の手続きをおえて病船《やまいぶね》で江戸を出るまで、おまえたち一家は湊の養生所にいたようだ」

竹内はこのあたりの経緯も、あらかじめ調べていたようだ。

病人を日本まで移送するには、病船と呼ばれる三百石程度の専用船を使う。『湊の養生所』とは、病のために江戸を出る、いわゆる『江戸ころび』の者たちが船待ちをするための施設である。長崎奉行所管轄《かんかつ》で、江戸湊において入出国を監督する通称『お出入り役所』の裏手に、養生所の小さな建物があった。

「その養生所で、なにか薬を飲んだとか……」

辰次郎の思いつきを、竹内が否定した。

「養生所といっても通り名にすぎん。いちおう小石川養生所から一人、医者は派遣されているが、容態が悪化しない限り、施療にあたることはまずない。これから日本で病を診てもらう者に薬なぞ与えては、かえって障《さわ》りがあるやもしれぬしな」

「じゃあ、そこではなにも飲まされなかったんですね」

「お奉行の命で当時の帳面を改めてみたが、その日、薬を処したという記述はなかった」

竹内は役人らしい生真面目《きまじめ》な表情で言ってから、奥に向かって茶の代りをたのんだ。

「湊の養生所を、見せてもらうことはできますか」

なにか思い出せるかもしれないと辰次郎は考えたが、船待ちの養生所は二年前に建て替えられたんだ、と竹内が残念そうに告げた。

「当時の使用人も、小石川から派遣されていた医者も、いまどこにいるか皆目わからなくてな。役所内の古参の同心らにも、十五年前の七月晦日《みそか》、病気の子を連れて養生所に着いた夫婦を覚えていないか訊《たず》ねてみたが……」

目に見えてがっかりしたようすの辰次郎に、竹内はあわてて言葉を継いだ。

「なに、日にちははっきりしているんだ。おまけに八朔《はっさく》の前日だから頭にのこりやすい。そのうち思い出す者もあろう」

そのとき竹内の背中で、張りのある女の声がした。

「あたし、覚えてるわ」

立っていたのは、さっき茶を出してくれた娘だった。竹内にたのまれ、お茶を注ぎ足しにきたようで、手には土瓶を携えている。

「ほんとですか！」

辰次郎《しんじろう》はがばりと身を起こし、裸足《はだし》で土間へ降り立った。上背のある男に目の前を立ち塞《ふさ》がれ、娘はちょっと引いたが、辰次郎を見上げてこっくりとうなずいた。渋茶の小紋を着たその娘は、奈美と同じくらいの年に見えた。

「本当か、おもよ」

竹内の問いに、おもよはもう一度神妙にうなずいた。

「養生所の門前で、六つ、七つの男の子が女の人の……たぶんその子のお母さんね、背に負《お》ぶわれて苦しそうにしていたわ。あたしはずっと見ていたの。その子もぼんやりした目であたしを見てた」

「その男の子、おれです。おれなんです！」

「まあ、そうなの」

自分を指さして叫ぶ辰次郎に目を見張り、それからおもよはにっこり笑った。

「良かったわ、助かって。ほんと言うとね、もう駄目じゃないかと思ってた。弟が死んだときみたいに、生きてくための何かがどんどん抜けていってる感じがしたの。いまにも弟みたく死んじゃうんじゃないかって、見ていて怖かったわ」

早朝だというおもよの言から、一家が養生所に着いたときと推察された。

「お出入り役所の小者だったおじいさんが一緒にいて、養生所の先生と話をしてたんだけど、あたしに気がつくとぎょっとして、すぐに追っ払われちまったの」

「あたりめえだ。養生所には子供が近寄っちゃならねえと言ってあったじゃねえか」

話をきいていたらしい猪助が、見当違いの小言を言った。

「だからおとっつぁんにもおっかさんにも黙っていたのだけど」

湊の養生所を過ぎたところは、いまでも空き地になっているが、その頃そこに居ついた野良猫《のらねこ》が子を産んだ。おもよは両親に知れぬよう、店が仕込みに忙しい日の出前を狙《ねら》って、毎日子猫を見にいった。辰次郎を見たのはそのときで、確かに八朔の前日だ、とおもよが言った。

「それがこのお方だとは限らんだろう。十五年前の話だと、はっきりわかる証《あか》しがなけりゃ、半端《はんぱ》な記憶でものを言ってはいけねえぞ」

「大丈夫よおとっつぁん。ちょうどおっかさんが末のお久《ひさ》をみごもってた時分で、お腹《なか》がすいかみたいにぱんぱんだったもの」

末娘のお久が生まれたのは、確かに十五年前の九月だと、猪助が請け合った。

「それにしても、よく覚えていたな。その頃ならおめえは十にも届いてなかったろう」

父親にほめられて、おもよは恥ずかしそうに俯《うつむ》いた。

「だって、その子のもらった砂糖水がうらやましかったんだもの。弟のこともあったけど、実を言うと、それで良く覚えていたの」

「砂糖水！」

「砂糖水だと！」

辰次郎と竹内は、二人一緒に叫んでいた。

猪助とおもよは、その反応の鋭さに気圧《けお》されていたが、竹内が言葉を添えた。

「おもよ、その砂糖水について詳しくきかせてくれぬか。とても大事なことなんだ」

「砂糖水は、どこかのおじさんがあなたのお母さんにわたしていたわ。あたしが猫に餌《えさ》をあげた帰り、また養生所の前を通ったときよ」

「おじさんって、おれの父親のことじゃ……」

「違うわ、別の人よ。あなたのお母さんと話すのをきいててそう思ったの」

「じゃあ、『おじさん』って誰ですか」

「わからないけど、養生所で船待ちしてた別の患者さんか、その身内じゃないかしら」

「最初から話してくれぬか、おもよ」

竹内の真剣な表情に、おもよがうなずき、また記憶を探るような顔になってから、用心深く話しはじめた。

その男と辰次郎の母親は、養生所の木戸門を入ったところに立っていた。男は母親に竹筒をさし出した。これから船に乗るのに、あれではからだがもたない。ちょうど砂糖水を持っているから飲ませてあげて欲しい。男はそのようなことを言っていたという。母親は何度も礼を述べて竹筒を受けとった。

「あたしは砂糖水ときいて、つい中に入ってしまったの。ください、とは言わなかったように思うけど、きっと物欲しそうに見てたのね。その男の人に言われたの。これは少ししかないから、病気の子供にあげようねって。それであたしは砂糖水を諦《あきら》めて、家に戻ったの」

おもよの話をきいた猪助が、そういえば、と言い足した。

「この子は小さい頃とにかく甘いもんが好きでね、虫歯だらけだったんですよ。その頃ちょうど歯の生え代わる時期で、うちの嬶《かかあ》が甘いものをやめさせていたんです」

「そうなのよ、それで砂糖水ときいたとたん、欲しくてたまらなくなったのよ。その次の日にね、八朔のお祝だからと、おっかさんがぼた餅《もち》をこさえてくれて、あたしはあの砂糖水を病気の子供に譲ったから、観音様がご褒美《ほうび》を下さったんだと思ったものよ」

八朔の前日だと言い切る理由を、おもよはそう説明した。

「その男の顔を覚えていないか」

おもよはそれは覚えていなかった。このあたりでは見かけぬ顔だし、それ以来一度も見たことがないと答えた。

「いったい誰だろうな、その男」

「でも一緒に船待ちをしてたってことは、一緒に江戸を出たってことですよね」

「いまのところ、その砂糖水がいちばん怪しいんだがな」

猪助の店を辞した辰次郎と竹内は、そろって裏金春へと急いだ。雨はあがっていたが、夕方にさしかかった曇天の空は先刻より暗い。

「十助、おめえはその男に心当たりはねえんだな」

二人の報告をきいたゴメスが念を押したが、十助ははっきりと否定した。

「そのころ漉名村から出た奴《やつ》はいねえか、どうだ」

十助が考え込んだ。「あの前後に村を出た者は、ほかにはいないはずです」

「そのあとはどうだ。三月《みつき》後でも半年後でも、一年先でもいい」

「在所の弟に、急ぎ調べさせます」

「なにかお考えがおありですか」

ゴメスに訊ねたのは竹内だった。

「おめえはその男をどう思う」

「怪しいと言えば怪しいのですが、まったく関わりないということも充分あり得ると存じます」

竹内は顎《あご》に手をあてて、思案を巡らせながら慎重に答えた。辰次郎も同じ意見だ。男はただの親切な旅人で、竹筒も本当にただの砂糖水だったかもしれない。その場合は当然、辰次郎が治った理由はほかにある。

「もし男が飲ませたもので病が癒《い》えたとしたらだ、そいつの正体はわからねえが、病のことを詳しく知っていたはずだ。それは瀧名村に関わりがある奴としか思えねえ」

「ですが、村を出た者をあたれというのは？」

「瀧名村でこいつの病を知っていたとしたら、なぜそうと言わねえ。なぜ効く薬だと言ってわたさなかった」

竹内が言葉に詰まった。

「理由は一つしかねえ。そいつは後ろ暗いことがあったんだ」

「後ろ暗いって？」

黙ってきいているつもりだった辰次郎が、釣り込まれるように訊ねた。

「そいつは病の正体を知ってたってことだ。もっと言えば、そいつが鬼赤痢を広めた張本人かもしれねえ」

ゴメスの前の三人が息を飲んだ。行灯《あんどん》の油の燃える音が、微《かす》かにきこえた。

「村の誰かが、病を広げたとおっしゃるのですか」

やがて十助が、あえぐように言った。ちらりと十助に目をやって、ゴメスは声の調子を落した。

「あくまでも仮の話だが、見込みはなくもねえ。村の者だとしたら、そのまま村にはとどまっていないように思う。村の者じゃねえ見当もちろんあるがな。ほかに手蔓《てづる》がねえ以上、一つずつ潰《つぶ》していくしかなかろう」

はい、と顔を伏せた十助が急に小さく見えて、辰次郎は辛《つら》くなった。

十助のためには、男がただの人の好《よ》い旅人であって欲しいとそう願った。

瀧名村の清造からの返事を待って三日目の午後、玄関脇《わき》の座敷に十助が顔を出した。

「誰か、南町の役所へ使いをたのめるか」

「はいっ！」

松吉が勢い良く手をあげた。間髪入れず木亮から待ったがかかる。

「てめえはやりかけの探索があるだろうが。今日中に目星つけなきゃ承知しねえぞ」

松吉がすごすごと引き下がり、代わりに辰次郎が使いを引き受けた。松吉は、いいなあ、と言いながらも、木亮にせかされて探索へ出ていった。

「急ぎですか」と辰次郎は、十助から書状を受けとった。

「それほどでもない。走ると転ぶからゆっくりでいいぞ」

辰次郎がむっとする。「数えなら二十一っすよ、子供扱いしないでください」

「そうか、日本人は若く見えるからな。どうも良太と同じくらいに思ってしまう」

文句を重ねたいところだが、今年十七の良太を見ると、確かに自分と大差がない。

辰次郎が裏金春の木戸を出ると、空はどんよりと曇っていた。竹内と船に乗った日以来、ぱっとしない天気が続いていた。これは急いだほうが良さそうだ、と思いながら四辻《よつつじ》に出たところで、角をとび出してきたお駒《こま》と鉢合わせした。

「なにかあったんですか」

尋常ではないあわてぶりに、辰次郎が事情を訊ねると、それがね、とお駒は話し出した。

「遠縁の娘の婚礼が決まって、お祝の帯をお春に持たせたんだよ。年が近いせいもあって、その娘とお春は仲がいいもんでね。それがお春ったら包みを間違えて、葬式用の黒帯を持ってっちまったんだ」

お駒はなるほど、濃紫の風呂敷《ふろしき》包みを腕に抱えている。こちらがご祝儀《しゅうぎ》なのだろう。

「なんでお祝が葬式用になったんすか」

「あたしが悪かったんだよ。座敷にある風呂敷包みを持ってお行きって言っただけで、確かめなかったんだからね。近所の醤油《しょうゆ》問屋で不幸があってね、弔い用の黒帯を出して隣の座敷においといたのさ。まさか、そっちを持っていくとは思わなかったよ」

辰次郎は思わず吹き出した。まるで落語のネタではないか。

「笑いごとじゃないんだよ、ご祝儀に葬式用の黒帯が出てきたら縁起が悪いじゃないか」

笑いの止まらない辰次郎に、お駒はぷりぷりと怒ってみせた。

「すいません、それでお春ちゃんを追いかけようとしてたんですか」

「出ていって四半刻《しはんとき》と経《た》っちゃいないから、まだ間に合うかもしれないと思ってね。あいにく亭主は留守だし、お義父《とう》さんは天気のせいで持病の腰がよくなくてさ。あたしがひとっ走り行ってこようと思って」

遠縁の家の所在を確かめると、日本橋松川町だとお駒が答えた。

「ちょうど使いに出るところだから、おれがついでに行きますよ」

松川町なら南町奉行所へも遠くはない。少々ふくよか過ぎるお駒では、ひとっ走りも楽ではないだろう。急ぎの使いではないし、これを届けてからでも充分間に合う。

しきりとすまながるお駒から濃紫の包みを受けとり、辰次郎は表通りにとび出した。

芝口から新橋をわたり、京橋の二町手前で、とうとう雨が降り出した。大事な祝儀が濡《ぬ》れないよう、着物の懐《ふところ》にしっかりと仕舞い込み、辰次郎は再び走り出した。ありがたいことに、京橋をわたった先でお春に追いついた。

「まあ辰さん、偶然ね、こんなところで会うなんて」

なにも知らないお春は、辰次郎の姿を認めると、なんともとぼけた挨拶《あいさつ》をした。よそ行きらしい薄紅色の着物姿のお春に、辰次郎は笑って事情を説明した。

話をきいたお春は、自分が抱えた紺地の風呂敷を目を丸くしてながめていたが、辰次郎と目を合わせたとたんに吹き出した。

「ごめんなさい、姉さんとあたしがそろうと、いつもこういう間抜けな始末になるのよ」

ここで包みをわたそうかとも思ったが、雨が急に勢いを増した。とりあえずお春の遠縁の家までは懐に入れていくことにして、二人は雨の中を小走りに駆けた。

遠縁の娘の家は、松川町で小さな稲荷鮨屋《いなりずしや》を営んでいた。辰次郎は傘だけ借りてそのまま役所へ走るつもりでいたが、嫁入りが決まったという娘、お町《まち》と、さらにその両親にも引きとめられて往生した。

「せめてもう少し小やみになるまで待ったほうがいいわ」

お春にも勧められ、結局座敷に上がり込んでしまった。お茶と煎餅《せんべい》がならべられ、さらにお町が運んできた店自慢の稲荷鮨を見て、辰次郎は仰天した。

「でかっ！」

思わず叫んでしまったほど、巨大な稲荷鮨だった。長方形の大揚げに、飯が詰まって蒲鉾《かまぼこ》形にふくらんでいた。ふつうのお稲荷さんを、横に五つ、六つならべたくらいの大きさだ。

「小さいほうが良ければ、それもあるけど」

お春とは反対に細面のお町が、きょとんとした顔をする。

「いや、そういう意味じゃなくて、こんな大きいの見たことないから」

「あら、日本には小さいお稲荷さんしかないの？」

お春の話では、日本で見るような稲荷鮨と、大揚げ稲荷の両方が売られているらしい。カステラくらいに切った一切れを頬張ると、砂糖と醤油の濃厚な味が広がった。

奈美の織屋へ土産にした、草餅よりも甘いくらいだ。それでも辰次郎はぺろりと一本平らげて、お町の父親を喜ばせた。

「お春ちゃんが日本人のおかみさんになるってのも悪かねえなあ」

父親が、辰次郎とお春を見比べてそんなことを言い出すと、お町が口を挟んだ。

「あら、おとっつぁん、お春ちゃんは竹内様ってお武家さまがいいみたいよ」

「へえ、それは初耳だ。こんど会ったら竹内様に伝えておくよ」

辰次郎も調子を合わせると、お春があわてて言い繕う。

「そんなじゃないったら、辰さんまでなに言い出すのよ」

他愛《たわい》ない話をしているうちに、またたく間に半刻ばかりが過ぎて、辰次郎はようやく腰を上げた。松川町と南町奉行所を往復しても、走れば四半刻、雨を考えても長くはかからない。使いの帰りにまたお春を迎えにくることにして、借りた傘をさして外に出た。松川町に着いた頃にくらべ、雨足はだいぶ落ちていた。

いつもは数寄屋橋《すきやばし》御門から御曲輪《おくるわ》内に入るのだが、辰次郎は松川町から近い鍛冶橋《かじばし》御門を抜けた。橋のたもとを左に曲り、武家屋敷を二つ過ぎると南町奉行所だった。

今月の月番は北町なので、非番の南町は大戸を閉じていた。非番といっても業務を休むわけではなく、いわゆる民事に該当する訴訟の受理を停止するだけなので、刑事事件は非番でも扱うし、役所にも役人が詰めて残務整理などを行っている。辰次郎は大戸の右側の小門でおとないを告げて中に入ると、玄関を入った座敷に控える中番と呼ばれる取次役に書状を託した。以前にも何度か足を運んでいるので、勝手知ったるものだ。小門を出るとき、六尺棒を持った門番に呼びとめられた。

「おまえ、ついさっきも来なかったか」

「いいえ、今日ははじめてですが」

「そうか、いや、さっききた奴《やつ》に背格好がよく似ていたんでな」

あっさり言って、辰次郎を帰した。辰次郎もそのときは気にもとめずに、松川町へと引き返した。お町の家に戻ってからも、お春とお町のかしましい会話はなかなかやまず、辰次郎とお春が稲荷鮨屋を辞したのは、日も暮れかけた頃だった。お春の足に合わせ、傘をならべて新橋をわたったとき、暮六つの鐘が鳴った。

表通りでお春と別れ、辰次郎は裏金春の木戸をくぐった。

「ただいま帰りました」

玄関をあけると、脇の座敷から松吉がころがるようにとび出してきた。続いて廊下に出てきた裏金春の面々が、辰次郎の姿を認めるとその場で棒立ちになった。

「辰次郎、おめえ……」

裸足《はだし》で土間に降り立ち、辰次郎の両袖《りょうそで》をつかんだ松吉の目からみるみる涙がこぼれ落ちる。

「松吉、どうしたんだ」

「どうしたじゃねえや、おどかしやがって！」

木亮の罵声《ばせい》がとび、良太もその場にへたり込む。

「ったく、勘弁してくれよ」

「まあ、とにかく無事で良かった。おい、誰か奥に知らせてこい」

菰八の一声に、すわり込んでいた良太が奥へとすっとんでいき、まだぐしゅぐしゅと鼻水をすすりあげる松吉を伴って、辰次郎は座敷に上がった。

「今日の午後、南鍋《みなみなべ》町の露地で、若い男が刺されたんだ」

玄関脇の座敷に落ち着くと、菰八が事情を話した。南鍋町は京橋と新橋のあいだ、数寄屋橋御門にほど近い町屋だった。

「詳しいことはわからねえが、道にたおれた男を見つけて番屋に届けたのは、通りがかりの職人だ。職人が抱き上げたときに、その男が『南町』と言ったそうなんだ。それをきいた番太郎が南町に駆けた。男の人相風体をきいた南町が、先刻きた裏金春の使いに似てるってことで、こっちに報《しら》せが入ったんだ」

孤八はぐい呑《の》みをあおり、ごくりと飲み干して、そのあとを木亮が引きついだ。

「ここに南町からの使いがきたのが、おめえが戻る半刻ほど前だ。ちょうど寛治や松吉が、たいして遠くもねえ南町に行ったにしちゃ、おめえの帰りが遅いとぼやきはじめた頃だったから大騒ぎになった。甚兄いと韋駄天《いだてん》が、男の顔を確かめに番屋へ走ったって寸法よ」

辰次郎はようやく合点がいった。知らぬこととはいえ、みながどれだけ心配したかと思うと、身の縮まる思いだ。

「いままでどこほっつき歩いてたんだよ」

ふくれっ面《つら》の寛治に、お町の家から土産にもらった稲荷鮨をさし出して、辰次郎はわけを話した。

「おれたちにこんなに心配させといて、てめえはお春と稲荷鮨食ってただと」

良太が稲荷鮨をぱくつきながら文句をならべる。そこへ甚三と韋駄天が、番屋から戻ってきた。廊下に立ったまま、甚三はものすごい形相で辰次郎をにらみつけた。殴られる、と辰次郎は一瞬身をかたくしたが、甚三は急に肩の力を抜くと、なにかつまらないものでも見たような顔になった。

「こいつらに話してやれ」と韋駄天の肩をたたいて、自分は廊下を奥へと歩いていった。

「刺された男は、愛宕下《あたごした》を縄張にする岡っ引きの手下だったよ。おれたちが番屋に着く少し前に、医者の手当てで意識が戻っていてな、てめえで名前を言ったそうだ」

韋駄天は松吉がさし出した茶を、礼を言って受けとった。

「見つけたのは近所に住む職人だ。角を曲がったところで、笠《かさ》をかぶった男の足元に、別の男がたおれているのが見えたそうだ。笠の男の手に刃物が見えて、思わず悲鳴をあげたもんで、その男はあわてて職人とは逆の方向に逃げた。笠に隠れて賊の顔は見えなかった。雨がひどい時分でほかには人通りもなかったそうだ」

「刺されたその手下は、辰次郎に似てたんですかい」

松吉がおそるおそる訊《たず》ねると、韋駄天はちらりと辰次郎に視線をあてた。

「顔はまるで違うが、年も近いし背格好や顎《あご》の線なんかはおまえによく似ていた。南町があわてたのも無理はねえ。その手下も南町へ使いにいった帰りだった」

「……そういえば」

辰次郎は、南町の門番が自分を誰かと間違えたことを思い出した。

「てこたあ、そいつはおめえの少し前に、南町を出たってことか」

煙管《きせる》を手にした孤八が、難しい表情になった。

「刺された男は助かりそうですかい」と、良太が気にして訊ねた。

「ああ、背中を一突きされて、傷は深いが急所は外れてる。医者の看《み》たてではなんとか助かりそうだ。職人が通りかかったのが幸いしたんだろう。とどめも刺されずにすんだし、医者に見せるのも早かったからな」

辰次郎は思わずほっと息をついた。自分と似たような男が、身近で殺されたのでは寝覚めも悪い。みなも同じようなことを考えていたのだろう。一気に場がなごみ、そのあとはいつものごとく賑《にぎ》やかな酒盛りとなった。

酔いのまわった頭で辰次郎はふと思った。お駒のたのみを受けずにまっすぐ南町へ行っていたら……。なにか大事なことを忘れているような気がしたが、それ以上考えがまとまらず、辰次郎は頭を巡らすことを放棄して盃《さかずき》をあけた。


二日経って、辰次郎は奥座敷に呼ばれた。

辰次郎が畳に膝《ひざ》をそろえるのも待たずに、ゴメスが言った。

「あの岡っ引きの手下は、おめえと間違われて刺されたみてえだ」

がん、と頭を殴られたような気がした。十助が仔細を話した。

「愛宕下の岡っ引きは、よろずの治助《じすけ》と呼ばれる好々爺《こうこうや》でな、なんでも面倒がらずに人のたのみをよろず引き受けることからその名がついたくらいで、人の恨みを買うような阿漕《あこぎ》な親分ではないんだ。刺された手下は治助の遠縁でな、去年田舎から出てきたばかり、朴訥《ぼくとつ》でおとなしい男だ。治助はいまのところ込み入った探索はしていない。手下が刺される理由《わけ》には、まったく思い当たることがないということだ」

十助の話をきくうちに、辰次郎の胸にこみあげてきたものは、やっぱりそうか、という思いだった。どこかで薄々感づいていたものが、ずるずると引き出されてくる。

「理由はまだある。手下が刺されてたおれたときに、賊が言ったそうだ。『悪く思うな、おまえに思い出されては困る』と」

「思い出されては、困る……」

さっき殴られたように感じた辰次郎の頭が、ずきずきと脈打った。

「賊がそんな不用意なことをもらしたのは、とどめを刺すつもりだったんだろう。職人が通りがかったために、それができずに逃げ出したんだ」

十助はふーっと長いため息を吐いた。辰次郎に向けられた顔には、安堵《あんど》と憂《うれ》いがないまぜになっている。

「お春やお駒に礼を言わなくてはな。あれで南町へ入る刻限がずれたんだ」

「待ってくれ！」

親分の前であることも忘れて、辰次郎は叫んでいた。

「それなら賊は、おれを待ち伏せしてたってことじゃないか。なんでおれが南町へ使いに出るって、賊にわかったんだ」

ゴメスの分厚い唇の端が、わずかに上がった。

「どっかでおめえの動きを探ってる者がいるってこったろう」

確かにそのとおりだ。ほかの理由は考えられない。

「でも、どこで……、どこからおれを探ってるっていうんだ」

「さあな、このあたりで見張ってるのかもしれねえし、表の飯屋に客や出入りの商人として入り込んでいるかもしれねえ。でなきゃ、裏金春の誰かの中に密偵がいるってことになる」

辰次郎の頭の中を、裏金春のみなの顔がぐるぐるまわる。言葉は荒いが、気のいい連中ばかりだ。自分を殺そうとしている奴がいるとは、とうてい思えない。

「まあ、そいつはどうでもいいこった。確かなのはおめえが狙《ねら》われていて、そいつはおめえの記憶を恐れてるってことだ」

辰次郎はゴメスの言葉にうなずいた。

「八丁堀で追剝《おいは》ぎに襲われたとき、おかしいと思ったんです。あいつら物盗《ものと》りじゃなかった。なにも話さなくて薄気味が悪かった。あれもおれを狙ってる奴らだとしたら、説明がつく。ただあのときは、向こうに殺意はなかったように思います」

あのときは二人がかりだった。辰次郎を橋に追いつめてからも、刺そうと思えば充分な間があった。

「やれるはずなのに刺さなかった。最初からおれを川へ落とすつもりだったのだと思います。それが今回ははじめから殺すつもりだった」

納得がいかない、というように、ゴメスと十助に顔をむけた。

「相手がそれだけ焦《あせ》ってきて、手段を選ばなくなったと考えるのがいちばん妥当だが。八丁堀で刺さなかったのは、間違いに見せかけようとの魂胆だったのかもしれない」

そうは言いながら、十助はどこかすっきりしない面持ちだ。

「その二つが別口って場合もあるな。おめえを狙う連中が、何人もいるってこった」

「それじゃからだがもちませんよ！」

ゴメスが細い両目のまなじりを、わずかに上げた。

「それより、これからおめえはどうするつもりだ」

「どうするって……」

「ここに一日中こもって賊に遭わないようにするか。それとも日本へ帰るか？　それがいちばんの上策だがな。おめえを狙う連中が、国際組織とやらじゃなかったらの話だがな」

辰次郎は、自分がからかわれていることに気づいて腹が立った。冗談じゃねえ、と腹の底から声がした。自分が逃げたら、身代わりになって大怪我《おおけが》をした奴は、まったく浮かばれない。刺した奴の鼻を明かしてやるには、これしかない。

「おれはすぐに漉名村へ立ちます。行って、今度こそなにか思い出してみせる」

辰次郎は昂然《こうぜん》と顔を上げて、ゴメスの巨体に向かって言い切った。

「気合だけは立派だが、勝算はあるのか」

「……ありませんけど」

たちまち小さくなった声を、もう一度張り上げた。

「でも船に乗って、江戸を出たときの記憶が戻ったんです。村へ行けば、手掛りの三つや四つ、思い出せるかもしれません」

「大きく出たな。まあいい、行ってこい。こっちも手詰まりだ。で、一人で行くのか」

言われて思わず十助の顔を見た。口を開いた十助を、ゴメスがさえぎった。

「言っておくが、十助は江戸を離れられねえ。こっちの役目があるからな」

「……じゃあ、一人で行きます」

「それは無茶だ。もし、また襲われでもしたら……」

十助はあわてて主《あるじ》をふり仰いだが、ゴメスはこれを無視した。

「誰かに一緒に行ってもらえば、その誰かも危険な目に遭わせてしまう。だったら、おれ一人で行ったほうがいい。大丈夫です、日にちがかかっても乗合舟を使うようにして、外を歩くのも日が高いうちだけにします」

「そうは言っても……」

「十助、かわいい子には、なんだった」

人には無表情に見えるゴメスの面相だが、笑っているのだと十助にはわかった。

「旅をさせろ」

からだ中でため息をついて、十助は答えた。

「辰次郎、一人で漉名村へ行くってほんとか!」

寝間で旅支度を整えているところに、松吉がとび込んできた。

「ああ、ほんとだ、明日の朝立つんだ」

「おれも連れていけ」

「だめだ、おまえは大事な膳出《ぜんだ》しがある」

「冗談でごまかしてんじゃねえ、おれはぜってえついていくからな」

辰次郎の身を案じているのだということは、真剣なその顔に書いてある。それなら自分もきちんと話すしかない。

「いいか、松吉、漉名村へいく途中で賊に襲われておまえに何かあってみろ、おれは死んでも死にきれないだろ。誰かを捲《ま》き込むのは嫌なんだ。わかるだろ、そういうの。それに……」

もし松吉が密偵だったら……。頭をかすめた思いつきを、辰次郎は即座に打ち消した。辰次郎が無事だとわかったときの、松吉の涙は本物だった。

「わかった」と、松吉は大真面目《おおまじめ》でうなずいた。

「わかってくれたか！」

「親分に許しをもらってくる」

「そうじゃなくって……」

言いかけたそばから、どたどたと奥座敷へと走り去った。

それでも辰次郎は少し安心した。親分が許しを与えるとは思えなかったからだ。そんな期待を裏切り、ほどなく奥座敷から戻ってきた松吉は、辰次郎の前にVサインを突き出した。

「親分から一発オーケーもらったぜ」

「うそだろ！」

「おまけに、いまどき珍しい命知らずな奴だって、ほめられちまった。おれも兄いたちから笠や合羽《かっぱ》を借りてくらあ。縞《しま》の合羽に三度笠、一度着てみたかったんだ」

「松吉、あのさ……」

「辰次郎、旅は道連れ、世は情けって言うじゃねえか、じゃあな」

鼻歌でも歌い出しそうなようすの松吉に、説得は無理だと諦《あきら》めた。どのみち親分の決定なら覆《くつがえ》すことはできない。こうなったら、できるだけ安全な旅の日程でも考えるしかなさそうだ。辰次郎は腹を据えた。

江戸の旅は七つ立ちと相場が決まっているが、辰次郎は日の出を待って出発することにした。寛治と良太が表の木戸で二人を見送った。

「おめえたちの一日も早い帰りを待ってるからな」

「てめえら、絶対生きて戻ってこいよ。死んだら承知しねえかんな」

口々に言いたてる二人に手をふって、辰次郎と松吉は裏金春をあとにした。

「兄いたち、よっぽど膳出し復帰が嫌みてえだな」

新橋を越えるまで黙っていた松吉が、辰次郎を横目で見ながらぼそりと言った。

「ほんとだな、絶対帰らないとな」

笑った拍子に、辰次郎の緊張がほぐれた。いまから気負っても仕方がない。

それでも一日目はかなり用心して、乗合舟の乗客に目を配ったり、人気《ひとけ》のないところではやたらときょろきょろしていたが、長くはつづかなかった。気のおけない松吉が一緒であることと、前回のような強行軍ではないことが、辰次郎に余裕を与えた。天気にも恵まれて、二人は瀧名村までの旅を大いに楽しんだ。もっとも松吉は、山道続きの三日目はかなりきつかったらしく、得意のしゃべりも冴《さ》えなかった。

十助と来たときよりもちょうど一日多い三日目の午後、辰次郎と松吉は瀧名村に到着した。前回自分がへたばった同じ峠で足をとめ、疲れきっている松吉を休ませた。

荒い息を吐きながらも、松吉は村を見下ろし口笛を吹いた。

「日本昔話みてえな村じゃねえか。おめえいいところで生まれたなあ」

松吉は素直に感じ入っている。言われた辰次郎も、悪い気はしなかった。

「そういえば、おまえはどこで生まれたんだ。やっぱり名古屋か」

奈美は東京出身だが、松吉は名古屋だときいていた。とたんに松吉は仏頂面《ぶっちょうづら》になったが、下をむいてぼそぼそと答えた。

「……いや……ニューヨークだ」

「ほんとかよ！　格好いいじゃん」

松吉が、きょとんとする。

「おめえ、笑わないのか」

「なんで笑うんだよ」

逆につっ込まれて、松吉はくすりと笑った。いままであまり見せたことのない、ひどく繊細に見える表情だった。

「親が二人ともトライリンガルでな、国際感覚豊かな子供に育てようってことで、外人みてえな名前をおれにつけたんだ。その名前もニューヨーク生まれも、おれには全然似合わなくてな、言うたんびにまわりから笑われたもんだ」

どうりで本名を訊《き》いても答えないわけだ。

「改名しようか迷ったこともあったけど、それじゃ親がかわいそうだろ。おれは別に親に不満があったわけじゃねえし、親の考えもわかるから」

「じゃあ、名前をかえたくて江戸入りしたかったのか」

「それだけじゃねえよ。一種の反動だな。子供のころから外国語漬けで、七歳で日本に帰国してもそれはかわらなかった。早い話がどっかで飽きがきてたんだろうな。ニンジャ映画がきっかけで、高校の途中から俄然《がぜん》時代劇にはまっちまってな。国際経済専攻してた大学の頃から、せっせと江戸への入国申請を出していたってわけだ」

「松吉、社会人だったよな。会社もそういう系統なのか」

松吉が告げたのは、学生の辰次郎でも知っている、外資系の大手証券会社だった。

「おまえ、そんな一流どころ辞めてきたのか！　もったいないだろう！」

苦笑いした松吉は、脇《わき》にあった雑草をちぎった。麦の穂先に似た雑草は、松吉がひっきりなしにむしるものだから、ほとんど丸坊主《まるぼうず》になっていた。

「実を言うと、会社入ってからほんとに嫌になっちまってな。金融業界が肌に合わないって気づいたりもしたし。とにかく江戸に行きたい行きたいって、それだけ考えるようになってた。ありゃ完全に逃げてたな」

風がやんで、時折大きくざわめいていた林が、いまはかるい葉ずれの音しかしない。十助と来たときと同じに、山鳩《やまばと》がくぐもった声でぽーぽーと鳴いた。

話をやめた松吉を、辰次郎は横目でながめた。

「で、本名はなんてんだ」

「それだけはぜってえ言わねえ」

「笑わないから教えろよ」

この押し問答がしばらく続き、いつになく食い下がる辰次郎に松吉が折れた。

「誓って誰にも言うんじゃねえぞ」と念を押し、道に落ちていた折れ枝で、地面に漢字を三つ書いた。土に刻まれた文字を見つめ、辰次郎が黙り込んだ。

「……それって……」

辰次郎のこめかみと口もとが、ひくひく言い出した。

松吉が大仰にがくりと項垂《うなだ》れる。「いいぞ、笑って」

我慢の限界にきていた辰次郎が、堰《せき》を切ったように笑い出した。

青い空に、小さな二つの影がくるくるとまわる。上になったり下になったりする影は、どんどん高く上ってゆきながら、囀《さえず》りをくり返す。

「ひばりだ」

「ひばりだな」

「あんなに高くのぼれるんだな」

「雲の雀《すずめ》だからな」

そうなのか、と言う言葉は、重いため息にかわった。

二人が澱名村にきて、三日経《た》った。松吉と二人で、村の中をひたすら歩きまわった日々だった。清造の子供たちに案内してもらい、魚取りをする川やキノコをとる裏山など、子供が行きそうな場所ものこらず探検してみたが、辰次郎の記憶はほどける気配すらなかった。裏金春で大見得を切った手前、手ぶらで帰るわけにもいかない。辰次郎は途方にくれていた。

「田植えでも手伝うか」

雑草の上に寝転んでいたからだを起こし、松吉が言い出した。

「いまちょうどそういう時期だろ」

ほら、と松吉が示す方向に、菅笠《すげがさ》をかぶり腰を折る姿が見えた。

「清造さんとこも今日からはじめるって言ってたんだ。おれたちじゃたいした戦力にならないけど、ネコの手くらいにはなるさ」

「そうだな、気分転換も必要だよな。こうしていても親分の顔が浮かんでくるだけだしな」

「そりゃ、難儀だな」と、松吉が大いに同情する。

すでに田んぼに出ていた清造のもとへ走り、手伝いを申し入れると、清造は顔をほころばせ快く応じてくれた。田んぼの泥は、まるで水面のようにきれいにならされており、清造が縄を使って泥に平行の跡をつける。それに沿って苗を植えていくのである。

「悪いね、男衆《おとこし》に手伝ってもらって」

清造の女房、お和が、菅笠の下で目を細めた。田植えは主に女の仕事なのだという。

「うへえ、変な感じだ。でも冷たくて気持ちがいいな」

泥の中に足を突っ込んだ松吉が声をあげる。体重をかけるだけで、足の下の泥が生きもののように動く。ひんやりとした感触は、たしかに悪くない。

しかしはしゃいでいたのは最初のうちだけで、半刻《はんとき》もしないうちに腰が痛くなってきた。膝《ひざ》もだるいし肩も腕も張ってきた。菅笠の下の松吉の顔も、かなり参っている。

「なんか、奈美の機織《はたおり》を思い出すな」

確かに田植えも機織も、涙が出るほど地道な作業だ。一度の杼《ひ》と筬《おさ》のさばきで織れるのはたった一列、横糸一本分だった。それがあの長い反物になるのだから、織人の根気には頭が下がる。この田植えも、長い米づくりのほんの序盤戦に過ぎない。

「無理せずに、休み休みやんなさい」

そう言うお和は、辰次郎と松吉の三倍の量をこなしている。

お和の後ろから、かわいらしい高い声がした。

明神松《みょうじんまつ》の鳶《とんび》さよ　お天道《てんと》さまに伝えてくれろ
ことしもたんと照るように　あまり多くはいらぬゆえ

十二になる清造の長女が、田植え歌を歌いはじめた。お和がこれに続き、それが呼び水となったのか、畦道《あぜみち》を隔てた田んぼからも同じ歌がきこえてくる。

辰次郎は苗を握った手をとめた。松吉がふり返った。

「どうした」

「これ、きいたことがある」

「ああ、ここへ来る途中、どっかの田んぼでも歌っていたな」

「いや……」

そうじゃない、という言葉を飲み込んだ。

明神沼の蛙《かえる》さよ　雨雲さまに伝えてくれろ

「――ことしもたんと降るように、あまり多くはいらぬゆえ」

口から、するりと歌が出た。辰次郎の異変に、松吉が気がついた。

「……おめえ……」

手を伸ばして追えば、逃げていこうとするなにかを、辰次郎は必死に繋《つな》ぎとめようとしていた。かゆいところに手を伸ばしたつもりで届かないもどかしさに似て、からだの内側のあちらこちらがむずむずする。追えないなら待つしかないのか。

諦めかけたそのときだった。耳に子供の声がとび込んできた。

「おとう！」

小さなからだに余る風呂敷《ふろしき》包みを引きずるようにして、清造の末の二人の子供が、畦道をこちらに向かってよたよたと歩いてきた。重い荷物に顔を真っ赤にさせながらも、笑顔で叫んだ。

「おとう、おかあ、飯だあ！」

その声が、その顔が、待っていた場所に正確に、すとん、と落ちた。

はっとした拍子に、足の下の泥がぬるりと動いた。泥の飛沫《しぶき》を盛大にとばして、辰次郎は田んぼに尻餅《しりもち》をついた。

「辰次郎！」

尻をすっぽりと泥に埋めたまま、辰次郎はその場に座り込んでいた。泥のにおいが強く鼻を突いた。強い風がからだを吹き抜けたように思った。

「大丈夫か」

　声にふり返ると、清造とお和がならんで笑っていた。二人の姿に、はじけそうな両親の笑顔が重なった。日本では見せたことのない、なんの屈託もない幸せそうな顔だった。

「おとう、おかあ……」

　声に出すと、目の前の両親が、おや、という顔をして、清造夫婦に戻った。

「辰ちゃん、転んだあ！」

「転んだ、転んだあ！」

　畦道に荷をおろした子供たちが、盛んに囃《はや》したてる。

「仁《に》吉《き》っちゃん、藤兵ちゃん……」

「辰次郎、おめえ……」

　松吉が泥に膝をつき、辰次郎の肩をつかんだ。

「松吉、おれ、ここで生まれた。ここで生まれたんだ」

　辰次郎の目から、どっと涙があふれた。

　辰次郎はそれまで、記憶が戻るときというのは、なにかのきっかけがあればいっぺんに思い出すか、するすると自動的にほどけてくるものだと想像していた。しかし実際には、辰次郎の記憶は穴だらけだった。

辰衛が鍬《くわ》をふるう足元にまとわりついたり、囲炉裏端でお利保に抱かれて物語をきいたり、そんな場面がいくつか甦《よみがえ》っただけだった。遊び友だちと魚取りをしたことや、清造がドングリの実でつくってくれた玩具《おもちゃ》も思い出した。十助が家にやってきて、高く抱き上げてくれた姿も思い出したが、その顔はなぜか、いまの十助のままだった。

だが肝心の病につながりそうな記憶は、なかなか出てこなかった。

「しようがねえよ。五歳児の記憶なんてそんなもんだ」

季節がら火の気のなくなった囲炉裏端に胡座《あぐら》をかいて、松吉がなぐさめた。

「仁吉と藤兵の兄弟は、おまえの家とは隣同士だったからな、それで思い出したんだろう」

同じ病で亡《な》くなったこの兄弟のほかにもう一人、顔を思い出した子供があった。

「それはたぶん、高介んとこの利蔵《としぞう》だろう」

辰次郎が特徴を説明すると、清造がそう答えた。

翌日から、再び村を歩きまわる日々がはじまった。自分だけ生きのこった引け目から、それまでは遠慮していた亡くなった五人の家にも、清造に口利《くちき》きをたのんで行ってみた。子供の親は、辰次郎の無事を素直に喜んでくれた者、ひどく複雑な表情をする者、と様々だった。

一番激しい態度を見せたのは、二番目に亡くなった嘉一郎《かいちろう》の母親、おさきだった。清造と愛想良く挨拶《あいさつ》を交わしたおさきが、目の前に立つのが辰次郎だと知ると、その目がきりきりと吊《つ》り上がった。

「帰っとくれ！　あんたに話すことなんてなにもないよ！」

清造がいくらとりなしても無駄だった。おさきは恐い目で辰次郎をにらみつけて、奥へ引っ込んでしまった。表に出ると、父親の嘉助が申し訳なさそうに謝った。

「すまんな、あんたはなにも悪くないって、おさきも本当はわかっているんだが」

「いえ、おさきさんの気持ちを思えばあたりまえです」

辰次郎は神妙に頭を下げた。

「嘉一郎はたった一人の男の子でな。ほかはみんな女ばかりだったもんで、おさきは人一倍かわいがってたんだ」と、嘉助は寂しそうに肩を落とした。「それに、一緒に病で亡くなった甥《おい》の佐之吉《さのきち》は、おさきの姉の息子でな。あのときは姉の一家から散々に責められた。いまでも縁が切れたままだ。病をいくら憎んでも収まりがつかないから、あんたらにあたっちまったんだろう」

「その甥御さんのことなんですが」

この家でどうしても確かめたかったのが、その佐之吉のことだった。

「おれはその佐之吉さんとは、よく遊んでいたんでしょうか」

死んだ息子の思い出に埋没していきそうだった嘉助が、ふと我に返った。筋肉で盛り上がった腕を組み、考え込む表情になった。

「いや、あいつはやんちゃな嘉一郎と違って、ひ弱で気の優しいところがあった。どちらかといえば、嘉一郎よりも娘たちといるほうが多かったな」

「じゃあ、おれと佐之吉さんが一緒にいるところを、見た記憶はありませんか」

再び思案して、そういえば、と嘉助が言い出した。

「あんたと一緒にいたことは思い出せねえが、いつもは佐之吉をおいてとび出していく嘉一郎が、なんだかしきりに佐之吉を誘っていたことがあったな。そんときにあんたの名前が出ていたような気がする」

「どこに行くつもりだったんでしょう」

「それはわからねえが、なにかを見にいくとか言ってたな」

それ以上のことは嘉助も覚えていなかった。

何度も礼を言って嘉助の家を辞し、清造と、外で待っていた松吉とともに、霧雨に煙る村を歩いた。辰次郎は嘉助の話を反芻《はんすう》してみた。

この佐之吉が、病の原因を知る鍵《かぎ》だと、辰次郎は考えていた。佐之吉が漉名村にいた時期は限られている。しかも嘉助の話からすると、辰次郎との接点はあまりなかったようだ。その少ない接点の中に、必ず何かがあるはずだった。

「なにを見にいったんだろう」

辰次郎のひとり言だったが、清造が律儀《りちぎ》に返事をした。

「子供が見にいくものというと、珍しい物売りとか、生きものあたりかな」

清造と松吉が、思いつくままにならべたてた。野兎《のうさぎ》の穴、蜂《はち》の巣、鳥の雛《ひな》、旅芸人、嫁入り、飴細工《あめざいく》。どれも辰次郎にはぴんとこない。

「カブト虫、ザリガニ、リス、タヌキ、キツネ、お化け」

「だんだん変な方向にいってるぞ、松吉」

「そんなこと言ったってよう」と、口を尖《とが》らせ、「でかい熊《くま》でも見にいったんじゃねえのか」

松吉は半分やけになっている。清造が苦笑した。

「このあたりに熊はいねえ。野犬はときどき出るがな」

二人の会話に、何かひっかかるものがあった。だがそれが何なのか、そのときの辰次郎にはどうしてもわからなかった。

嘉助が清造の家を訪ねてきたのは、それから二日後の早朝だった。

辰次郎は先日の礼を述べると、気になっていたおさきのようすを訊《き》いてみた。

「ああ、この忙しいのに田んぼにも出ず、あれからずっとふさぎこんでたんだが、あんたたちが病のことを調べていると知って、思うところがあったんだろう。昨日の夜になって、こんなものを出してきた」

懐《ふところ》から手拭《てぬぐい》をとり出し、辰次郎の前に開いてみせた。

「これは……」

爪《つめ》の先ほどの、鮮やかな黄緑色のかけらだった。後ろから松吉が覗《のぞ》き込んだ。

「これ、プラスチックじゃねえか」

清造が訊《たず》ねた。「これを、どこで」

「おさきがしまいこんでいた嘉一郎の持ち物の中にあったらしい。わけのわからない物はこれだけだからと言っていた」

かけらを手にとると、ふっと眩暈《めまい》がした。辰次郎の頭の中に、古い写真を見るように一つの場面が浮かんだ。黄緑色のプラスチック容器、群がる子供たち、割れた容器に覗く白い粉、粉を指の先につけて……。

足のつま先から脳天にかけてなにかが走り、全身の毛穴がいっぺんに開いた。辰次郎はあわててかけらを手拭の上に戻した。かけらをのせていた指先だけが、氷のように冷たい。

「……やっぱり、役にたちそうにないかね」

「そんなことありません！」がっかりする嘉助に、辰次郎は叫んだ。「たちます、役にたちます。このかけらで、とても大事なことがわかるかもしれません！」

嘉助はほっとしたように表情をゆるめた。「そんならこれはあんたにやるよ、そのかわり何かわかったら教えてくれ」嘉一郎の墓にきかせてやりてえ」

必ず知らせると、辰次郎はかたく約束した。嘉助が帰ると、松吉が話しかけた。

「おめえ、心あたりあるのか」

辰次郎は無言でうなずくと、手拭にのせたかけらを見つめた。さっき浮かんだ場面がどこであったできごとか、懸命に思い出そうとしていた。

「おれたちの出る幕はなさそうだな。まあ、じっくり腰を据えて思い出してくれ」

清造が辰次郎の肩をぽんとたたき、その場を立ち去ろうとした。辰次郎の頭の中に、一昨日の清造と松吉の会話がふっと浮かんだ。

呟《つぶや》いたとき、なにかがぱちりとはじけた。

「違う、熊みたいな犬だ。黒い犬だ！」

驚いて足をとめた清造と松吉に向かって、辰次郎は大声で叫んでいた。

「犬だ、みんなで黒い犬を見にいったんだ！　このかけらはその犬が持ってたんだ！」

なんだと、と清造が顔色をかえ、松吉が小さな目を丸くする。

「黒い野犬を見にいったってのか？」

「違う、野犬じゃない、飼い犬だ。どこかで飼ってた犬を見にいったんだ。黒くて大きな犬……そうだ、クロって名前だった！」

「飼い犬だって？　珍しくもなんともねえじゃねえか」と、松吉は不満そうだ。

「いや、たしか、村ではあまり見かけない姿の犬だったんだ」

「和犬じゃねえってことか。それなら子供が珍しがるかもしれねえ」清造が請け合って、「どこだ、どこに見にいった！」

少しのあいだ考えてから、辰次郎は頭を上げた。「……橋をわたった気がする」

「橋？　川向こうか！　川から向こうは隣の野田《のだ》村だ」

三人はその足で、野田村を目指した。このところ雨もよいの天気が続き、今日もどんよりとした空から細かな雨が落ちていた。

川にかかった木橋をわたり、小さな林を抜けると、視界が広がった。滝名村と同じような田畑の続くのどかな風景が、小糠雨《こぬかあめ》に煙っていた。林からいちばん近い小屋の前で、辰次郎の足がとまった。

「ここだ、ここにクロがいた」

「これ、納屋《なや》だぜ」

松吉が言ったとおり、そこには納屋しかなかった。辰次郎は納屋の奥の空き地をさした。

「昔はこの隣に家があって、人が住んでた」

「ここで間違いないのか」と、清造が問う。

「その桜の木があるから、間違いないと思います。仁吉と二人でクロを見にきたとき、この桜が満開だったからよく覚えてる」

「おまえのもとの家からここまで、半里以上あるぞ」

犬を見るためだけにこんな遠くまで来たのか、と松吉があきれた。

「クロは毛がむくむくした大きな犬だった。最初にクロを見つけたのは、おれと仁吉なんだ。それから利蔵と三人で、いやひょっとすると嘉一郎もいたかもしれない。そのあたりは忘れたけど、何度か見にきたように思う」

「藤兵や佐之吉も連れてきたことがあったんだな」と、清造が念を押す。

「仁吉の弟の藤兵が、クロを見たいと駄々をこねて、一度だけ一緒にきたように思います。たぶんそのときに、嘉一郎が佐之吉を連れてきたんだ」

少し離れた田んぼに、田植えをしている人影が見えた。ちょっと話をきいてみる、と清造が走っていった。

「ここまでたどり着いたのに、クロも飼い主もいなくなってたのは残念だな。そいつに話をきけば、なにかわかったろうに」

松吉は所在なげに桜の木を見上げた。辰次郎はかぶっていた笠《かさ》をはずした。灰色に沈んだような景色の中で、桜の青々とした葉だけが、雨をはじくように鮮やかだった。

かけらを手にとって見えた場面が、また甦った。その後ろに確かにこの桜の木と納屋があった。同じ場所の違う場面が一つ、また一つと浮かび上がった。

「いや、ここに間違いないよ。おれ、見つけたかもしれない。たぶんあれだ。あれのせいでおれたちは鬼赤痢になったんだ」

辰次郎は敵《かたき》を見るように、桜の木をにらみつけた。

戻ってきた清造は、その足で野田村の庄屋を訪ねることにして、二人を先に帰した。瀧名村への橋をわたる二人を、林の中からじっと見つめる二つの影があることに、辰次郎も松吉もまったく気づいていなかった。

野田村から戻った清造は、囲炉裏端に腰を据えるのもそこそこに話し出した。

「あそこには昔、確かに人家があった。義兵衛《ぎへえ》ってちょっと偏屈なじいさんが、一人で小さな畑をやっていたらしいが、そのうち、日本から江戸入りした男をじいさんが世話役として引き受けたそうだ。名前は鍬之助《くわのすけ》、その当時三十前後の一人者だ。じいさんのところに来たのは、鬼赤痢の起こる三年前だ」

辰次郎の正面に座る清造は、いつもより精悍《せいかん》な面構《つらがま》えになっている。

「それから二年も経《た》たないうち、義兵衛は腰を患《わずら》って急に気弱になり、麓《ふもと》の村にいる息子のところで世話になることにした。鍬之助はそのまま義兵衛の家と畑を引き受けて、あそこで暮らしていたらしい。鍬之助は無口でおとなしい男だったが、挨拶や世間話くらいはするし、別段おかしなようすもなかったそうだ」

野田村の庄屋の話では、義兵衛は七年前に亡くなっていた。

「犬はやっぱり、鍬之助が飼ってたんすか」と松吉は、蕗《ふき》の煮物に箸《はし》をつけた。

「ああ、確かに黒い犬がいたよ。迷い犬が住みついたと、鍬之助は言ってたそうだ。鍬之助が村を出る、一年くらい前からいたらしい」

「鍬之助は、野田村を出たんですね」

勢い込んだ拍子に、ぐい呑《の》みの酒が縞《しま》の袷《あわせ》にこぼれたが、辰次郎は気づかなかった。清造が辰次郎の目を見て、ゆっくりとうなずいた。

「鬼赤痢が起きた年の暮れに、村を出ている。そのとき江戸からの出国願いも出されているから、日本へ戻ったんだろうと野田の庄屋は言っていた」

「その年の暮れか……。それじゃあ、おめえたちが江戸を出るとき、湊《みなと》の養生所で出会ったって男とは違うのかな」

気落ちしたように、松吉が徳利を持ち上げた。飲むか、と目で合図され、辰次郎がぐい呑みをさし出した。

「いや、親分は村を出た者を、一年先まで調べろと言っていた。半年もせずに村を出たのなら、怪しいと考えていいはずだ」

「それより、おめえが言ってた『あれ』ってなんだよ」

「ああ、そうだな。さっきはまだ、いくつか思い出した場面の整理がうまくつかなかったんだ。ここへ戻る途中で何度も思い返してみたけど、正直言って、佐之吉の顔も思い出せないし、クロを見にいったとき会ったような気もするけど、飼い主の鍬之助の顔も出てこない。ただ、あのときみんなが口に入れたものがあるんだ」

「なんだそれは」

清造の目がぎらぎらしている。

「白い粉です」

「粉？」

「その粉は鮮やかな黄緑色の容器に入ってた」

清造が叫んだ。「それがあのかけらか！」

「おれたちがクロのそばへ行ったとき、クロは一所懸命なにかを齧《かじ》っていた。仁吉がクロ、クロ、って何度も呼んだけど顔を上げなくて、見たら緑色の小さな玉子のようなものを一心に齧っているんだ。誰かが無理やりそれをとりあげると、このくらいの楕円形《だえんけい》の容器だった」

辰次郎はひとさし指と親指で、直径二寸ほどの丸をつくってみせた。

「クロが齧ったせいか、表面がボロボロになって亀裂《きれつ》が入っていた。誰かが壊して……たしか大きな石を使ったんだ。壊れた玉子の底のほうに白い粉が入っていた。砂糖か塩かってみんなで舐《な》めてみたけど、なにも味がなくて粉っぽいだけだった。不味《まず》いねってみんなで言って、誰かが持ってた竹筒の水で口をすすいだのを覚えてる」

辰次郎は、脇に広げた手拭の上のかけらをながめた。清造がせっかちに訊ねる。

「その粉はどうした。入れものはみんなで持ち帰ったのか」

「粉は少ししかなかったから、ほとんど舐めてしまったように思います。容器は、とりあげられて怒っていたクロに返しました。嘉一郎が持っていたのは、容器を割ったときにとんだかけらだと思います」

嘉一郎がそれを拾ったところは覚えていなかった。

「その粉って、麻薬とか毒薬の類《たぐい》かな」

「毒や麻薬にしては即効性がないよ。症状からいっても違うような気がする」

松吉の考えを、辰次郎は否定した。清造が深いため息を一つ吐いた。

「清造さん、おれたち明日の朝帰ります。帰って鍬之助の足取りを追ってみます」

「そうしてくれるか。おれも気にとめておいて、なにかわかったら知らせるよ」

清造には、田植えの忙しい時期にきて手を煩《わずら》わせてしまった。辰次郎がそれを詫《わ》びると、清造は首を横にふった。

「おれも知りたかったんだ。おまえたちはおれや兄貴にとって、息子や弟みたいなもんだった。特に兄貴は庄屋になって間もない頃で、村の子供はみんなおれの子みたいなもんだってよく言っていた」

　全戸が自作農の漉名村では、村内の寄り合いで庄屋を決めていた。十助は嫁取り前の若さだったが、村人にも期待され、本人も抱負に満ちていた。それを病が粉々に打ち砕いた。

「騒ぎが鎮《しず》まってから、庄屋を辞めるよう村の連中から詰め寄られたこともあったが、三年のあいだ兄貴は堪《こら》えた。村の作物がもとどおり売れるようになって、ようやく別の者にあとを譲った。それが兄貴の始末のつけ方だったんだ」

　辛い思い出を無理に口にしているためか、清造の顔がどこかひしゃげて映る。

「おまえたち一家を村から出したことも、兄貴はずっと気に病んでいた。辰つぁんは日本では暮らせないんじゃないかって、兄貴は案じてた。その心配どおり、庄屋を辞めたちょうど同じ頃、辰つぁんがお利保さんと別れて音信不通になったときくと、この家をおれに譲って、許婚《いいなずけ》も捨てて、兄貴は村を出ていったんだ」

　辰次郎ははじめて会った日の、十助の目を思い出した。動物園の猿のような物悲しい目だ。両親の離婚も、辰衛が日本の暮らしに馴染《なじ》めなかったことも、十助のせいではない。それでもいまの辰次郎には、十助の気持ちがわかるような気がした。自分と仁吉が、最初にクロを見つけた。みんなを誘ったのも自分たちだ。そんなことさえしなければ、と思わずにはいられない。

誰もなにも悪くないはずなのに、関わった人たちがみな、悲しいほうへ流れていく。辰次郎は嘉一郎の母親、おさきを思い出した。おさきの夜叉《やしゃ》のような顔が、哀れに思えて仕方がなかった。

「切ねえなあ」

辰次郎の胸中を代弁するかのように松吉が呟き、くすんと鼻をすすった。

翌朝村を出る前に、辰次郎と松吉は、清造にたのんで村外れにある墓地を訪れた。亡《な》くなった五人の子供の墓に花を供え、手を合わせた。

田植えで忙しい清造とは途中で別れ、二人は畦道《あぜみち》を村の出口へ向かって歩いた。

「ちょっといいかな」

途中で辰次郎が足をとめた。嘉助の家のそばだった。

「ああ、行ってこいよ」

心得顔でうなずいた松吉をのこして、辰次郎は嘉助の家へ向かった。野良《のら》へ出てしまったろうかとも思っていたが、あけ放された玄関から声をかけると、おさきが出てきた。辰次郎の顔を見るなり、囲炉裏のある広い板間の奥へ駆け込み、後ろ手に障子をぴしゃりと閉めた。

覚悟はしていたが、辰次郎は小さくため息をついた。それでもおさきには伝えたいことがあった。辰次郎はとじられた障子に向かって、声を張り上げた。

「嘉一っちゃんの持ってたあのかけら、ありがとうございました！」

障子の奥からはこの前のような罵声《ばせい》もとばない代わりに、なんの物音もしない。

「おれ、嘉一っちゃんの敵を討ちます！　必ず病のことをつきとめて、嘉一っちゃんのお墓に報告にきます！」

やはり返事はない。勝手なことを言って、さらにおさきの気持ちを傷つけたのかもしれない。辰次郎は、誰もいない囲炉裏端に深々と頭を下げると踵《きびす》を返した。

玄関の敷居をまたいだとき、細い悲鳴のような泣き声が、辰次郎の耳を打った。


辰次郎と松吉は、裏金春へ着く早々、着替えもせぬまま奥座敷へ上がり込んだ。

報告を受けたゴメスは、大きな手掛かりをつかんだことを、別段ほめもしなかったが、その内容には熱心に耳を傾けた。

「これがそのかけらというわけか」

村から持ち帰った黄緑色の破片を、ゴメスが指でつまんだ。かけらの表面を繁々《しげしげ》とながめる。

「こりゃあかなり傷《いた》みがきてるな」

確かにかけらの表面は、毛羽だったようにざらざらしている。

「十五年経ってますから」と、辰次郎が小さな声で言った。

「いや、家の中なら何年経ってもこういう具合にはならねえ。合成樹脂は雨風には存外弱い。おそらくその前に長いこと外においてあったんだろう。脆《もろ》くなって壊れやすくなるんだ」

「だからクロが齧ったただけで、亀裂が入ったんですね」

辰次郎が合点した。その証拠に、とゴメスはかけらをひっくり返した。かけらは一分ほどの厚みがあり、返された面はつるつるしている。

「その入れ物は楕円形だと言ってたろ。外側が駄目になっても中は無事だったんだ」

「辰次郎の言う白い粉で、子供たちは病を起こしたんでしょうか」

十助は、手拭《てぬぐい》に戻されたかけらを、食い入るように見つめている。

「まずそう考えてよかろう。ただし病原が外に漏れたのは、鍬之助にとっても不測のでき事だったのかもしれねえな」

鍬之助の故意だとすると、粉をそのまま子供に与える方法はあまりにもお粗末だ。

なにかに混ぜて飲ませるとか、子供が記憶にとどめないやり方を選ぶはずだ。

また、かけらの傷み具合から考えて、隠し場所は屋外だった見込みが高い。犬がそれを咥《くわ》えていたのも、屋外のどこかに隠してあったものを、犬が持ち出したとすると辻褄《つじつま》が合う。不測の事態だと推測する理由を、ゴメスはそう説いた。

「その場に鍬之助はいなかったんだろう?」と、ゴメスが念を押す。

「このときはいなかったように思います」

「鍬之助にとっても慮外な不始末だったとすると、おめえが江戸湊で飲まされたもんが病の治療薬で、それを飲ませた男が鍬之助という公算も大きくなるんだがな」

「鍬之助が罪の意識を感じて、薬を飲ませたってことっすか?」

松吉の言葉にゴメスがうなずいた。

「鍬之助が病原を隠してたんなら、その薬を持っていることも充分あり得る話だ。薬を持っていないにしても、病の正体を知っていればなにが効くかもわかるだろう」

「薬を知っていたのなら、どうしてもっと早く、ほかの子供が死ぬ前に言ってくれなかったのか」

十助はぎりぎりと歯をくいしばった。辰次郎と松吉は、はらはらして十助を見守った。穏やかな地蔵の頭《かしら》が、いまにも仁王にかわりそうに思えた。

一方のゴメスは、十助の胸中を察するようすも見せず、こう言った。

「その理由としちゃ、病の話をきいたのが、遅かったってのはどうだ。鍬之助は隣村だったよな。鍬之助が知った頃、すでに子供が何人も死んでいた。己のせいで子供を死なせたと回りに知れては身の破滅だ。薬を知っていると言えば藪蛇《やぶへび》になる。そう考えれば、人に知られず辰次郎に薬を飲ませたことも説明がつく」

ゴメスに説かれても、十助の怒りは収まらなかった。辰次郎へ、ずいと膝《ひざ》を進める。

「辰次郎、おまえ、そいつの顔はまったく覚えていないのか」

「仁吉とかと何度か行ったときに会ったような気はするんですが、顔はまったく……。十さんも、見たことないんですよね？」

「ああ、残念ながらな」と、吐き出すように言った。

ある意味十助が本気で怒り出したら、ゴメスよりも恐《こわ》いかもしれない。もしも鍬之助の顔を覚えていたら、見つけ出すまで亡者《もうじゃ》のように江戸中をさまよっていただろう。自分は鍬之助に会ったらわかるだろうか、と辰次郎は考えたが、まるで自信がなかった。黙り込んだ十助をはばかりながら、松吉がおずおずと手をあげた。

「あのお……鍬之助は合成樹脂の容器なんて、どうやって持ち込んだんでしょう」

自身の江戸入りの際、荷物が厳しく制限されていたことを思い出したようだ。

「木箱とかに入れて運んだんじゃないでしょうか」と、辰次郎が言った。

木鷽《きうそ》に許可がおりたことを考えれば、できなくもないように思った。

そんなところだろう、とゴメスも同意する。鍬之助が入国した頃は、抽選の制度もなく希望する者のほとんどが入国を許されていた。人数の多い分調べが甘かったことも考えられる、とつけ加えた。

「江戸での流行《はやり》も同じ鍬之助の仕業とすると、その容器をいくつも持ち込んだってことすかね」

「そうかもしれねえな。それにしても……」と、ゴメスが考え込んだ。「白い粉ってのはどういうわけだ」

「というと？」松吉が水をむけた。

「粉を舐めたと言ったろう。腹を下した症状と考え合わせると、水や食べ物から口を介して伝染《うつ》る病じゃねえかと思う。だがこの類の菌はたいがい高温高湿を好む。まるきり乾燥した粉状の菌なんざきいたことがねえな」

手下の二人は顔を見合わせた。そこまでつっ込んで考える頭は持ち合わせていない。

「新種の流行病すから、そういうこともあり得るんじゃ……」

松吉が上申すると、そうかもな、とゴメスは存外あっさりと肯定した。

「滝名村でのことが事故だとすると、江戸での騒ぎも同じでしょうか」

「いや、それは誰かが企《たくら》んで騒ぎを起こしたものだとわかった」

辰次郎の問いには、十助が答えた。顔にも声にもいつもの冷静さをとり戻していたが、目だけは中に熾火《おきび》を宿したままだった。

「なんでそんなことに……」

十五年前に不始末を起こした者が、同じ過《あやま》ちを故意に起こすとは考え辛《づら》い。

「そいつばかりは鍬之助にきいてみるしかねえな。出処《でどこ》が同じ菌だとしても、江戸に撒《ま》いたのは別の奴《やつ》かもしれねえしな」

「鍬之助のほかにも犯人がいるってことですか」

「持ってた菌を誰かにわたしたとか、盗まれたって線もあるんじゃねえか」と、松吉。

「まあそのあたりは色々考えられるがな。とりあえず鍬之助が江戸から出たかどうか確かめるのが先決だ」

翌日、長崎奉行所において出国帳が調べられたが、鍬之助が出国したという記録はのこっていなかった。

去年の病の流行を、誰かが故意に起こしたものだと突きとめたのは、菰八と寛治だった。村から帰った翌日、辰次郎と松吉は、寛治から詳しい話をきくことができた。手柄を立てたというのに、寛治は少しも嬉《うれ》しそうな顔をしていなかった。

「ちょっと薄っ気味悪いような話でな」

寛治は食べかけの団子を皿に戻した。裏金春ではめずらしく煙草《たばこ》を吸わない寛治は、甘いものに目がなかった。

「おめえたち、一昨年《おととし》に四人死んだことはきいてるだろ。その四人を調べると、そろいもそろって軒並み評判が悪いんだ」

四人の内訳は、大店《おおだな》の主人二人と、岡っ引きに旗本だった。

「互いに家も離れてるし繋《つな》がりもねえが、商人二人は阿漕《あこぎ》な商売で名高いし、岡っ引きは強請集《ゆすりたか》りの常習だ。旗本は女癖が悪くて女中を何人も手籠《てご》めにしたって噂《うわさ》だ」

「じゃあ、誰かがそいつらに天誅《てんちゅう》を加えたってことすか」

「そうじゃねえかと、おれたちはにらんでる」

「なんだか、それで病原菌を使うなんて、嫌な感じだな」

辰次郎が眉《まゆ》をひそめ、寛治が大きくうなずいた。

「おれもそう思う。とにかく誰かが四人を手にかけたなら、去年の病も同じ奴《やつ》が仕掛けたものかもしれねえ。その見当で洗いなおしてみたんだ」

「去年の犠牲者を全部調べたんですか」

「ああ、でも鍵《かぎ》はあったんだ。知ってのとおり、去年の病人のうち、子供はたった一人だけだ。しかもその子供の親父《おやじ》も亡くなってる。年はいろいろだが、あとはみんな大人、しかも男が八割だ」

「大人の男が行きそうな場所と言ったら、あそこしかねえでしょう」

松吉の言葉に、寛治がはじめて頰をゆるめた。

「おれたちも最初はその見込みで、岡場所なんかをあたってみたが駄目だった。何度も無駄足をふみ続けてるうち、亡くなった連中に通じるものが浮かんできたんだ」

辰次郎と松吉は、怪談のやま場にさしかかったような顔で身を乗り出した。

「酒なんだ。外れる者もあるが、みな酒好きだったってことが同じなんだ。その外れにしても、身内やごく身近に同じ病で死んだ者が必ずいる。こいつらはその酒好きな奴から病をもらったんだろう」

「じゃあ、酒に混ぜて飲ませたってことですか」

「ああ、おれたちはそう考えた。酒に絞って探索を進めるうち馴染《なじみ》のない振り売りから濁り酒を買ったって話が出てきたんだ。数は多くねえが、場所をとわずあちこちで、同じ振り売りの話を拾うことができた。そのあとは一度も見てねえってことも同じだ」

濁り酒はいわゆる、どぶろくである。酒糟《さけかす》をこさないままなので、白く濁っている。

「その振り売りって……」

鍬之助じゃねえか、と松吉が辰次郎に目顔で言った。

「その振り売りを見た人はいないんですか」

「見かけた者は何人かいたが、どれも夜だったし笠《かさ》をかぶっていたもんで、顔はまったくわからなかったそうだ」

寛治は自分の前にある、乾いて固くなった団子に目を落した。

「濁り酒に混ぜたのは、なにか理由があるんでしょうか」

辰次郎は瀧名村の白い粉を思い出していた。わざわざ濁り酒を使うということは、あの粉は水に簡単に溶けないものなのだろうか。辰次郎は自分の推測を口にした。

「その濁り酒は酒糟のことに多いものだったそうだから、そうかもしれねえ。あるいは親分が言うように、その振り売りが手前で見てわかるようにと濁り酒にしたのかもしれねえ」

粉が容易に溶けるものなら、水や清酒に混ぜては、扱う側にも危険が増す。

「きったねえ！」と、松吉が唾《つば》をとばした。

「まったくだ。野郎が汁粉や甘酒に入れないでくれたのが、おれにとってはせめてもの救いだけどな。もっとも熱いものには入れないはずだと、親分は言っていた。たいがいの菌は熱に弱いらしいからな」

寛治が団子を食べながら話したくなかったのも道理だ。この推測が本当なら、一昨年的を絞って四人を殺した奴が、去年になって無差別に殺しをやらかしたことになる。

「無差別にしては、やりかたが細かくねえすか。病原を撒くなら、もっと簡単な方法がある。なんでわざわざ酒の振り売りをしながら菌を撒く必要があるんで」

「親分はそれが逆に手掛かりになるかもしれねえと言っていた。それと、たぶん本職の酒の振り売りじゃなかろうともな。とりあえず手掛かりはそれしかねえから、いちばん病人の多かった下谷《したや》で、酒問屋から振り売りまであたっているところだ」

「きいてるだけで気の遠くなるような探索すね」

「おれはそういうほうが向いてるからたいして苦にもならねえが、なにぶん夏まで間がねえからな」

寛治の心配はもっともだ。今年の病の発生だけは、防がなければならない。

辰次郎と松吉が気負いこんで手伝いを申し入れると、寛治は嬉しそうに笑って、乾ききった団子を口に入れた。

辰次郎と松吉も参加して、下谷のきき込みは続けられたが、これという手掛りも見つからぬまま、十日ばかりが過ぎた。もともと裏金春の主な役目は抜け荷の摘発であったから、こちらも手を抜けず、下谷のほうはその合間を縫っての探索となる。

「全員総出であたれば、それだけ早くなにか見つかるかもしれないのになあ」

「抜け荷は雑草みてえなもんだからな、マメに刈らなきゃあとからあとから生えてくるもんよ」

ぼやく辰次郎に、木亮の台詞《せりふ》を丸ごと借りて松吉がたしなめた。この日二人は、抜け荷の疑いのある白粉屋《おしろいや》に張りついていたが、見張りを木亮と良太に交替し、裏金春への帰途にあった。横に酒樽《さかだる》をすえた屋台の前で、辰次郎は足をとめた。

「景気づけに、一杯どうだ」

「暗くなると危ないからだめだ」

「おまえ心配しすぎだよ。まだ日暮れ前だぞ」

辰次郎は口を尖《とが》らせた。夜の一人歩きは、相変わらずご法度のままだった。そればかりか心配性の松吉は、辰次郎の昼間の使いも自分がかって出る始末だ。おかげでこのところ一人になれる時間がめっきり減って、さすがに辰次郎もげんなりしていた。

「賊に襲われても、おれじゃたいした護衛にならねえからな。とっとと帰るに限る」

言いながら松吉が、こちらに歩いてくる行商人の男を目で追っていた。笠をかぶり、背中に長方形の箱を負った男は、二人とすれ違う前に道を左に折れた。松吉と一緒に男を見送って、辰次郎が訊ねた。

「あれ、なんの行商だ」

「え、ああ、あれは羅宇屋《らうや》だ」

煙管《きせる》の雁首《がんくび》と吸口をつなぐ管を羅宇といい、そこにたまったヤニを掃除したり、すげ替えたりするのが羅宇屋だ、と松吉が説明した。男が曲がった脇道《わきみち》を覗《のぞ》くと、羅宇屋は道端に腰をおろして一服つけていた。

「いいのか」

「なにが」

「おまえ、冷やかしに行きたいんだろ」

辰次郎は松吉のわき腹を小突く真似《まね》をした。

「別にそんなんじゃねえよ」

「そういえばおまえ最近、前みたいに物売りにちょっかい出してないな」

松吉が物売りを冷やかす光景は、以前は日課のように見られたものだった。

「まあ、ここんとこ忙しいしな……それに……」

「それに、なんだよ」

口をつぐんだ松吉に、辰次郎は先を促した。松吉は、ふふっと笑って、通りの先に見える夕焼雲に目をあてて、らしくないことを言い出した。

「なあ辰次郎、金春屋っていいとこだよな。表も裏も気持ちのいい連中ばっかでさ。親分はこええしキツイ仕事もあるけど、おれやっぱり、あそこが好きだよ」

「おまえいきなり、どうしたんだよ」

辰次郎は気味悪がったが、松吉は、へへ、と笑っただけだった。

「そうだな、あとはおめえを襲った奴がつかまって、ああいう屋台提灯《ちょうちん》の下で祝杯でもあげられれば言うことなしだな。おめえ、ほんとになにか心当たりねえのかよ」

松吉はとっとと話題を切り替えた。

「あったらこんなに苦労はしねえよ」

「おめえ、二度襲われたことになるだろ、なんか共通点ねえのか」

「……どっちも町方に関わるところに行った帰り……くらいかな」

「町方に賊がいるってのか?」

まさかな、と笑ってから、ああ、と辰次郎はわざとらしく手を打った。

「あとは、どっちもおまえにうらやましがられたよ。八丁堀や南町へ行くって言ったらな」

「なんだよ、それ」

「そういえば、最初のときは裏金春に誰もいなくて、八丁堀に行くってことは、おまえにしか言ってないぞ。ほら、おまえが灯心売りを冷やかしてたときに……」

「ほんとうか！」

松吉がいきなりふりむいた。冗談のつもりだった辰次郎は、その反応に驚いた。

「そんな顔するなよ、おまえを疑ってるわけないだろ、冗談だよ、冗談」

あわてて弁解をはじめたが、松吉にはまるできこえていないようだ。その場で足をとめて、じっと考え込んでいる。やがて松吉は、辰次郎に向きなおって早口で言った。

「こっからなら一人でも大丈夫だろ。おれ用事思い出したから、おめえ先帰れ」

あっけにとられる辰次郎をのこして、松吉はきた道を走り去っていった。遠ざかる姿を見送って、辰次郎は呟《つぶや》いた。

「夜の一人歩きは禁じられてんだ、そうもいくかよ」

松吉のようすは、どう考えてもおかしかった。頃合を見計らって、人込みに見え隠れする薄茶に棒縞《ぼうじま》の背を追いかけた。少し走ると、その姿が横にそれて見えなくなった。羅宇屋がいたあたりだと見当がついた。

さっき男が腰をおろしていた脇道に頭だけ出すと、奥のほうで松吉と羅宇屋が言い争う姿が見えた。そっと近寄り物陰にしゃがみこんで覗くと、松吉は男にとりすがるようにして、懸命になにかを訴えていた。

「たのむ、旦那《だんな》に会わせてくれ！」

それだけが辛うじて耳にとび込んできたが、あとはききとれなかった。羅宇屋が松吉を突きとばした。松吉が地面にころがると、男は素早く身をひるがえし、あわてて首をひっこめた辰次郎の前を足早に通《つ》り過ぎた。あたりの薄暗さが幸いし、辰次郎は気づかれずにすんだ。男のあとを尾けて正体を確かめたかったが、地面に座り込んだままの松吉が気になって諦《あきら》めた。やがて暮六つの鐘が鳴り、その音を合図に松吉はのろのろと立ち上がると、重い足取りで帰途についた。

その夜松吉は、風呂《ふろ》にも行かずさっさと寝間へ引きこもった。玄関脇の座敷ではいつものように酒盛りが始まっていた。辰次郎は話の合間を縫って、木亮に訊《き》いてみた。

「兄い、右手の甲に鉤形《かぎがた》の痣《あざ》のある奴《やつ》って、きいたことないかな」

「右手に痣？　どんなんだ」

スルメを咥《くわ》えた木亮が、もごもごと言った。

「小指の付け根から親指に向かって斜めに、簞笥《たんす》の取っ手を押したような痣だ」

笠に隠れた男の顔は見えなかったが、しゃがんだ辰次郎のちょうど目の前を、男の右手が横切った。捲《めく》れた手甲《てっこう》の下に、その痣がはっきり見えたのだ。辰次郎が八丁堀で追剝《おいは》ぎに襲われた日、松吉と話していた灯心屋も手甲をつけていた。あれは痣を隠すためのもので、灯心屋も羅宇屋も同じ男ではないかと、辰次郎は考えていた。男には堅気でないものの臭《にお》いがした。木亮はこう見えて、その筋の情報には明るかった。

「そいつが何だってんだ？」

「いや、たいしたことじゃないんだけど」

「右手の甲に鉤の痣なあ、どっかできいたような気もするな」

「その男なら知っているぞ」

辰次郎の背後で声がした。ふりむくと、あけ放された襖《ふすま》の外に十助が立っていた。

「十さん、知ってるんですか」

「だがそいつは漉名村にいた男だぞ」

「ほんとですか！」

意外な展開に驚きながら、辰次郎はもう一度、男の背格好などを詳しく告げた。

「そいつはやっぱり矢三郎《やさぶろう》かもしれないな。鉤形の痣は鍋《なべ》の持ち手の跡だ。子供の頃に熱い鉄鍋に右腕をくっつけて、手の甲だけじゃなく肘《ひじ》まで続く跡がのこってしまった。その頃すでに度の過ぎた悪さをする村の鼻ツマミ者だったから、天罰だと噂《うわさ》する者もあった。おれが村を出たあと、十年くらい前だったか、村の娘に悪戯《いたずら》してな、親から勘当されたんだ。それ以来村からぷいといなくなって、一度も戻っていないときいた。いまは三十くらいになっているはずだ」

十助の話をきいて、辰次郎はいまさらのように、男のあとを追わなかったことを後悔した。あの男が矢三郎なら、どこかで鍬之助とつながっているように思えた。

「辰次郎、おまえ、そいつとどこで会ったんだ」

「いや、道でそいつとぶつかってインネンつけられたもんだから」

ごまかす辰次郎に、十助は疑《うたぐ》り深い目を向けたが、そこへ韋駄天《いだてん》が帰ってきた。

「ただいま帰りました」

「おまえ、どうしたんだその格好は」

十助が驚いたのも無理はなく、韋駄天の鼠縞《ねずみじま》の着物の袖《そで》が、ぱっくりと開いていた。胸のあたりにも大きなかぎ裂きができている。

「いや、ちょいとちんぴらにからまれまして」

「おまえもか」十助があきれて、辰次郎と韋駄天を見くらべる。韋駄天が不思議そうにしていると、「いや、なんでもない。それより怪我《けが》はないか」と気遣った。

「ありません、大丈夫です。それより追ってた野郎を逃がしちまいました」

十助に謝り、ひどく残念そうな顔をした。

「まあ、それは仕方がない、おまえが無事でなによりだ」

十助は韋駄天をねぎらうと、報告を受けに一緒に奥へ戻っていった。

二人が去ると、辰次郎は木亮に向きなおった。

「木兄い、その矢三郎って奴、探し出せないかな」

「なんでだよ」

「その、インネンつけられた仕返しがしたいんだ」

木亮はぎょろ目を眇《すが》めて、辰次郎をにらんだ。「てめえ、なにか隠してやがるな」

「兄い、たのむ！　奴の居場所がわかったら、必ずほんとのこと話すから！」

「おれと取引しようなんざ、百年早えんだよ！」

土下座する辰次郎の頭をごつんと殴る。

「木亮、いいじゃねえか、漉名村に関わりのある奴なら、探し出して損はねえよ」

寛治のとりなしに、木亮が忌々《いまいま》しそうにスルメを引きちぎった。

「ちっ、仕方ねえ、あたってやるよ。けどこの借りは高くつくからな、覚えとけよ」

礼を言って頭を上げた辰次郎に、寛治がこっそり笑ってみせた。

木亮は、二日ばかりで矢三郎の情報をつかんできた。

「たぶんおめえが見たのは矢三郎に間違《まちげ》えなさそうだ。矢三郎は、万丸《まんまる》の安蔵《やすぞう》って深川にある賭場《とば》の元締めんとこに出入りするちんぴらだ」

「もうわかったんですか」

「あの火傷《やけど》跡は目立つらしくてな、案外早く探し出せた」

「じゃあ、その賭場の元締めのところに行けば、矢三郎がいるんですね」

「ところがな、ここんとこ安蔵の賭場で見かけなくなったってんだ」

がっくりと肩を落とした辰次郎の頭を、煙管の雁首でこつんとたたき、木亮が待て待て、と言い足した。

「まるっきり見ねえわけじゃあないらしい。月に二、三度は顔を出すみてえだ。一昨日ちょうど、安蔵んとこに来たのを見た奴がいる」

辰次郎は安蔵に張りつくことも考えたが、そんなに待たされるのでは埒《らち》があかない。

「矢三郎のやつ、ここんとこ妙に羽振りがいいらしい。岡場所や茶屋で派手に遊んでたって噂がある。馴染《なじ》みの女はいねえらしいから、その線から追うのは難しいがな。

あとは、深川を根城にして滅多に大川をわたらなかった奴を、南茅場町《みなみかやばちょう》で見たって奴がいた。しかも二度も見かけたってんだ」

南茅場町は八丁堀の北隣にあるが、同心の組屋敷ばかりの閑静で殺風景な八丁堀とは趣きを異にし、商店が立ちならぶ賑《にぎ》やかな町屋だった。

あと二、三日あれば、もう少し詳しいことがわかるかもしれねえ、と結構のり気の木亮に、お願いします、と辰次郎は頭を下げた。

その翌日、辰次郎は菰八とともに小石川養生所に出かけた。ゴメスの指示で先日拝借した風呂敷一杯の書きつけを、養生所に返しにいったのだった。

「最近、松吉は調子が出ないようだな」

養生所の門を出たところで、菰八が眩《まぶ》しそうに空を仰いだ。このところ夏を思わせる陽気が続いていた。今日のようによく晴れた昼間は、ことさら陽射《ひざ》しがきつい。

「そうですか、あいつのことだから心配ないと思いますけどね」

辰次郎はそうごまかしたが、あの羅宇屋の件以来、松吉はめっきり元気がない。みなの前では無理して調子良く振舞うが、あまり長続きせず、ときどき物思いに耽《ふけ》っている。

「そうか、ならいいが」

孤八はそれ以上この話題に触れず、かえって居心地の悪くなった辰次郎は、別の話を持ち出した。

「小石川の養生所では、おれたちの待遇が異常にいいっすね」

孤八の気をそらせる目的はあったが、それはこの前から、辰次郎が不思議に思っていたことだった。前回も今日も、養生所見廻りの役人や医者のみならず、養生所のいわば所長にあたる肝煎《きもいり》の小川《おがわ》氏まで出てきて、たかが小者の辰次郎らを下へもおかぬ対応ぶりであった。

孤八は、くすぐったそうに肩をゆらした。声をたてずに笑っているのだった。

「親分は以前、あの養生所に勤めていたことがあるんだ」

「そうなんすか!」

その一言ですべてが呑《の》み込めた。

「もともとが生っ白《ちろ》い医者や役人の集まりだ。親分の傍若無人ぶりは、おれたちなんぞよか、よっぽど骨身にしみたんだろ」

こちらをもてなす彼らの、どこか必死の形相を思い出し、辰次郎は少なからず同情した。

出島へ向かう孤八と途中で別れると、辰次郎はいまきた方向に踵《きびす》を返し南茅場町を目指した。無駄足を承知で矢三郎を探してみようと、昨日のうちから決めていたのだ。

行商人、店の小僧、木戸番、長屋の住人、子供にまで、右手に火傷跡のある物売りか、やくざ風の男を見なかったかと、辰次郎は南茅場町の界隈《かいわい》で訊《たず》ね歩いたが、手応《てごた》えはなかった。

疲れ果てた辰次郎は、茶売りの行商人から煎茶《せんちゃ》を買うと、道端にしゃがみ込んだ。

「そんな簡単に見つかるわけないか」

疲れと落胆で、ついひとり言がもれる。

（やっぱりあてずっぽうに訊ねまわるだけじゃ駄目なのかな。日にちがかかっても、万丸の安蔵を張ってたほうがいいだろうか）

手拭《てぬぐい》で汗を拭いながらあれこれと思案していたとき、辰次郎の目が一人の男に吸い寄せられた。そのお店者《たなもの》風の中年の男に、見覚えがあった。

辰次郎は、茶碗《ちゃわん》を返して立ち上がった。男は一軒の店に入っていく。大店とまではいかないが、土蔵造りの立派な構えに、横看板に金文字で「芳仙堂《ほうせんどう》」とあった。

「胃弱、人参《にんじん》、調合所……薬屋か」

看板の中の読める文字だけを拾って、辰次郎は判断した。

男はこの店の者ではないようで、まもなく店から出てきた。辰次郎はきた道を戻っていく男のあとを尾けた。

男は海賊橋《かいぞくばし》をわたり、人でごった返す日本橋のたもとに出た。人込みで見失わぬよう、辰次郎は間合いを詰め、男に従って日本橋通りに出た。男と辰次郎のあいだにはさまっていた職人風の男が脇道《わきみち》に入り、男の紺の羽織の背がまる見えになった。もう少し離れたほうがいいだろうか、と思った矢先、男がたたらをふんだ。前を歩いていた者が急に方向をかえ、背に負っていた大きな荷が男にあたったのだ。

「わっ！」

拍子に男の手から風呂敷包みがぽーんと跳ねて、辰次郎の足元にぽとりと落ちた。ふりむいた男と辰次郎の目が合った。しまった、と後悔してももう遅い。辰次郎は抹茶色の風呂敷包みを拾い上げると、男に手渡した。

申し訳ありませんでした、と丁寧に辞儀をする男の顔に、やはり覚えがあった。こうなってしまっては、直《じか》にきいてみるほうが早い。

「あのう、どこかでお会いしませんでしたか」

男の肩が、びくりとはずんだ。「え、いや、そんなはずは」と、しどろもどろになっている。男が困ったような表情で、口を鯉《こい》のように丸く窄《すぼ》ませ、それを見て辰次郎は思い出した。

「ああ、そうか、薬種問屋で会ったんですね。ええと、なんていう店だっけ」

「……岩代屋《いわしろや》ですが……」

「そうそう、岩代屋さん。おれこの前、苦い薬を探してもらったんですけど覚えてませんか」

手代は辰次郎を思い出したようだ。ああ、と言って、警戒をゆるめると、その節は、ともう一度辞儀をした。

「いかがでしたか、あの薬は」

「ええ、効果抜群でした。ものすごく苦くてびっくりしました」

「あなたが飲まれたのですか。では余興で負けられたのですね」

手代に言われて、辰次郎は冷や汗をかいた。その場凌《しの》ぎの嘘《うそ》というものは、あとでころりと忘れてしまうものだ。

またいつでもどうぞ、とにこやかに去っていく手代の姿を見送りながら、辰次郎は何かすっきりしないものを感じていた。いったい何がひっかかるのだろう、と考え込んでいると、「わっ！」という声とともに背を思いきりたたかれた。

「奈美！」

ふり返ると、山吹色の着物姿がだいぶ板についたようすの奈美が笑っていた。

「あれからとんと顔見せないと思ったら、こんなところでぼーっと女の人ながめてるし」

「ながめてたのは男だよ」

「それ、危ないじゃん」

「変な想像すんなよ」

挨拶《あいさつ》もそこそこに、ぽんぽんとび出す奈美の軽口は痛快だった。釣り込まれるように笑いながら、久しぶりに気の晴れる思いがした。

「奈美は今日はなんだ、買物か？」

「急ぎの反物を届けにきた帰りなの。たまにね、たのまれることがあるんだ」

この日本橋界隈には、呉服の大店がずらりと軒をならべている。

「松吉は元気？」

「うん、そうだな、少し気合が足りない感じかな。奈美にがつんとやってもらえばいいかもしれないいな」

「人を唐辛子みたいに言わないでよね。でも二人が来れば、織屋の皆も喜ぶと思うよ」

「奈美も一度金春屋に来ればいいのに。あそこの飯はマジで旨《うま》いんだ」

「あんたたちは身軽な尻っ端折《しりばしょ》りだからいいけど、この格好で神田から芝じゃ、朝出ても帰りは夜になってしまうわ」

ぼやきながら、自分の帯をたたいてみせる。色気のない仕草に、辰次郎が苦笑した。

「暗くなっても、屈強な用心棒が二人もいるから大丈夫だろ」

「おあいにく、もっと頼りになる護衛を連れてるの」

ほら、と地面を指さした。奈美の足元に座る犬に、そのときはじめて気がついた。

犬はお座りしたまま、さかんに尻尾《しっぽ》をふっている。

「へえ、かわいいな、これ柴犬《しばいぬ》か？」

「どうかな、雑種だと思うけど。コロっていうの」

辰次郎は犬の前にしゃがみ込んだ。薄茶色に腹だけ白い和犬だった。濡《ぬ》れた黒い鼻の上に賢そうな黒目が光っている。

「この犬ね、おもしろいの。織場の誰かが風呂敷《ふろしき》包みを持って外に出るとね、必ず一緒についてきて、日本橋まで自分が先にたって歩くんだ。で、帰りも必ず自分が前を歩いて織場まで戻るの」

「へえ、おまえ、賢いんだな」

頭をなでると、ふかふかした温かい感触が、掌《てのひら》に伝わった。

「あぁっ！」

辰次郎の頭の中で、岩代屋の手代と、犬と、抹茶色の風呂敷が結びついた。

「いきなり大声出さないでよ、ほら、コロがびっくりしてる」

「クロだ！」

「コロなんだけど」

「違う、あいつだ。なんでわからなかったんだ！『鯉のおじさん』だ！」

幼友達の仁吉と、最初にクロを見にいった日のことが、辰次郎の脳裏に甦《よみがえ》った。その帰り道、クロの飼主の男が、『鯉のおじさん』だ、と言い出したのは仁吉だった。厚ぼったくて丸い口が、鯉にそっくりだと笑う仁吉の顔が浮かび、辰次郎は涙ぐみそうになった。

「辰次郎ってば、大丈夫？」

奈美の声に、辰次郎は我に返った。目の前にコロの顔がある。その黒い目が、じっと辰次郎を見つめていた。

「コロ、おまえのおかげだ、ありがとうな！」

辰次郎は嫌がるコロの頭を抱きしめた
「奈美、今日の礼は今度必ずするよ。ああ、織屋のみんなによろしくな、今度松吉と行くから」

辰次郎は早口で捲《まく》し立てると、じゃあな、と叫んで通りを駆け出した。

見る間に遠ざかる辰次郎の姿を、奈美があきれ顔で見送った。その足元で、コロがクーンと鳴いて、尻尾をぱたりとふった。


辰次郎が裏金春の木戸に駆け込むと、ちょうど出島から戻った菰八と鉢合わせした。

「おやじ、おれ、鍬之助を見つけたかもしれない」

「なんだと！　本当か、辰次郎」

いつもは穏やかな表情に、さっと緊張が走った。

「たぶん、たぶんそうだと思う。薬種問屋の……」

辰次郎の口を、菰八の分厚い手が覆《おお》った。

「まだ目星がついてないのに、滅多なことを言うもんじゃねえ」

凄《すご》みのある声で言うと、そのまま辰次郎を引きずるようにして奥座敷へ向かった。

「岩代屋の手代が、鍬之助だっていう確かな証《あか》しはねえんだな」

「はい、すみません」

ゴメスに真正面からにらみつけられて、辰次郎は小さくなった。奥座敷には、十助に加え、甚三と菰八も同席していた。

「いっそ、隣村から人を寄越してもらって確かめさせますか」

脇に控える十助の顔には、いつになく焦《あせ》りが見られる。

「その日数《ひかず》がありゃ、手代のことを詳しく調べられるだろ。菰八、おめえがやれ。奴《やつ》がいつから岩代屋にいるか、暮らしぶりや女房子供の有無、それと岩代屋についても隅々まで調べあげろ。あそこはたしか、評判のいい店だったな」

「はい、主人の多兵衛《たへえ》が手堅い商いをしており、店の者のしつけも行き届いているとのことで、繁盛《はんじょう》しているようです」

「主《あるじ》はもちろん、使用人、家族から親類に至るまでもらさず洗え。何日かかる」

「私一人ですと、五日、いや六日ほど……」

「誰が一人でやれと言った。こん中の連中総出であたれ。二日でカタをつけるんだ」

菰八が、甚三と顔を見合わせた。お言葉ですが、と甚三が切り出す。

「はっきりしたことがわかるまで、この件はここの五人で抑えといたほうが……」

「その必要はねえ」

ゴメスが突っぱねた。甚三と菰八が、困ったようにまた顔を見合わせる。

そのようすに、辰次郎は不審を覚えた。しかしゴメスは二人の態度には一向に頓着《とんちゃく》せず、「いいか、一日だ、一日で白黒つけてこい」と念を押して、さっさと三人を下がらせた。

廊下を歩きながら、辰次郎は前を行く甚三と孤八をじっと見つめた。

(もしかすると、二人は知っているんだろうか)

せっかく鍬之助らしい男を見つけたというのに、辰次郎の胸は少しも晴れなかった。

岩代屋の探索は裏金春のみならず、竹内ら出島の役人も動員されて、早急に進められた。裏金春の手先たちは二手に分けられ、四人が岩代屋の内偵にあたった。辰次郎、木亮、良太の三人には、岩代屋の主人の弟、重兵衛《じゅうべえ》の探索が割り振られ、それには理由があった。

「おめえが手代を見かけた南茅場町の芳仙堂な、あれが重兵衛の店なんだ」

「それで岩代屋の手代が出入りしてたんですね」

「あとは矢三郎が芳仙堂に面《つら》ぁ見せりゃ、すっきり繋《つな》がるんだがなあ」

辰次郎はひやりとした。木亮の「すっきり」には含みがあった。

矢三郎を探して鍬之助に行きあたったことは、誰にも言っていなかった。それでも当然のように木亮は、南茅場町から矢三郎を連想したに違いない。松吉は、岩代屋に鍬之助らしき男がいるときいても皆と同様驚いただけでなんら不審な反応はなく、辰次郎を安堵《あんど》させたが、矢三郎がこの件に絡《から》んでいれば、話は別だった。木亮の思案とは裏腹に、矢三郎が芳仙堂にあらわれないことを、辰次郎は祈った。

だが探索一日目の晩、早くも辰次郎の期待は裏切られた。

「おい、辰公、もちっと下がれ。そこじゃ提灯《ちょうちん》向けられたら見えちまうじゃねえか」

手拭をかぶった木亮に小声でどやされ、辰次郎があわてて頭を引っ込めたとき、一町離れたあたりから、ヒュッと鳥の鳴くような音がした。誰か来たという良太の合図だった。提灯の灯りがゆっくりと近づいてくる。腰を屈《かが》めた従者が捧《ささ》げもつ灯りに、背の高い男の姿が浮かび上がった。筋肉質で無駄のない、堂々たる体軀《たいく》だった。二人が芳仙堂の裏の潜戸《くぐりど》へ消えるのを待って、辰次郎はほっとして話しかけた。

「大きいほうも小さいほうも、矢三郎じゃありません」

「ああ、わかってら。ちきしょう、そういうことか」

木亮は乾いた唇を舐《な》めた。

「ありゃ、万丸の安蔵だ。あいつら根こそぎ、芳仙堂とつるんでやがった」

「あいつが？　ちっともまん丸じゃないっすよ」

「ばあか、もとは万丸屋っていう矢場の主なんだよ。賭場《とば》のほうが儲《もう》かるんで、とっくにやめちまったがな。辰公、ここはおめえと良太で探索を続けろ。おれは安蔵を探る」

はい、と返事をしながら、辰次郎は松吉を案じた。辰次郎の指摘に驚いた顔と、羅宇屋に詰め寄っていたようすから推すと、松吉はなにも知らずに利用されていたように思う。しかしそんな言い訳があの親分に通用するとは、とても思えなかった。

翌日、辰次郎と良太は芳仙堂の調査をおえて、夜五つ過ぎに裏金春へ戻った。岩代屋を探索していた者たちも、三々五々戻ってきた。

「松吉、遅いですね」

「今日は韋駄天と一緒に岩代屋を張ってるはずだ。おっつけ戻るだろう」

寛治が言ったとおり、韋駄天と松吉はまもなく戻ってきた。が、血の気の失《う》せた松吉の顔を見て、辰次郎は仰天した。

「松吉、どうした、具合でも悪いのか」

「いや、なんでもない」

「なんでもないって、唇まで真っ青じゃないか」

「とりあえず、みながそろうまで寝間で休んでろ」

韋駄天の薦めに従って、松吉は力のない足取りで奥へと消えた。

「なにかあったんですか」

韋駄天は首を横にふった。「わからないんだ。一緒に裏口を張ってたときにはなんともなかった。ちょいと用を足して戻ってきたら、板塀を背にしゃがみ込んでいた」

「この二日、ほとんど寝てねえんだ。具合も悪くなろうよ」

寛治の言葉に、韋駄天がそうだなとうなずいた。

二人が気づいていないことはありがたかったが、松吉をあれほど動転させるなにかが、きっとあったのだ、と辰次郎は確信していた。推測できることが一つだけあったが、それはおそらく松吉にとって最悪の事態のはずだった。

四つを過ぎて、安蔵の調査を一日でおえた木亮が戻ってきた。出島から二名の与力と竹内を含む五名の同心も到着した。奥座敷の襖《ふすま》がとり払われ、ゴメスの前に一同が会した。

「まず手代の経歴からきこうか」

与力や同心の前にも関わらず、いつものどてら姿でゴメスが切り出した。

「岩代屋手代利吉《りきち》は、鍬之助に間違いないものと思われます。利吉が岩代屋に入ったのが十五年前の師走《しわす》、鍬之助が野田村を出た時期とぴたりと重なります」

孤八が申し述べ、その前に陣取った同心が続けた。

「利吉の人別帳を調べましたが、岩代屋へくる前の身分が、無宿人利吉となっておりました。おそらく鍬之助の人別を捨てて、利吉になったものと思われます」

ゴメスが孤八に顔を戻した。「奴は所帯持ちか」

「はい、利吉は主人である岩代屋多兵衛の口利きで、六年前に嫁を娶《めと》り、五歳になる女の子と三人で、福島町の長屋住まいです。骨惜しみせぬ実直な働き者とすこぶる評判が良く、悪く言う者は一人もおりませんでした。酒は少々飲みますが、女と博打《ばくち》は一切やりません。それともう一つ、大事なことがわかりました」

孤八に目で合図され、寛治が代わって話し出した。

「利吉が岩代屋に入った経緯《いきさつ》ですが、店の者のしつけがいいと言うか口が固くて、その線からはきき出せなかったんですが、古くから岩代屋に出入りしていた定斎屋《じょうさいや》のじいさんから、話を拾うことが……」

孤八が余計なことはいいから、というように寛治をにらんだ。定斎とは暑気あたりの散薬で、これを薬種問屋から仕入れて売り歩くのが定斎屋であった。

「え、それで、利吉は岩代屋に入る半年ほど前に、客として来たことがありやした」

「なんだと、半年前ってのは確かなのか」

ゴメスに視線をあてられて、小さくなりながらも寛治がうなずいた。

「その定斎屋は昔、店の者から変わった客の話をきいたそうです。その客は夜遅く閉じた大戸をたたき、金も足りないのに薬を分けてくれと土間に手をついてたのんだそうです。足りない額はわずかなものだったので、主の多兵衛が承知したそうです」

「それは何の薬だ。薬の名前はわからねえのか」

辰次郎の心臓の鼓動が早くなった。その薬こそ、江戸湊《えどみなと》の飯屋の娘、おもよの言った砂糖水の正体かもしれなかった。

「それはわかりませんでした。ただ、医者でも薬屋でもなさそうなのに、珍しい薬を名指ししたとかで、それが変わった客として店の者の話の種になったそうです」

ゴメスは腕組みして、じっと考え込んでいる。

薬種問屋は、客から病状をきいてその症状に合った薬を調合する。最初から薬を指定するということは、知識がなければできないはずのものだった。

「定斎屋が出入りするのは夏場だけですから、利吉が店に入った経緯を、じいさんは翌年の夏になって知りました。前年話にのぼった男が、半年もたってから律儀《りちぎ》にわずかばかりの金を返しにきた。それに感心した多兵衛が雇い入れたときかされたそうです」

続いて同心の一人が、岩代屋多兵衛について報告を行った。

「岩代屋は、二十五年前日本から江戸入りした、いまの多兵衛の父、先代多兵衛が創業しました。豊富な薬の知識と実直な人柄が客の信用を得て、ほんの五、六年でいまの日本橋本町三丁目に薬種問屋を構えるに至りました」

岩代屋の話になってまもなく、辰次郎の隣で俯《うつむ》く松吉が、小さく震え出した。

「いまの二代目多兵衛は、大店《おおだな》になって三年目に初代が隠居して跡を継ぎました。父親同様の篤実さに加え、人に対して慈悲深いと評判の男です。この多兵衛の代になってから、使用人のしつけも行き届き、商売はますます繁盛しております」

多兵衛は妻女との間に四人の子があり、長女は早くに材木問屋に嫁《か》し、長男は跡取として父親のもとで修行を積んでいた。次男の経歴の報告に、ゴメスが反応を見せた。

「次男茂兵衛《もへえ》は、七年前から日本で医術を学び医者の免状を得ました。あちらで所帯を持ったため、そのまま日本にとどまることを多兵衛が許したそうです」

「ほう、日本で医者をなあ」

「はい、幼少の頃から学問に秀《ひい》で、多兵衛と昵懇《じっこん》の間柄にあった、井出慈斎《いでじさい》という近所の町医者に心酔し医者を志すに至りました。その町医者のもとで修行しておりましたが、当の医者の薦めで日本行きを決めたようです」

次男は現在、福岡の大学病院に務め、末っ子の次女は三年前に紅屋の大店に嫁いだ、と同心は報告をおえた。

次に店に出入りする者の中から、事情のありそうな者を別の同心が報告した。

多兵衛に借金を申し込んでいた砂糖問屋の主人、博打癖が抜けず前借をくり返した揚句出入りを禁じられた薬の担《かつ》ぎ売り、高額の薬代をふみたおして逃げた医者が挙げられた。

「ですが、金絡みとなると、なんといっても多兵衛の弟、芳仙堂重兵衛が筆頭にあがります」

ゴメスは同心にうなずくと、「木亮、良太、今度はおめえらだ」と芳仙堂の報告に移らせた。

「重兵衛は、長男多兵衛とは十歳違いの弟ですが、父親や兄とは似ても似つかぬ性根のひねたところがあって、若い時分はよく町のちんぴらどもと一緒になって悪さをしておりやした」

緊張しているのか、報告する良太の声がうわずっている。

「ただ二十五を過ぎて、手前の望みでちっさな団扇《うちわや》屋の娘と所帯を持ってからは、兄のもとで真面目《まじめ》に薬の商いを学んだ時期がありやした。それで九年前に多兵衛の後押しで芳仙堂を開いたんですが、ところがそのかみさんが、最初の子を難産して結局子供もかみさんも死なしちまいやした。それから重兵衛は昔の性根の悪さが戻っちまった上に、えらく金に執着するようになり、商売そっちのけで色々な相場に手を出した揚句、借金の山をこさえたようです」

「重兵衛の借財はどれくらいだ」

ゴメスの問いには与力の一人が代わって答え、良太はほっと息をついた。

「いまの借金は、ざっと見積もって一千五百両。すでにあの南茅場町の店も、借金のかたに押さえられております」

「兄の多兵衛は借金の肩代わりはしてねえのか」

「それなんですが」

与力に促され、竹内があとをついだ。多兵衛は最初のうちだけ細かな借金を用立てていたが、相場狂いのとまらぬ弟に愛想をつかし、数年前からは金を出さずに店を畳むよう重兵衛を諭すようになった。しかし今年のはじめ頃より、多兵衛が何度か多額の金子《きんす》を重兵衛に与えたふしがあり、芳仙堂の店が金貸しにとられなかったのは、その金のおかげと思われる、と竹内は述べた。

「なるほど、今年になってからか」

「はい。金を与えたという確かな証《あか》しはありません。ただ、ほかに金を工面できる手蔓《てづる》が重兵衛のまわりに見あたらぬことに加え、借金を断られて以後、岩代屋に出入りしなかった重兵衛が、その頃から頻繁に通っていることから推しても、間違いのないところと思われます。芳仙堂に出入りするという、万丸の安蔵が貸していれば話は別ですが」

「その辺はどうだ、木亮」

「安蔵が金を貸すだなんて、とんでもありやせん」

木亮は歯切れよく答えた。

「手元不如意《ふにょい》は奴《やつ》も同じで、一家の台所は火の車です。数年前から厳しくなった賭場の手入れのためのようで、安蔵の五つの賭場のうち、二つは閉めるはめになり、のこる三つも上客がめっきり減ってすっかり勢いがありやせん。このところ安蔵は、新しい儲《もう》け話を漁《あさ》っていたようです」

「その新しい儲け話が、芳仙堂なのか」

与力の問いに、木亮がめずらしく曖昧《あいまい》な答え方をした。

「それについてははっきりしやせん。重兵衛と安蔵は、若い時分徒党を組んで悪さをしていた頃からのつきあいですが、大人になってからは途絶えていやした。安蔵が芳仙堂に出入りするようになったのはごく最近のことです。芳仙堂には安蔵の子分、漉《すく》名《な》村の矢三郎の姿もちょくちょく見かけられやす」

（来た！）

辰次郎《しんじろう》は身をすくませた。

「芳仙堂のまわりでは、右手に痣《あざ》のあるヤクザ風の男の話は拾えやせんでした。ですが、手甲《てつこう》をはめたどことなく崩れたようすの行商人が、芳仙堂の潜戸へ入っていくのを見た者が何人かおりやした。おそらくそいつが矢三郎じゃねえかと思われやす」

辰次郎は、隣に座る松吉をそっと盗み見た。松吉はもう震えていなかった。目を見開いて石のようにかたまっているその姿は、魂の抜けた塑像《そぞう》のようだった。見ているのが辛《つら》くなって、辰次郎は目を背けた。

「とりあえず利吉を押さえるのが先決だ。十五年前の漉名村の廉《かど》で捕縛しろ。江戸の騒ぎについては、ほかにも関わった者がいるようにも思うが、それは奴にきけばすむことだ」

言いわたしたゴメスを、与力が仰いだ。

「所帯持ちの利吉が、すぐに白状するとは思えませぬが」

「なあに、そんときぁ、奴の妻子を人質にして吐かせるまでのことよ」

ゴメスは利吉こと鍬之助の捕縛と、岩代屋、芳仙堂、利吉の住まいの家捜しを、同時に行うよう二人の与力に指図した。

「明日の朝五つ半ということで、いかがでしょう」

与力の言にゴメスがうなずき、人選はおまえにまかせる、と言った。裏金春については、同様に十助に一任された。

「今夜は仕舞《しめ》えだ。皆ごくろう、下がっていいぞ」

ゴメスの前に、全員が平伏した。すでに刻限は真夜中を過ぎていた。

そのとき岩代屋で起こっていた惨劇を、その場の誰もがまだ知らなかった。

竹内が息急《いきせ》き切って裏金春へ駆け込んできたのは、朝五つの少し前だった。

利吉捕縛と岩代屋ら三軒の家捜しを控えた裏金春の一同は、玄関脇《わき》の座敷に控えて十助の指示を待っていた。

「なにか、手違いでも起こりましたか」

竹内のただならぬようすに、菰八《こもはち》の顔が緊張した。

「岩代屋多兵衛が、利吉に殺された」

「なんですって！」

思いもつかない顚末《てんまつ》に、座敷中が騒然となった。

「利吉は多兵衛を刺して、姿をくらました」

「なんてこった」

菰八が呟《つぶや》いたきり、言葉を失った。

岩代屋多兵衛の遺体を発見したのは、多兵衛の妻女だった。

夜中になにかが割れる音で目を覚まし、廊下に出ると、多兵衛が遅くまで帳簿改めや薬の学問に使う奥の座敷から灯りがもれていた。その中に血染めの多兵衛が畳にうつぶせに倒れていたという。廊下に立ち尽す妻女の背中で物音がし、ふり返ると、裏の潜戸《くぐりど》を外へ抜ける男の背が見えた。

「そいつが利吉だってぇ、証しはねえじゃねえか」

奥座敷で報告を受けたゴメスは、やおら立ち上がり、まるで多兵衛を殺したのが竹内であるかのように睨《ね》めつけた。朱塗りの達磨《だるま》さながらの形相と、からだじゅうから憤怒《ふんぬ》を発散させて立ちはだかる姿に、ゴメスの気性を承知している竹内でさえ思わず身を引いた。

「……ですが、お店者《たなもの》風の身なりであることが、潜りの外の常夜灯で判《わか》ったそうで、朝になって、利吉が昨夜長屋に戻らず、行方知れずになったことが判りました」

「妻女が多兵衛の亡骸《なきがら》と利吉を見たってのぁ、何刻《なんどき》のことだ」

「真夜中過ぎ……、九つ半といったところだそうです」

動転していた妻ははっきり覚えていないが、騒ぎをきつけた長男や住み込みの使用人らが言いたてたから、間違いはないという。

「南町が探索をはじめ、利吉の行方を追っています。早晩捕縛されるものと思いますが……」

「なんで利吉が、多兵衛を殺さなきゃならねえ?」

「我々の探索を、利吉が感づいたのかもしれません。それで切羽詰まって……」

失言に気づいた竹内が口をとざした。これではゴメスの失策を指摘するようなものだ。一発殴られるものと歯を食いしばったが、意に反してゴメスは、大きな地響きをたてて胡座《あぐら》をかいた。

「たとえ感づかれても利吉に逃げる暇《いとま》を与えぬよう、二日でやっちまったんだがな」

裏目に出たか、とぼやきながら煙管《きせる》に刻みを詰めはじめた。

「だが、多兵衛を殺す理由《わけ》にはならねえはずだ。考えられることは一つっきゃねえ。多兵衛が利吉と鬼赤痢との関わりを知っていたということか」

ぶつぶつと自問自答をくり返す。なにかに疑問を感じるとゴメスの思考は急速に内へと向かい、その分、外への反応は鈍くなる。ほっと安堵《あんど》した竹内の背骨が、飴細工《あめざいく》のようにぐんにゃりとなった。

そのまま刻みを二度詰め替えて、やがてゴメスが口を開いた。

「利吉の行方は南町に追ってもらうとして、利吉があてにできねえなら、いちおう備えだけはしておいたほうがいいな」

「備えといいますと」

竹内が口調を引き締めたが、先刻ゆるんだ顔の締まりは戻っていない。

ゴメスは返事の代わりに筆をとり、紙になにか書きつけて竹内に放ってよこした。

「これを江戸中からかき集めろ。足りなきゃ外からとり寄せろ。それと多兵衛殺しの探索が南町で進んだら、すぐに知らせろ、いいな」

かしこまりました、と平伏し竹内が去った。

ゴメスの吐いた煙が、あけ放した座敷からゆっくりと縁へ流れ、外廊下に控える十助の前を過ぎていった。あと一歩のところで憎い敵をとり逃した口惜《くや》しさに、握り締めた十助の両の拳《こぶし》が震えていた。

南町奉行にことわりを入れて、岩代屋、芳仙堂、利吉の長屋の手入れは行われた。しかし病原らしきものは、どこからも見つからなかった。

南町の必死の捜索にも関わらず、利吉の行方は杳《よう》として知れなかった。

多兵衛が殺されて半月後、出島へ使いに出ていた良太が、血相をかえて戻ってきた。

「どうした、良太。まっ昼間から幽霊でも見たのか」

木亮に揶揄《やゆ》された良太が、ぶるりと首をふった。

「出たんだ」

「昼間にどんな幽霊が出たってんだ」

「違う！　鬼赤痢が出たんだ！」

「ばか言うな！　先年よりひと月以上も早《はえ》えじゃねえか！」

木亮が顔色をかえて怒鳴りつけた。

「んなこと言ったって、出たもんは出たんだよ！」

良太が奥座敷へ駆け込んでまもなく、腹にひびく低い咆哮《ほうこう》が屋敷中に轟《とどろ》いた。猛《たけ》り狂った野獣の遠吠《とおぼ》えは外の往来に達し、通行人や表の飯屋の客までをも震えあがらせた。

「……怪獣だ……」

寝間の庭先で、干した布団《ふとん》をとりこんでいた辰次郎が呟いた。頭に連想したものは、紛れもなく放射能を吐いて暴れまわる怪獣の姿だった。

やがて裏庭のあたりから、どすん、ばたんと、盛大な物音がきこえ、屋敷全体がみしみしと軋《きし》みを立てた。寝間で昼寝をしていた甚三が、大儀そうに身を起こした。

「……あの音は……親分すか?」

「きっと手当たり次第に、まわりの物を放り投げてんだろう。あの音はたぶん……畳だな」

落ち着きはらった甚三の答えに、辰次郎は眩暈《めまい》を覚えた。

「よっぽど頭にきてるらしいな。また大工や畳屋を呼ばなきゃならねえ」

甚三の予測どおり、ゴメスは意味のとれない罵《ば》り詈《ぞう》雑言《ごん》を吐きながら、座敷の畳を引き剝《は》がし、両腕で頭上に持ち上げては庭に放り投げていた。すでに居間には一枚の畳もなく、剝《む》き出しの床板が所々踏み抜かれており、ゴメスは寝所の畳にとりかかっていた。

十助は、庭一面に散乱した畳の隙間《すきま》に良太を見つけ、両頰をたたいて正気に返した。

「良太、喜平に言って、飯屋の暖簾《のれん》を降ろさせろ」

「……へ?」

いの一番に庭に放り出された良太は、そのまま腰を抜かしていたのだ。

「それだけ言えば、喜平はわかる」

早く行け、と良太を立ち上がらせた。良太が這《は》うように庭を出ていくと、十助はゴメスに傷《いた》ましげな眼差《まなざ》しを向けた。当たり散らすものを失って、ゴメスは床板に立ち尽くしている。荒い息遣いだけが微《かす》かにきこえた。

十助は縁に端座し、無言で主《あるじ》の言葉を待った。水溜《みずたま》りのような庭の池のまわりに、辛うじて畳の難を逃れた杜若《かきつばた》が数本ならんでいた。すっきりと真上に伸びた茎の先に、濃紫の花弁が羽根のように広がっていた。しばらくながめていたゴメスが、やがて物《もの》憂《う》げに呟いた。

「こいつはおれのしくじりだ」

「いいえ、そんなことは」

お追従《ついしょう》ではなく、十助の本心だった。ゴメスに止められぬものならば、この江戸の誰にも止めることができない。己の主のちからを、十助は誰よりも信じていた。

もとより、連中が病を広げたという証拠も痕跡《こんせき》もない以上、こちらが揺さぶりをかけて相手の出方を待つしかなかったのだ。

「岩代屋と芳仙堂にも、安蔵の住処《すみか》にも見張りは立ててあったのです。でき得る手立ては講じてあったではありませんか」

「いや、おれの考えが甘かった。この騒ぎを起こした奴は、おそろしく頭のいい、用心深え奴だ。なにかの魂胆(まぶけ)があって、周到に備えを施して菌を撒いた。そういう奴なら、おれたちに追い詰められても無茶はしねえはずだと、買いかぶっていたんだ」

「それもひとえに、今年の病の発生を阻むためにございましょう。密偵を泳がせてこちらのようすを筒抜けにしたのも、相手への牽制(けんせい)のため。探索の進み具合を相手が知れば、用心深い奴なら病原を撒くことを断念すると、お考えになったのではありませんか」

　十助の申し立ては的を射ていた。菰八や寛治が調べあげる前から、誰かが故意に発生させたということだけは確信していた。その人物像もだいたいの予測はついた。

「だがその揚句の始末がこれじゃ、言い訳もたたねえ」

　いったん鎮火した怒りが、またむらむらとわき起こる。ゴメスは己に腹が立って仕方がなかった。

「相手方に、なにか手違いが起こったのでは」

　十助は、暗に多兵衛殺害をさして言った。

「そうかもしれねえ。慮外なことが起きれば、事を起こすのは手控えるんじゃねえかと……こいつはとんだ了見違(ちげ)えだ」

四半刻ほど過ぎた頃、廊下を歩いてくる小さな足音がきこえた。

「お待たせ致しました」

喜平と、その娘婿《むすめむこ》の権七《ごんしち》であった。喜平は、握り飯が山と積まれた大皿を抱えている。釜《かま》にあったすべての飯を使って、喜平一家が総出で握ったものだった。喜平が握り飯をゴメスの前におき、後ろに従っていた権七が、湯気の立つ大椀《おおわん》をその横にならべた。

ゴメスは目の前の握り飯と椀をながめた。

海苔《のり》結びや胡麻《ごま》はもちろん、とろろ昆布や菜を巻いたもの、味噌《みそ》や梅肉を塗った焼き結びに、即席のかやく飯まであった。中の具も様々に工夫して、一つとして同じものがないよう、権七が心配りをしてあった。椀は、生姜《しょうが》を利《き》かせた豆腐のすまし汁である。

ゴメスは、いちばん上にのっていた塩結びを手にとった。ゆっくりと一口頬張ると、心地よい酸味が広がった。ゴメスがもっとも好む、梅の握り飯だった。

「うん」と満足そうにうなずくと、あとは黙々と食べた。常日頃の豪快な食べっぷりではなく、米の一粒一粒を味わうかのように、ゆっくりと嚙《か》み締めている。そのようすを、廊下に座した喜平と権七が見守っていた。

権七は丸い赤ら顔の風采《ふうさい》の上がらぬ男だが、料理の腕前だけは群を抜いていた。もとは江戸でも屈指の料亭の板前で、いずれは板長と目されていたほどだった。それが喜平の娘と惚《ほ》れ合って、あっさり金春屋の婿養子となった。喜平も婿の才能には一目おいており、娘が他界したのをしおに、板場を権七に譲り、己は仕入と勘定に専念するようになったのだった。

たっぷりと時間をかけて、ゴメスは握り飯と汁を平らげた。

「うん、旨《うま》かった」

あいた皿と椀を下げる喜平と権七に、ゴメスは言った。

「それはようございました」

喜平は目を細め、娘婿にうなずいてみせた。権七がまっ白な歯を見せて、嬉《うれ》しそうに笑った。

二人が座敷を出ていくと、それまで根が生えたように縁に座していた十助が、ようやく腰を上げた。茶でも運ばせようと廊下を行きかけたところで、ゴメスがぼそりと独《ひと》り言《ご》ちた。

「人ってなぁ、てめえの思ったとおりには、決して動いてくれねえもんだな」

それは鬼赤痢を広めた咎人《とがにん》への恨み言でもあり、病を防げなかったことへの自嘲《じちょう》でもあった。わかってたはずなんだが、と呟いてゴメスは煙管をとりあげた。

良太が知らせた最初の病の発生は、下谷《したや》山崎町で、子供五人を含む十二人が病にたおれた。同じ日の晩、浅草でも患者は発生し、翌日は千駄ヶ谷、四谷《よつや》、麹町《こうじまち》で、さらにその翌日、神田の二ヶ所と谷中《やなか》で病が起きた。日を追うごとにふえる患者数は、昨年の比ではなかった。最初の発生から三日目で、患者はすでに百人を超えていた。

神田での発生の翌日、辰次郎と松吉は、裏金春を出て神田藤堂町目指して走っていた。神田の二ヶ所のうちの一つが、奈美の住む藤堂町界隈《かいわい》だった。

「やっぱりおまえは、やめといたほうがいいんじゃないか」

走りながら辰次郎が、松吉に叫んだ。

「飲み食いしなきゃ大丈夫だろ。おめえこそ昔かかったからって油断してるようだが、一生続く免疫《めんえき》かどうかわからねえぞ。大体免疫がつくかどうかも怪しいもんだ」

叫び返した松吉は、時折ぼんやりしたり浮かぬようすで考え込んだりはするものの、御前会議の当夜にくらべれば、だいぶ元気になっていた。

神田川にかかる和泉橋《いずみばし》をわたると、辰次郎が前方を指さした。

「おい、あれ見ろよ」

「なんだありゃ、竹矢来《たけやらい》か？」

藤堂町とその東隣の町までの一帯は、竹矢来に囲まれ出入りできないようになっていた。

「話にはきいてたけど、物々しいな」と、松吉が眉《まゆ》をひそめる。

患者の数は多いものの、各々《おのおの》の発生は、わりあい狭い範囲に限られていた。病気の広がりを食いとめるためには、患者を発生場所ごとに一ヶ所に集め、隔離するしか方法がなかった。隔離場所はこれ見よがしに竹矢来で囲まれ、あるいは土嚢《どのう》が築かれた。この一帯は、まだすべての封鎖がおわっていないようで、反対側にまわるとさえぎられていない通りがあった。

「ここは立ち入りまかりならんぞ」

呼びとめた壮年の侍が二人の顔を見て、おまえたちか、と言った。長崎奉行所の同心の一人だが、粟田《あわた》配下のため、顔は見知っているものの名前はわからない。

「おまえたち、お奉行の命でここへ来たのか」

二人が事情を話すと、いい顔はされなかったが、中へ入ることは許してくれた。

「なるべく早く戻るのだぞ。もうすぐここにも垣根を組むからな」

「まるっきり行き来できなくなるんすか？」

「日に二回、水や食料を運び込むとき以外はな」

「土嚢や竹矢来で、病気が防げるとは思えませんが」

「そのくらいは知っておる。恐慌《きょうこう》に陥った人心を鎮《しず》めるための見せかけだ。いくら口を介してしか伝染《うつ》らぬと説いても、一度起きた不安はなかなか消えぬものでな」

同心は渋い顔で説明した。

「ここにいるの、恐《こわ》くないですか」辰次郎が訊《き》いてみると、

「そんなことを武士に訊くな」とますます渋い顔をした。

高田屋にたどり着き、奈美の織場を覗《のぞ》いてみたが、誰もいなかった。格子《こうし》のはまった窓から斜めにさした西日が、織機の上に舞う埃《ほこり》の粒を浮き上がらせていた。

「人がいないだけで、まるで違う場所みてえだ」

以前ここに来たときのことを思い出しているのだろう、松吉がしんみりする。乾いた空間に薄ら寒いものを感じて、辰次郎も身震いした。

そのとき二人の後ろで犬が吼《ほ》えた。

「クロ、じゃないコロか！」

ふりむいた辰次郎が叫んだ。

「おまえ、おれを覚えてないか？　ほら、日本橋で会ったろう」

しゃがみ込んだ辰次郎が懸命に話しかけると、コロは吼えるのをやめて首を傾《かし》げた。それからくるりと向きをかえて歩き出し、また立ち止まってふり返り、わん、と一声吼えた。

「ああ、ついてこいって言うんだな」

辰次郎が後ろにつくと、コロはまた歩き出した。

「おい、どうなってんだ」

「まあ見てろよ。こいつは頭のいい奴なんだ」

「名犬ラッシーみてえだな」

「それ大昔の犬だろ。古いなおまえも」

コロは巻いた尾をふり上げ、高田屋より一町ほど先の裏手にある、大店《おおだな》の寮らしき建物の木戸を入っていく。広い庭に面して障子を立てた縁側の前で、コロが何度も吼えた。障子が開いて、奈美が顔を出した。

「なあに、コロ、どうかしたの」

「奈美！」

「良かった、元気そうだな！」

「あんたたち、なにやってんのよこんなとこで！」

奈美が目を丸くすると、松吉はぶっきらぼうな調子になった。

「なにって、心配して来てやったんだよ」

「度胸試しもたいがいにしなさいよ。ここがどういう状態かわかってんの？　伝染りたくなかったら、さっさと帰んなさいよ！」

腰に両手をあてた奈美は、まるで母親のように二人をいきなり叱《しか》りつけた。

「そんなに怒るなよ。ちゃんとわかってるよ」

奈美の剣幕にたじろぎながら、自分も昔同じ病にかかったことを辰次郎が話すと、ようやく奈美は矛を納めた。

高田屋では、昨日帳場見習の小僧と織場の十七の娘が発病し、今日になって、男の職人の一人がたおれた。

「おめえ、なんだってここを出ねえ。いくら水や食べ物に気をつけたって、患者と一緒にいるのがいちばん危険だってことくらいわかるだろ」

松吉が詰め寄った。発生場所の近隣の住人は、囲みから外には出られないが、発症した患者とそうでない者は、寝起きの場所が分けられていた。この寮は患者を集め収容している建物だった。

「それじゃあ、誰が患者を看病するの。治らないからって、見殺しにしろっての？」

「……それは、家族とか……」

奈美に切り返されて、辰次郎は口ごもった。

「高田屋の使用人のほとんどは、一人者だったり遠くの田舎から出てきたりで、身内はまわりにいないんだ。大丈夫、お甲さんも一緒だし」

「だからって、なにも奈美が……」

「少なくとも高田屋の誰よりも、伝染る心配は低いはずだもの。世界各国まわってたから、考えられる限りのワクチンは打ってあるんだ。ポリオ、コレラ、黄熱《おうねつ》、破傷風、肝炎……」

「まだあるのか」

うへえ、と松吉があきれてみせた。

「年中伝染病の蔓延《まんえん》してる国もまだあるし、ワクチンなしじゃ入国できない国もあるしね」

「でも、鬼赤痢はおそらく新種の伝染病だ」

辰次郎が告げると、奈美はふっと真顔になり、それから目許《めもと》をやわらげた。

「わかってるよ。こんな病気、きいたことないもんね。でもなんていうか、いまここを逃げ出したら、高田屋のみんなを見捨てたら、一生後悔しそうな気がするんだ」

「死んじまったら、後悔もできねえんだぞ！」

松吉が奈美のからだを揺さぶった。その必死の形相に、松吉の気持ちが透けて見えた。ああ、そうか、と辰次郎は思った。松吉の腕を、奈美が静かに払った。

「触らないほうがいいよ。もう伝染ってるかもしれないし」

「そんなこと言うなよ」

松吉の声がかすれた。さっき同心に訊《たず》ねたと同じことを、辰次郎は訊いていた。

「奈美、怖くないのか」

「怖いよ、すごく」

間髪を入れずに、奈美が答えた。追い詰められた獣のようなその目を見て、辰次郎は無神経な問いを後悔した。だが奈美は、すぐに表情をゆるめた。

「感染も怖いけど、病人を見てるのがいちばん怖い。医者も治せないし、薬もわからない。あたしもただ、見てることしかできない。なにもできないんだから、看病なんてえらそうに言えないね」

言葉にはそぐわない微笑が、奈美の口許にただよっていた。

「そんなことねえよ。心配してくれる人が傍《そば》にいるだけで、がんばろうって気になるもんだ」

松吉が足もとの小石を蹴《け》り上げた。跳ねた小石が、紫陽花《あじさい》の茂みに消えた。

「そうだよ、おれだって」

最初に甦《よみがえ》った江戸の記憶が、自分を案じる親の声だったことを辰次郎が話すと、

「そりゃ、こっちは命懸けなんだから、そのくらいの効果は期待したいところね」と奈美がいつもの調子に戻って、胸をそらした。

そのようすにいくらかほっとして、辰次郎と松吉はようやく腰を上げた。

二人の姿が裏庭から消えると、奈美がくずおれるようにしゃがみ込んだ。

いつのまにか庭に出てきたお甲が、奈美の背に手をおいた。萌黄《もえぎ》色《いろ》の着物の肩は、小さく震えていた。

「よく、我慢したね」

同じ頃、出島から赴いた同心二名が、ゴメスの奥座敷を辞した。病に関する報告をおえた二人は、厳しい顔つきで廊下を戻っていった。

名主や町役人から寄せられる新たな患者の報告は、町方でとりまとめられていた。長崎奉行所の役人は日に数度、その情報を町方から得て、ただちに出島と裏金春へ走った。その報告を毎日受けながらも、ゴメスはまだ裏金春から動かなかった。

「今日新たに発生した場所がなかったことだけは朗報でした」

同心の報告のあいだ、十助とともに傍らに控えていた菰八が、ほっと息をついた。

十助がゴメスを仰いだ。「ことによると、病の広がりが止まったということも……」

「まだなんとも言えねえが、そうかもしれねえ。もともとこいつは誰かの手でばら撒《ま》かれたもんだ。上水にでも流さねえ限り、広げるにも限度があるだろう」

「去年の菌が増えているとしたら、さらに広がる恐れもあると思いますが」

昨年発生した五ヶ所では、今年も漏れなく患者が出ており、菰八はそれを指摘した。

「それはねえように思う。去年の最後の患者の発症がいつだったか、覚えてねえか」

吊《つ》り上がった細い目を十助に向ける。十助はすらすらと答えた。

「たしか七月の末でした。亡《な》くなったのは八月半ばでしたが」

「去年は残暑が長引いて、八月一杯は暑かった。七月末に発症が止まったということは、その時点で外界にあった菌は死滅したと考えたほうがいい」

もし涼しくなるのと同時に病が下火になったなら、今年の夏になって菌がまた活動しはじめたとも考えられるが、両者の時期がずれている以上そうとは思えない、とゴメスが言った。

「なるほど、ではまた何かに混ぜて、今年も配って歩いたということですか」

「だといいんだが、たぶん違うだろう」

茶碗《ちゃわん》に酒を注いだゴメスの手元が狂った。徳利からはねた酒が、畳の上に溜《た》まりをつくった。すかさず十助が手拭《てぬぐい》をとり出す。

「たぶん、井戸に入れちまったんじゃねえかと思う」

「……な！」

十助の手がとまった。畳に吸い込まれる酒を、菰八がじっと見つめる。

「これはおれの推量だ」

そんな顔をするな、ときこえた。

「だが患者の数の多さと、女子供の比が高いことから考えると、井戸がいちばん臭い」

菰八がごつい顎《あご》をなでた。「それはあっしも、気にはなってました。去年は酒に混ぜたせいで、やたらと男が多かったが、今年は逆だな、と」

「ああ、井戸は誰だって利用するが、何度も通うのはやはり女だ。子供も、特に小さいのは、母親のまわりで遊ぶことが多い。町方によれば、病の起きた八ヶ所は、どこも独立した井戸を持っている。上水が通る前に個別に掘られた井戸を、いまもそのまま使っているんだ」

近世の江戸を模した神田、玉川両上水は町に張り巡らされていたが、御府内の三割程度は地下水の汲《く》み上げ井戸を利用していた。

「上水に入れれば、てめえでてめえの首を絞めるってわけか。汚ねえ野郎だ」

孤八が唾棄《だき》するように言った。「しかし、井戸に入れたとなると、地下を通って上水に混じるということも……」

「その心配は案外少ねえように思う。もともと上水の管《くだ》は、汚水が入らねえよう工夫されているからな」

「それに上水と掘り井戸では、深さが違います。上水はせいぜい二間、井戸なら十間から二十間以上掘らないと、使える水は出ないはずです」と、十助が進言した。

「そうか、深い掘り井戸から浅い上水には、たしかに混じりようがねえ」

孤八が膝《ひざ》を打つ。

「ただ、井戸から汲み上げた水に病原が混じっていれば、地面を通り、浅い地層を侵すことはあり得る話です。あとは人の行き来によって別の井戸に混じるということも……」

十助の懸念《けねん》に、孤八も表情を曇らせる。

「上水についちゃ、水番人や町方が殊更《ことさら》気を配っているからな、連中にまかせよう。

むしろ気掛りなのは、水みち、つまり地下の水脈に病原が混じるこった」

長煙管《ながきせる》を手にしたゴメスが、太いため息とともに煙を吐いた。

「大概の水みちは、地下を川のようにざあざあ流れているわけじゃねえ。岩盤や砂礫《されき》の隙間《すきま》を縫って滲《し》み出す、と言ったほうが近い。だから蟻《あり》の巣穴みてえに、どこでどう繋《つな》がっているか、まるでわからねんだ。とりあえず病の起きた町の近隣はもちろん、そこから海側の地域はすべて、掘り井戸や湧《わ》き水の使用を禁じるしか手はねえな」

「こいつぁ、大事《おおごと》だ」菰八が呟《つぶや》いた。

「撒いたのはやはり鍬之助でしょうか」と十助が言って、唇を噛《か》み締めた。

「奴《やつ》が関わっていることは間違いねえとは思うが、撒いたかどうかは……」

廊下をばたばたと走ってくる足音で、ゴメスが言葉を切った。

「ありゃ、良太だな」菰八が小さく舌打ちし、「もうちっと静かに走らねえか」

襖《ふすま》越しに大声でたしなめると、予想どおり、すいやせん、と良太の声がした。

「いい、入れ」

ゴメスに促され襖をあけた良太は、汗まみれの顔で敷居の前に両手をついた。

「芳仙堂が、鬼赤痢に効く薬を売り出すそうです」

「なんだと！」

正座していた菰八が、驚いて腰を浮かせた。

「その薬で病が治るってのか」

「いや、治す薬じゃありやせん。それを飲めば鬼赤痢にかからないってふれ込みです。そいつを明日いちばんで売り出すってことで、芳仙堂の前は大騒ぎになってやす」

「ワクチンか、そいつは考えたな。芳仙堂はそいつをいくらで売るんだ」

ゴメスがにやにやする。

「一包み二分です。それが一人分だそうで」

「二つで一両か、たいした商売人だな、重兵衛は。安かねえが、庶民にも手の届く価《あたい》だ。数をさばくには都合のいい値だ」

「それを飲めば、ふた月ばかりは病にかからねえって話で、今日にでも売ってくれという連中が大勢いました」

「飲めばかからねえと、芳仙堂は請け合ったんだな」

「はい、ですが病が出ていなくとも、すでに伝染《うつ》っちまってるなら効かないそうで」

「ひと夏売りまくれば、かるく借金を返せる上に、たんまりとお釣りがくるというわけか」

「親分、重兵衛をしょっぴきましょう。そんな薬を出すってこたあ、奴らが病のもとを撒いたとてめえで公言してるようなもんだ」と、孤八が憤慨する。

「ですが芳仙堂の言うには、去年の病の仔細を書き送って、外国から薬の合わせ方を仕入れたってことです」

「なるほど、筋は通るわな」

「利吉とのつながりを考えれば、重兵衛が今度の件に関わりあることは間違いありません。逃げた利吉を奴が匿《かくま》っていることも考えられます。やはり重兵衛を引っ張ってみてはいかがでしょう」

十助が進言したが、ゴメスは応じなかった。

「芳仙堂がそんなものを売り出したということは、絶対に証拠があがらねえ自信があるんだろう。それに薬をさしとめれば、世間が黙っちゃいめえ。ただでさえ不安に煽《あお》られてんだ、下手すりゃ暴動の火種になる」

「じゃあ、このまま放っておけと」

「いずれきっちりカタはつける。それまでは好きなだけ稼がせとけ」

それと……、と良太が俯《うつむ》き加減に言いさした。

「利吉の五つになる娘が、鬼赤痢にやられたらしいんです」

水をうったように、座敷が静まりかえった。ややあって、孤八が口を開いた。

「奴の住まいは日本橋福島町だ。病の出た場所じゃあないだろう」

「亭主が主人殺しの疑いをかけられてから、かみさんは長屋に居辛《いづら》くなったようで。実家に戻るのもはばかられ、浅草の知り合いんとこに身を寄せてたようです」

「そこがちょうど病の出た場所だったというわけか」と、菰八が合点する。

良太がぽつんと言った。「因果応報って言うんすかね、こういうの」

「だが、子供に罪はあるめえよ」

自身も同じ年頃の娘をもつ菰八は、やりきれないといったようすだ。

ゴメスはそれについてはなにも言わず、菰八と良太を下がらせると、筆をとって手紙を書きはじめた。十助がその背をじっとながめている。

「十助、なにか言いたいことがあるなら、とっとと言いな」

「このまま、病が広がるのをただ見ているしかないのでしょうか」

「たぶん今年の流行《はや》りは、これまでの八ヶ所で打ちどめだ」

「……なぜそんなことが……」

「芳仙堂がワクチンを売り出したのが、その証拠だ。奴は少なくとも、病原をいつどこに撒いたかは知っていたに違いねえ。それ以上広がらないことを見越して、薬の売り出しに踏み切ったんだ」

「じゃあ、芳仙堂の薬は」

「ワクチンは病原の毒を弱めたり、消したりしてつくるもんだ。生薬をいくら合せたってできやしねえ」

十助が座敷を引きとると、ゴメスは徳利と茶碗を両手につかみ庭に面した濡《ぬ》れ縁《えん》に、どっかと胡座《あぐら》をかいた。手酌で二杯立て続けにあおってから、大きく息を吐いた。

「鍬之助、なんで出てこねえ」

日が翳《かげ》り、灰色に沈んできた庭に向かって、ゴメスが呻《うめ》いた。

おみよが鞠《まり》をついている。

おみよ、と名を呼んだがふりむかない。無心に鞠をつくおみよのまわりに、ざわざわと不穏な気配が忍び寄る。白い細かな塵《ちり》のようなものが四方八方からわいてきて、おみよをとり囲むように円い輪ができる。おみよ、危ない、叫んでも声が出ない。やがて白い塵はおみよの足元に届いた。それでもおみよは気づかない。

「おみよ！」

叫んだ自分の声で目が覚めた。

利吉は布団《ふとん》の上に半身を起こした。全身に滴《したた》るほどの寝汗をかいている。

暗闇《くらやみ》の中で娘の夢の残像が甦った。めっきり節が目立つようになった両の手で、顔を覆《おお》う。おみよに何かあったのだろうか、胸の中に不安が広がった。そんなはずはない、おみよのいる日本橋には病のもとは撒かれていないはずだ。利吉は己に言いきかせた。いますぐ女房と娘のもとへ走りたい衝動を、利吉は必死にこらえた。三人さしむかいで膳《ぜん》に向かうことも、おみよを抱き上げてやることも、もう二度とできない。なぜこんなことになってしまったのか……。この半月ばかりのあいだに絶えずくり返してきた後悔に、利吉はまた捕われた。

利吉の後悔は、鍬之助であった十五年前から始まる。

家の床下に埋めておいたカプセルを、飼い犬のクロが掘り返していたことに気づいたときは、目の前がまっ暗になった。

隣の漉名《すくな》村から鬼赤痢の噂《うわさ》が流れてくるまで、鍬之助はそのことをまったく知らなかった。まさかと思い床下を調べると、包んでいた油紙が破られ、五つあったはずのカプセルの一つがなくなっていた。のこりの四つも、埋めてあった三年のあいだに油紙の隙間から水や泥が入り込み、カプセルの表面は著しく劣化していた。

クロがよく物を隠す場所から、割れた空のカプセルを見つけたときはからだが震えた。

しかしまだ一縷《いちる》の望みは持っていた。噂にきいた病の症状が、自分のつくった病原が起こす痢病とは異なっていたからだ。吐血して死に至る経過は、実験では出てこなかった。だが不安は日に日に膨らみ、ついに耐えられなくなって、漉名村へようすを見に出かけた。

道で出会った十五、六の少年から六人目の発症をきき出し、日が落ちるのを待ってその子の家へ忍んでいった。中に入って確かめるわけにもいかず、うろうろしていると、家の中から男が二人出てき、話の内容から、子供の父親とこの村の庄屋だと知れた。

鍬之助は、庄屋が父親を説き伏せ、明朝、村を出て日本へ立つことを承知させていた。

鍬之助は、まずいと思った。日本で調べてもし己のつくった新型の病原が出れば、江戸へ逃げてきた自分のことも、そこからばれてしまうかもしれない。それに過失とはいえ、すでに何人もの子供が死んでいる。それが知れることが、なにより怖かった。なんとか日本への出国を阻止するか、自分の病原ではないと確かめることはできぬものかと考えた。

良い知恵も浮かばぬまま、とりあえず明朝立つ一家のあとを追うことにした。笠《かさ》で顔を隠し、つかず離れずあとを尾《つ》けた。日中、道端の木陰で一家が休息をとり、両親がうつらうつらしている隙を見てそっと近寄った。

眠る母親の腕の中で、子供は苦しそうに荒い息をついていた。クロのところに遊びにきていた子供だと、すぐにわかった。目をとじていた子供が、ふいにうっすらとまぶたを開いた。一瞬どきりとしたが、焦点の定まらないぼんやりとした瞳《ひとみ》は、またすぐにとじられた。胸を締めつけられる思いで、足早にその場を離れた。なんとか助けてやりたいという気持ちが、鍬之助に強く芽生えた。

この病の特効薬を思いついたのは、そのときだった。知っている薬はみな合成薬であったが、生薬の中に一つだけよく効く薬があった。生薬なら、江戸の薬種問屋にあるかもしれない。

うまくいけば子供も助かる上、日本の病院に着く頃には病原が見つからぬ可能性もある。もともと最新の医療でも、診断のつき辛《づら》い病だった。病変の起こる直腸や大腸を覗《のぞ》いても、特徴のある異常が認められず、ほかの病と診断されることもあった。

鍬之助はそれに賭《か》けてみることにした。そこからいちばん近い船着場から乗合舟に乗って先を急いだ。何遍も人に道を訊《たず》ね、ようやく日本橋本町の薬種問屋、岩代屋へたどり着いたときは夜も更《ふ》けていた。すでに暖簾《のれん》をおろした岩代屋の大戸をたたき、薬を求めた。

しかし外国渡来のその生薬は、驚くほど値が張るものだった。持ち合わせでは足りぬとわかり、手代がためらったとき、奥から穏やかな声が命じた。

「その方に、薬をお分けしなさい」

岩代屋多兵衛であった。主人に言われれば否応《いやおう》もなく、手代は薬棚を探しはじめた。高価なこともあって、滅多に出ることのない生薬だった。

「薬にお詳しいようですね」

多兵衛が鍬之助に話しかけた。

「いいえ、生薬の知識はほとんどありません。たまたま知っていただけで。あの、お金は在所に戻ったらすぐお送りしますから」

「送り賃のほうが高くつきましょう。次に日本橋へ出てくることがあれば、そのときにでもお持ちください」

鍬之助は恐縮しつつ、多兵衛の好意に甘えることにした。

「それより、この薬はどなたに入用なのですか」

「それは……その……子供です」と、しどろもどろで答えた。

「なにか、おかしなものでも飲み込みましたか」

多兵衛の言葉で、その薬が催吐剤や去痰薬《きよたんやく》として使われることを思い出した。異物を飲み込んだり、痰が気道を塞《ふさ》いでしまったときには、それを吐かせる効果がある。

江戸ではこの種の痢病は起こらぬから、その特効薬として使われることはないのだろう、と考えた。

本当のことを告げるわけにもいかず、曖昧にうなずくと、砂糖を混ぜたらどうか、と多兵衛が言い出した。鍬之助は知らなかったが、この薬はわずかに苦く不快な味がして、子供に飲ませるのに難儀することがあるという。

多兵衛は砂糖も一緒に分けてくれたばかりか、鍬之助のたのみに応じ、すぐ飲ませられるよう水薬にしたものを竹筒に入れてくれた。

半年後、薬代を返しに岩代屋を訪れたときも、多兵衛の親切はかわらなかった。わざわざ奥座敷に招き入れ、湯気のたつ熱い茶と菓子を勧めてくれた。凍えるような冬の雨の中を歩いてきた鍬之助に、多兵衛の優しさは身にしみた。

庄屋に出国を申し出たが、江戸を出るふんぎりはまだついていなかった。

多兵衛に乞《こ》われるまま岩代屋に奉公し、そのとき鍬之助の人別は捨てた。

それからの十数年は、本当に幸せだった。多兵衛や番頭のもとで生薬の学問に精進し、女房をもらい、おみよも生まれた。漉名村でのできごとも、あれがなければ女房にも会えず、おみよに恵まれることもなかったと、考えられるようになった。

それがどうしてこんなことになってしまったのか――

座敷にうつ伏せにたおれた多兵衛、畳を伝う血と、その血にまみれた己の手……。

利吉がかっと目を見開いた。闇の中に一人の男の顔が浮かんだ。

あいつにさえ、矢三郎にさえ会わなければ——

利吉の後悔は、いつもそこに行き着いておわる。

やがて空が白みはじめ、明けの鶏が鳴いても、利吉は布団に座したまま、己の中の闇に目を凝らしていた。


最初の鬼赤痢の発生から五日が過ぎた。

朝の膳出しをおえた辰次郎と松吉を、良太が呼びにきた。

「おめえらに会いたいって、佐久間《さくま》様がみえられたぞ」

「佐久間様？」

「なんだ、知らないのか。出島のお役人だ、おめえらを名指ししてたぞ」

玄関に立っていたのは、一昨日藤堂町に奈美を訪ねたときに出会った同心だった。

佐久間は相変わらずの仏頂面《ぶっちょうづら》で、二人が挨拶《あいさつ》してもにこりともしなかった。

「先日おまえたちが訪ねた娘というのは、高田屋のお奈美とか申したな」

二人の胸に、ふっと嫌な予感がわいた。

「あの娘も今朝早く、病を起こした。おまえたちには知らせておこうと思ってな、ここへ寄ってみた」

やおら立ち上がった二人を、佐久間がとめた。

「藤堂町へ行っても無駄だぞ。出入りは禁じられておる。それに、おまえたちが行ってもなにもできん」

松吉が、すとん、と廊下に尻《しり》をついた。辰次郎もその場にぼんやり立ちつくす。佐久間の瞳に憐憫《れんびん》の色がさした。しかし表情はかえぬまま、ではな、とそのまま立ち去った。

松吉がゆっくりと立ち上がった。ふらふらと廊下の奥へ歩いてゆく。

「松吉?」

辰次郎があとを追うと、松吉はゴメスの奥座敷へ向かった。松吉がなにを考えているのかすぐにわかった。あけ放された座敷の外廊下に、二人はならんで膝《ひざ》をそろえた。

十助がまず気がついた。

「なんだ、おまえたち」

「お願いがあります」

「食事がすんでからにしろ」

事態は一刻の猶予《ゆうよ》もない。松吉が口火を切った。

「お願いです。鬼赤痢の患者をみんな、日本の病院へ搬送してください！」

「それはできない」

口一杯にイモの煮ころがしを頬張るゴメスに代わって、十助が即座に言った。

「このまま見殺しにしろと言うんですか！　患者はすでに三百を超えてるんだ。これからだってまだまだ増える。江戸においといたら、その全員が死んでしまう。江戸の理《ことわり》だかなんだか知らないけど、そんなもん糞食《くそく》らえだ！」

叫んだ辰次郎の眼前に、大ぶりの椀《わん》がとんだ。とっさによけたが間に合わなかった。椀は辰次郎の肩にあたり、顔にも着物にも熱い味噌汁《みそしる》をかぶった。頭にきていたため熱さは感じなかったが、味噌の麹《こうじ》のにおいが、ぷんと鼻をついた。

唖然《あぜん》と辰次郎をながめ、しかし松吉も怯《ひる》まなかった。

「親分、お願いだ。どうしても死なせたくねえ奴《やつ》がいるんだ。おれたちはただ、そいつを助けたいだけだ。船で海を越えれば、それだけで助かるなら、なんの問題もないはずだ」

松吉は、とつとつと語った。

「問題はある。そんなことをすれば、日本とのとり決めを破ることになる」

二人を見ずに、十助が言った。眉間《みけん》に深い皺《しわ》が寄っている。

「どういう意味ですか」

「江戸で疫病が発生しても、自前の医術でなんとかするというとり決めをしてある。これは江戸の自治が認められた、つまり建国のときの条件だ」

辰次郎も松吉も、そんな話ははじめてきいた。

「だって、現におれは十五年前、江戸を出たじゃないか」と、辰次郎が反論する。

「一人や二人なら、日本も大目に見ている。外国へ旅して病をもらってくる日本人は多いからな。同じ『人道に沿った』対応をしてくれる」

科学や先端医療に守られていても、やはり疫病は怖い。むしろ、日本のような国こそ敏感になっている。外国から大勢の患者を受け入れるなどという無謀な真似《まね》をすれば、日本の政府はたちまち世間から非難を浴びる。

十助は若い二人に噛んで含めるように説明した。

「でも、江戸は日本の領土の一部なわけでしょう。だったら……」

「だから、日本と江戸との決め事だと言っているんだ。江戸のような暮らしをおくる以上、疫病をもとから根絶やしにすることなぞ決してできない。ときには飢饉《ききん》も起こるし天災も免れぬ。なにがあっても日本に、そして科学に頼らないことを条件にあげて認められた国なんだ」

辰次郎と松吉は、呆然《ぼうぜん》として黙り込んだ。

「もういい、これ以上は無意味だ。とっとと消えろ」

ゴメスは明らかに苛《いら》ついていた。

「冗談じゃねえや、わけのわからねえ理屈ばっかならべやがって。法だの理だの、んなもん一生説明されたってわかるもんか！」

立ち上がった辰次郎が、啖呵《たんか》を切った。とたんに八角形の大鉢がとんだ。鉢が届く前に辰次郎の姿は廊下から消え、庭に落ちた鉢は派手な音をたててとび散った。松吉も上役二人をにらみつけ、ずんずんと足をふみならして廊下を去っていった。

「辰次郎の奴、だいぶ江戸弁がうまくなったな」

十助が妙なところに感心している。

「下手糞な啖呵だ。甚三に啖呵の切り方教わるよう言っとけ」

ゴメスは膳《ぜん》に箸《はし》をおいた。

「新しい食事を用意させましょうか」

「いや、出島にでかける」

十助は意外そうな顔をしたが、かしこまりました、とすぐに頭を下げた。

薄墨色の肩衣半袴《かたぎぬはんばかま》姿でゴメスが出島へ赴くと、知らせをきいた竹内が驚いて駆けつけた。

「本日は、どうされました」

ゴメスが出島に顔を見せるのは、晩か早朝と相場が決まっており、それも黒鬼丸《こつきまる》の馬場に立ち寄りそのまま帰ることが多い。略礼服を着込んでの昼間の出仕など、ひと月ぶりのことだった。

「粟田のじいさんはいるか」

「はい、ただいま通詞に指示を出しておりますが、まもなく一段落つきましょう」

「ちょいと話がある。おわったらそう伝えろ」

「かしこまりました。あの、お奉行」

用部屋《ようべや》脇《わき》の長廊下を歩くゴメスを、竹内が追いかけながら言いさした。

「なんだ」

「お指図どおりの手配はすんでおりますが、あれはまだお使いにならないのですか」

白足袋をはいた座布団《ざぶとん》のような足がとまった。

「もう少し待ってくれ」

「はい……」

奥へ去っていくゴメスを、竹内が不思議そうに見送った。ぞんざいな命令調子でしか、ものを言わない奉行であった。ぶっきらぼうながら、たのむような言い方が気にかかった。

座敷でゴメスと対座した粟田は、相好《そうごう》を崩した。

「久しいのう、すずちゃん」

「じじい、その呼び方はやめろと言ってるだろうが」

「ほお、くそじじいからは昇格したようだ。けっこう、けっこう」

ゴメスを前に平然とこんな口がきけるのは、江戸広しと言えどこの粟田くらいのものだ。

「なんぞ用か」

茶と菓子を運んできた小者が廊下を遠ざかると、粟田が問うた。

「いや、別にねえ。たまには老い先短い年寄の相手でもしようかと思ってな」

憎まれ口を意に介したようすもなく、粟田はうまそうに茶をすすり、菓子皿に手をのばした。

「これは麴町の『巴《ともえ》や』がはじめた明太《めんたい》きんつばでな、なかなかいける」

栗田は甘味が好物というわけではなく、とかく新しいもの、目先の変わったものが好きなのだった。この手の妙なとりあわせは、日本で流行《はや》って伝来したものが多いが、食にうるさいゴメスは際物《きわもの》は口にしない。もとよりゴメスは、酒は浴びるほど飲むが、甘いものはまったく受けつけなかった。

「まあ、ちょうど良かった。わしのほうにもききたいことがあってな」

ゴメスが栗田の顔に視線を走らせたが、飄々《ひょうひょう》とした風貌《ふうぼう》からはなにも読みとれない。

「竹内らにそろえさせた薬のことだ。あれは、使わんのか」

いきなり核心を突かれ、ゴメスが小さく舌打をする。栗田は決して詰問《きつもん》調子ではなく、茶飲み話のついでに訊《たず》ねた、という風情《ふぜい》だ。

「あれは、鬼赤痢に効くかどうか確たる証《あか》しがねえんだ。あくまでも万が一のための備えのつもりだった。病の症状と、何かを飲んで治ったという辰次郎の言、それを鍬之助が薬種問屋で用立てたという話から見当をつけたものに過ぎねえ」

「その万一が来てしまったということか」

栗田は竹の菓子切りで、きんつばを小さく切り分けていたが口には運ばなかった。

「相手は死病だ。使ってみても良いのじゃないか」

「あの薬は植物の根を粉末にしたもので、見当どおりなら病の特効薬だが、毒も混じっていてな、副作用というやつだ。人によっては重い症状が出るかもしれねえ」

「なるほど、そういうことじゃったか」

栗田はまた茶をすすった。皿の上のきんつばは、結局少しも減っていない。

「病の正体も、なんの薬かも、知っているのは鍬之助一人だけだ。奴を逃がしちまったことは、まったく悔んでも悔みきれねえ」

「そうか、いままで鍬之助が出てくるのを待っていたというわけか」

「そうだ。もし薬が違っていたらとり返しがつかねえ。奴が今日出てくるか、明日出てくるかと考えちまうと、だらしのねえ話だが、どうしても踏み切れなかった。だがもう時がねえ。最初の患者はすでに五日経《た》っている。これ以上は手遅れになるかもしれねえ……」

ゴメスは言葉を切り、己の正座した膝元をじっと見つめた。座敷が静まりかえり、遠くから、廊下の軋《きし》みや同心たちの話し声が小さくきこえる。もう夕方に近い刻限だったが、中庭に面した障子紙からさし込む陽射《ひざ》しは、まだ明るかった。

「なあ、すずちゃん」

茶碗《ちゃわん》を手にしてしばらく黙っていた栗田が口を開いた。

「結果の良《あ》し悪しは、それはやってみなければわからない。そこから先は神仏が決めることで、ほかの誰にもわからない。だがな、なにかの行いを為《な》す前に、ちょうどいまのように人のために心の底から真剣に考えることは、これはいちばん大事なことだ」

ゴメスは身じろぎもせずに粟田の言葉にききいった。

「それが間違いなく良いことだと、わしに言えるのはそれだけだ。人によっては判ずる早さになにより重きをおく者もあろう。あとになってみれば、それが正しいときもある。だがな、短慮は所詮《しょせん》、どこかに穴があるものだ。それが道理というものだ」

穏やかな、のんびりとした口調だった。

「……ったく、これだからこのじじいには、一生……」

口の中で小さく呟《つぶや》き、最後は口に出さず、態度で示した。ゴメスは居住まいを正すと、粟田の正面にきっちりと正座した。

ゴメスの大きなからだが、畳に静かに平伏した。

その夜、玄関脇の座敷にみながたむろしているところに、菰八が帰ってきた。

「千代田の御城はえらい騒ぎだ。とり乱した連中が、江戸から出せと詰めかけている」

ゴメスの予想どおり、最初の三日間で発生した八ヶ所以外、新たな集団発生は見られなかった。しかし患者の増えようは凄《すさ》まじく、発生場所から離れた町でぱらぱらとあらわれる、飛び火組と呼ばれる患者も数多く見られるようになり、人心の混乱は日を追うごとに増していた。

「町方やら封鎖された江戸湊《えどみなと》やらに詰めかけていたものが、埒《らち》があかなくて今度は御城というわけだ」

「急先鋒《きゅうせんぽう》の開国論者が、それに乗じて徒党を組んだりもしてるっていうぜ」

「出島の役所なんざ、いちばん危ないだろう」

「ああ、夕方近くに大勢詰めかけたんだがよ、たまたまそこへ、珍しく出仕していた親分が出てきたもんで、騒ぎようがなかったらしい」

そんな話を脇でききながら、自分もその群集に加わって開国運動でもしてみようかと、辰次郎はつらつらと考えていた。

そこへ南町からの急使がきた。使いが帰ってまもなく、昼間と同じに裃《かみしも》を着込んだゴメスが、廊下をふみならしてやってきた。後ろに十助を従えている。

「親分、こんな夜更《よふ》けにどちらへ」

孤八が声をかけた。すでに夜五つに近い刻限だった。

「南町だ。利吉が見つかった」

「本当ですか!」

たちまち座敷中が色めき立った。

「ああ、町方に垂れ込みがあって、山奥の湯治場に隠れていた利吉を捕らえたんだ。親分が南のお奉行様にたのんであったから、急ぎ馬で送られてきた」

十助の顔に安堵《あんど》の色が浮かんでいる。

「おめえらは出島で控えていろ。今夜中にでも薬の手配ができるかもしれねえ」

「薬……」

辰次郎の顔がぱっと輝いた。鍬之助ならきっと薬を知っている。十五年前の自分のように、奈美も助かるかもしれない。

「行くぞ」

甚三や菰八に続いて、みながぞろぞろと座敷から出ていった。

「あれ、松吉は?」

松吉が座敷にいないことに、辰次郎が気がついた。

「さっき出ていったぞ。厠《かわや》へでも行くのかと思っていたが、そういや遅《おせ》えな」

良太が答えた。あとで一緒に行くと伝え松吉を探したが、厠にも寝間にもいない。

誰もいない屋敷の中で、ひしひしと不安が高まった。裏庭から板場、表の飯屋にもいないことを確かめると、辰次郎の足は神田藤堂町に向かって勝手に動いていた。

南町に到着したゴメスは、すぐに奉行に会い、利吉のようすをきいた。四半刻《しはんとき》ほどあと、詰所で待っていた十助を、同心が呼びにきた。

「馬込様が利吉をご詮議されることになった。そこもとも同席するようご指示があったゆえ、詮議所まで案内《あない》する」

同心の後ろに従って廊下を歩きながら、十助は訊ねてみた。

「なんでも手代の居所について、密告があったそうにございますね」

「いや、密告というか、十手持ち《じって》の手下がどこぞのちんぴらからきいたということだ。岩代屋の手代に相違ないと言うのでな、こちらから馬をとばしてみたら、話のとおり江戸から九里ばかり入った山奥の湯治場にひそんでおったわ」

「こちらのお調べは、おすみになりましたか」

「仔細《しさい》はこれからだが、岩代屋殺しはあっさり白状した」

さようですか、と十助が相槌《あいづち》を打った。

詮議所には、縄をかけられた利吉がうなだれていた。

ゴメスが罪人の前に陣取り、詮議の立ち会いを務める南町の吟味方与力と配下の同心が脇に居ならんだ。十助はその背後の壁際に座した。

脇を固めた同心に促され、利吉が頭を上げた。湯治場にいたというのにげっそりとやつれ、目の下にまっ黒な隈《くま》ができている。この半月余りの利吉の焦燥が覗《うかが》えた。

「ようやく出てきてくれたな、鍬之助《くわのすけ》」

「私は岩代屋手代利吉にございます。そんな名前は存じません」

力なく首を横にふりながらも、頑《かたくな》にその名を認めようとしなかった。

「おめえ、岩代屋多兵衛を殺したそうだな」

「はい」

「鬼赤痢もおめえの仕業だ。いま江戸中を席巻している病は、おめえが病原を撒《ま》いたんだろう」

「いいえ、それは違います。私ではありません」

それまで力のない受け答えをしていた利吉が、そこだけはきっぱりと否定した。

「しらばくれても無駄だ。すでに調べはついている。多兵衛殺しの上に鬼赤痢の罪が加わりゃ、江戸始まって以来の大罪人だ」

「私はそんな大それたことはしておりません。旦那《だんな》様を殺《あや》めた罪は認めているのです。

死罪は覚悟しております。ですが病とはなんの関係もありません」

「どう足掻《あが》こうともう遅い。おめえを鬼赤痢の咎《とが》で裁く。おれがそう決めた」

「そんなご無体な！」

氷のように冷たい視線を浴びて、利吉の全身から汗が吹き出した。もとより長崎奉行の非道ぶりはきき知っている。

利吉の脳裏におみよのあどけない顔が浮かんだ。おみよを歴史にのこる大罪人の娘にすることだけは、なんとしても避けなければならない。喉仏《のど》がごくりと上下した。

「私が撒いたのではないという確たる証しがございます」

「ほう、そりゃなんだ」

「私はこの半月余のあいだ、ずっと山奥の湯治場におりました。どうして江戸に病原を撒くことなどできましょう」

「語るに落ちるだな、鍬之助。病の潜伏期間が半月に満たぬと、どうしてわかる」

後ろ手に縄をかけられた、利吉のからだがかたまった。

「病原が撒かれたのは多兵衛が殺された前かもしれねえ。おめえが半月江戸を留守にしていたことが、なんで証しになるんだ」

利吉の両の目が大きく見開かれ、かくりと顎《あご》が落ちた。

「そのようすじゃ、誰かにうまくはめられたようだな。その誰かってのが、多兵衛を殺したんじゃあねえのか」

利吉の瞳《ひとみ》が激しく動いた。しきりに瞬《まば》きをくり返す。

「病を広げて何百人も殺した罪より、主《あるじ》を殺した咎のほうがまだましだとでも言われたか。まったく間抜けな野郎だ。発症までの日数をよく承知していたからこそ、そんな口車にのっちまったんだ。おめえは鬼赤痢と親しくなり過ぎて、てめえ以外の誰も知らねえことをあたりまえだと思ってたんだ」

利吉のこめかみから汗が一筋流れ、からだがたゆたうように左右にゆれた。ゴメスが厳かに告げた。

「おめえの娘のおみよがな、鬼赤痢にかかったぞ」

利吉の目と口が、大きく広がった。

「嘘《うそ》です！　私を騙《だま》そうとしてそんなことを！」

「嘘じゃねえよ。浅草で病を拾っちまったんだ」

「浅草ですって？　そんなはずは、そんなはずはありません！　おみよが……！」

「おめえが逃げてるあいだ、かみさんが身を寄せていたのが浅草だったんだ」

むっつりとして、ゴメスが言った。脇にいた吟味方与力が口を添えた。

「馬込様の話は本当だ。おまえの娘おみよが病の症状ありと、差配から届けがあった。一昨日のことだ」

利吉ががっくりとうなだれた。おみよ、おみよ、と口の中で呟いている。

「鍬之助、薬を教えろ、今夜中にでもおみよに飲ませてやる」

肩を震わせていた鍬之助が、ぐいと顔を上げた。

「吐根《とこん》です！　吐根を飲ませてください！　お願いします！　お願いします！」

「吐根末《とこんまつ》で間違いねえんだな」

「はい」

「あれはアメーバ赤痢なんだな」

「はい！」

額を板間にこすりつけ、堰《せき》を切ったように激しく泣き出した。

「それが、ききたかった」と、大きく息を吐いた。

ゴメスは脇《わき》にいた南町の同心に、出島への使いをたのんだ。粟田は出島で報《しら》せを待っているはずだった。出島に集めた吐根末を、すぐに市中に配布するよう言づけた。

「馬込様、アメーバ赤痢とは？」

南町の吟味方与力が訊ねた。赤痢には二種類ある。一つは細菌が毒素を出して症状を起こすもので、江戸に見られるのはこちらである。もう一つは赤痢アメーバという寄生虫が起こす種類で、どちらも水や食べ物を介して伝染《うつ》り症状もよく似ている。だがアメーバ赤痢は熱帯特有のもので、外国で感染しない限り、日本や江戸では見られない種類だと、ゴメスが説いた。

「それをこやつが持ち込んだのか」

与力が利吉を見下ろして、苦々しげに言った。「先ほど申されていた薬……吐根とは、どのくらい鬼赤痢に効くのですか」

「吐根末はいちおう、アメーバ赤痢の特効薬だ。鬼赤痢はふつうのアメーバ赤痢と違うから確証はねえが、うまくいけばほとんどの者が助かると思う。副作用が心配だが、仕方あるめえ。心の臓の筋肉や神経に炎症を起こすことがあるんだ。外国では、害の少ない合成薬を使っているがな」

「特効薬ですか」

訊《たず》ねた与力ばかりでなく、その場にいた同心たちにも安堵が広がる。

とり乱していた利吉が、ようやく落ち着いた。ゴメスが利吉に話しかけた。

「十五年前、おめえが吐根を飲ませた坊主《ぼうず》が江戸入りしたことは知っているか」

「……はい」

「顔は見たか」

利吉は首を横にふった。

「おめえのところで宴会の余興だと言って、苦い薬を買った若造を覚えてるか。あれがおめえのおかげで命を拾った坊主だ」

「あの方が……。そうでしたか。ちっとも気づきませんでした」

涙で汚れた顔で、小さく微笑した。

「さあ話してもらおうか。十五年前、いや、おめえが江戸入りする前からの経緯《いきさつ》を」

ゆっくりとうなずいた利吉を、座敷の隅から十助が食い入るように見つめていた。

「私は大学を出てから四年のあいだ、日本の製薬会社のジャカルタ研究所でアメーバ赤痢を研究していました。病原となる数種の株を交配させ遺伝子を操作して、ワクチンとなり得る株を新たにつくり出すことが目的でした」

話しはじめた利吉が、ふと顔をあげた。自分の話す内容が相手に通じているだろうか、そう言いたげな顔をした。

「いい、わかる。そのまま話せ。株ってのぁ、寄生虫の系統のことだろ」

利吉がはっとして、目の前の巨体を見上げた。

「もしや、あなたは……」

「先を続けな」

ゴメスが制した。利吉は俯《うつむ》いて、また話し出した。

「交配を続けるうち、珍しい性質を持つ新種の株ができました。病を起こす種であったためワクチンとはなり得ませんが、その株は人から人へ伝染《うつ》らないという特徴を持っていたのです」

赤痢アメーバという寄生虫は、決まったすじみちをたどって増える、と利吉が説明した。人のからだに入ると、嚢子《のうし》と呼ばれる形から、増殖に適した姿にかわる。そしてまた、外界の変化に強い嚢子となって糞便《ふんべん》に排泄《はいせつ》されて、新しい宿主へと感染をくり返す。

「鬼赤痢はその辺の痢病とはちがって、人の糞便からは感染《うつ》らないというわけか。どうりで流行《はや》る時期が短いわけだ」

ふうむ、とゴメスが腕を組んだ。

珍しい株ではあったが、ワクチンとしては役にたたない。しかし研究所は、それを海外の別の薬品会社に売ると言い出した。嫌な予感がしたと、利吉は慄《おのの》いた。

「その企業には、黒い噂《うわさ》がありました。生物兵器の開発に関わっているという噂です」

その顔に、はっきりとした嫌悪《けんお》の表情が浮かんでいた。

「まんざらなくもねえ話だな」と、ゴメスが請け合った。「生物兵器はミサイルや原水爆にくらべりゃうんと安あがりだが、撒布《さんぷ》した一帯が汚染され、長いこと使い物にならなくなるのが欠点だ」

だからこそ兵器になぞされたくないと願ったものが、いま江戸で大勢の人を苦しめている。利吉はいまさらながら、我が身の皮肉を呪《のろ》った。

「おめえのつくった病原は、生物兵器にはうってつけの素材になるな。人だけ殺して、ひと月ばかりで土も水も元通りというわけだ」

「いえその当時は、まさかかかった者すべてが死ぬなどとは思ってもみませんでした」

「つくったおめえが、知らなかったってのか」

「研究所にいた頃は気づきませんでした。特に吐血の症状は、十五年前の漉名村ではじめて知りました」

「おれもそこにずっとだまされていた。死ぬ前の激烈な症状に目がいって、アメーバ赤痢だとは長いことわからなかった。おめえはあれをどう見る」

これは症状から見た推察ですが、と利吉がことわった。

「あの株には、腸での増殖をおえると、必ずしかも急激に胃の腑《ふ》に転移する性質があるのではないかと思います。ふつうなら胃酸が邪魔をするので考えにくいことですが、転移した虫が胃の粘膜を食い破って大量の吐血を引き起こす。私はそう考えました。実験ではほかの株よりも若干、症状が重い程度でした。まさかあんなに凄《すさ》まじいものとは……」と、利吉は身震いした。

「たぶん、おめえの新型アメーバは怒っていたんだろうよ」

利吉はぼんやりとゴメスを仰いだ。

「増殖できないようにつくりかえられて、生物としての本能をもぎとられたんだ。だからその腹いせに暴れたんだ」

「……そうかもしれません」

利吉が瞑目《めいもく》して呟《つぶや》いた。

「で、おめえはどうすることにした」

ゴメスが先を急がせた。縛られた苦しい姿勢のせいか、利吉の疲れが目立ってきた。

「考えたあげく私は、すべて処分しようと決めました。試作の株を処分し、記録もみんな消去しました。会社の資産を勝手に廃棄すれば罪になります。だから……江戸へ逃げました」

相手に後ろ暗いところがあれば、訴えはされまいと考えたが、それでも法に触れる行為をしたことが恐ろしかった。入国すれば名を変えられるときいて、江戸への逃亡を決めた。利吉はそう語った。

「で、その処分したはずの病原が、なんだって江戸にあるんだ」

ゴメスに凄まれて、利吉のからだがぴくりとはねた。

「……いま思えば魔がさしました。私は惜しかったのです。あれは私の四年間の研究の集大成です。それをすべて処分することがどうしてもできなかった。嚢子を少しだけ持ち出しました」

「そこで持ち出した嚢子が、なんで二十年近くも生きてる。水がなければ数刻で死ぬはずだ」

「新型株は、嚢子の凍結乾燥化に成功していました。水分が入らぬ限りは何十年も眠ったままで性質を保てるのです。湿気を吸わぬようカプセル型の容器に詰めて持ち出しました」

「そいつを漉名村に撒いたのか！」

叫んだのは十助だった。それまで立場をわきまえて、黙って後ろで控えていた十助の堪忍袋《かんにんぶくろ》の緒がぶつりと切れた。

「違います！　あれは犬が勝手に……」

その口を十助のひとにらみが塞《ふさ》いだ。

目をそらすように下を向いた利吉が、虫のようにか細い声を出した。

「わかっています。たとえ過ちでも、私が悪かったんです」

長い詫《わ》び事が続いたが、十助は不動のような形相をかえなかった。


松吉を追って神田へと走っていた辰次郎は、途中の日本橋本町で、ふと思い立って岩代屋へ寄ってみた。表の大戸は固くとざされている。裏へまわってみたが、高い板塀の中は、しんと静まりかえっていた。主人の多兵衛を殺されて、まだ忌中にあるのかもしれないと、辰次郎は諦《あきら》めた。そこから藤堂町に走ったが、竹矢来の外に立つ見張り番に訊ねると、誰も中に入った者はいないとの答えだった。

「松吉の奴《やつ》、どこに行ったんだ」

うろうろしているうちに、辰次郎は閃《ひらめ》いた。くるりと向きをかえると来た道を戻り、南茅場町へと走った。

芳仙堂に到着すると、やはり大戸は閉められていたが、こちらは中に人の気配があった。戸をたたいてみようかと、いったん上げた右手を下ろして裏へまわった。以前、万丸の安蔵が入っていった潜戸《くぐりど》に手をかけたが、中から閂《かんぬき》がかけられている。近くにあった樽《たる》を板塀のそばまで引きずってゆき、その上にのぼった。板塀の上から、ちょうど頭が出た。

月夜なので辰次郎にも中のようすが窺《うかが》えた。広い庭と濡《ぬ》れ縁《えん》が見え、庭に面した座敷は灯りが消えていたが、表の店のほうから人の話し声や笑い声がする。

なんとか中に入り込めないだろうか。板塀の上から枝を伸ばした木を見上げて、あれこれと思案した。行けそうだ、と践《ふ》んだとき真後ろで声がした。

「何をしている」

辰次郎は髪の毛が逆立ったように感じた。驚きすぎてとっさには声も出ない。

「泥棒か」

「違います！」と、あわててふり向いた。

相手が提灯《ちょうちん》をさしのべて、辰次郎の顔を照らした。

「いつまで乗ってるんだ」

辰次郎はすごすごと樽から降りた。ばつが悪いことこの上ない。どうして灯りにも足音にも気づかなかったのかと、自分の迂闊《うかつ》さを責めた。

「ここで何をしていた」と、男が同じ問いを重ねる。

辰次郎は、正直に答えた。「仲間を探してました」

「この中にいるのか」

「いや、いるかもしれないと思って……」

声がどんどん尻窄《しりすぼ》みになる。男は黙って辰次郎をながめている。辰次郎は、男が医者の風体であることに気がついた。坊主頭に頭巾《ずきん》をかぶり、年は四十前といったところか。辰次郎より頭一つ低いが、肩幅が広くがっちりしている。その輪郭に、見覚えがあるように思った。

「ここで待っていろ」と、男が言った。

どう答えていいものかまごついていると、男が顔を近づけて、「わかったな」と念を押した。眉《まゆ》の濃い目鼻立ちのはっきりした顔は、医者にしては精悍《せいかん》な面構《つらがま》えだった。

男の提灯が表通りへ曲がると、大戸をたたく音に続いて、男がおとないを告げる声がした。万丸の手下でも襲ってくるのではないかと構えたが、男が中へ入ってからはなんの物音もしなかった。

そのままかなりのあいだ待たされて、もう一度のぼってみようかと樽を見下ろしたとき、塀の向こうで小さな物音がした。潜戸の閂を外す気配がして、中から男が顔を出した。

「早く中に入れ、静かにな」

迷いながらも男に従って戸をくぐった。男の後ろに続き、建物に沿うように庭をぐるりとまわると、中庭らしき場所に出た。男は白壁の蔵の前に立った。正面にある鉄製の大きな扉には太い閂が差されていたが、錠前はなかった。

男は辰次郎に手伝わせ、静かに閂を外して囁《ささや》いた。

「おまえの仲間はこの中だ。私がここで見張っているから早く連れ出せ」

素直に従って重い扉をあけると、入口からさす月明かりに蔵の柱にくくりつけられた松吉が見えた。

「松吉！」

声を立てずに辰次郎が叫んだ。駆け寄ると、ふがふがとくぐもった声がした。嚙《か》まされていた手拭《てぬぐい》をとると、「辰次郎」と意外と元気な声が返ってきた。顔には殴られた跡があったが、ひどい怪我《けが》はしていないようだ。

「よくここがわかったな」

「まあ、おまえとおれの仲だからな」

「ここに来たってこたぁ、おめえやっぱりおれのこと気づいてたんだな……」

辰次郎はそれには答えず、黙って縄をほどくことに専念した。松吉が言葉をついだ。

「奈美が病に立ち向かってんのに、おれだけいつまでも逃げてるわけにはいかねえと、そう思ったんだ」

「松吉……」

「おめえが襲われたのも、岡っ引きの手下が大怪我したのも、それに……奈美が病になったのも、みんなおれのせいだ……」

「もういいよ、松吉。おまえの泣き言なら、あとでたっぷりきいてやる。いまはここを出るのが先だ」

「……けど、おれはもう……」

「松吉、裏金春へ帰ろう。あそこがおれたちの帰る場所だ。みんなが待ってる場所なんだ」

「辰次郎……」

「おれたちはここを出て、一緒に裏金春へ帰るんだ」

かくん、と前のめりに首を折った松吉から、程なく鼻をすする音がした。

さっきの男が中を覗《のぞ》いた。早くしろ、と小声で急《せ》かされたが、固い結び目がなかなかほどけない。焦《あせ》っていると男が手を貸してくれた。ようやく縄がとけ、ほっとしたのもつかの間だった。蔵の中に差し込んでいた月の光が何かにさえぎられ、辰次郎の背中で声がした。

「困りますな慈斎先生、勝手なことをしてくれては」

芳仙堂重兵衛が、蔵の外に立っていた。


利吉は漉名村での一件が不測の事態であったことを、涙ながらに語った。

一度怒りを爆発させた十助は、貝のように口をとざしたきり、あとは何をきいても顔の筋ひとつ動かさなかった。

ゴメスは辰次郎に薬を飲ませた経緯《いきさつ》を話すよう促した。利吉は岩代屋から吐根を買い、養生所でお利保に与えるまでの顛末《てんまつ》を語った。

「果たして吐根が効くかどうか、自信はありませんでした」

湊《みなと》の養生所の門外でひと晩明かし、早朝親子が姿を見せても、わたすきっかけはつかめなかった。養生所の前を行きつ戻りつしていたところ、出国の手続きのためか、父親の辰衛がひとりでお出入り役所へ向かった。

「その隙《すき》にと木戸の内に入ったところを、子供の母親に声をかけられたのです」

お利保はそこにいた鍬之助を、養生所の使用人だと思ったようだ。

『お水をいただきたいのですが』

この一言が、薬をわたす好機となった。砂糖水と偽ったのはおもよが話したとおりである。

「それでおめえは、苛《さいな》まれていた罪咎を少しは払拭《ふっしょく》できたか」

利吉は激しく首をふった。

「とんでもありません。それから半年は地獄でした」

野田村へ帰ってからも、気の休まるときはなかった。病原である寄生虫が生存し続けるひと月ばかりは、己を含めた新たな感染が心配で、飯も喉《のど》を通らない日々だった。

幸いあれ以来、病の噂はきかれなかった。

それがようやく過ぎた頃、あの子供はどうなったろうかと気にかかった。漉名村へ行き、道ですれ違った者に訊《たず》ねると、よくはわからないが治ったらしいという答えが返ってきた。

「私はそのとき、以前にも同じ少年に病のことを訊ねたということに気づいていませんでした。……それが矢三郎でした。三年前、慈斎先生のところへ薬を届けにいったとき、たまたま施療にきていた矢三郎と出会ってしまいました」

利吉は悔しそうに唇を嚙みしめた。

「矢三郎にさえ、江戸であいつにさえ会わなければこんなことには！」

逃亡のさなか、くり返し呪った不運を思わず口にした。

たちまちゴメスが顔色をかえて怒鳴りつけた。

「履き違えるんじゃねえ！　漉名村での一件はもちろん、江戸の騒ぎもてめえの仕業だ！」

「違います、江戸でのことは、私では……」

「馬鹿《ばか》野郎！　てめえのつくったもんでどれだけの人死にがでた！　いまもこの江戸でどれだけの者《もん》が苦しんでると思ってる！　おめえ一人の命なんかじゃ、贖《あがな》いきれねえ罪を犯したんだ！」

その怒りに呼応するように、蠟燭《ろうそく》の炎が大きくゆれて黒煙が立ちのぼった。

利吉がたおれるように床に額をこすりつけた。申し訳ありません、と何度もくり返し、やがて嗚咽《おえつ》にかわったが、ゴメスは容赦しなかった。

「なんだって村を出るときのこりの虫を始末しなかった！　そいつを捨てきれなかったのが、てめえの業《ごう》の深さだ！　そういう学者を、おれは外でごまんと見てきた」

利吉の嗚咽が、ふととまった。

「あなたは……やっぱり……」

涙で汚れた顔を上げた。

「私は、あなたを、上海《シャンハイ》の学会でお見受けしました。あの若さであれほどの研究は……」

「黙れ！　鍬之助！」

詮議所《せんぎしょ》の板壁がびりびりと震えるほどの大声だった。十助を除くその場の役人が、驚いてとび上がった。

「おめえはその世界から逃げて逃げ切れなかった哀れな野郎だ。そんな昔をいつまでも大事に引きずっているから、こんなことになったんだ！」

利吉の口から再び嗚咽がこぼれ、それはいつまでもやまなかった。

辰次郎は、松吉が縛られていた隣の柱に括《くく》りつけられた。

それをすますと重兵衛は、さっきの医者とともに蔵を出ていったが、見張りとして矢三郎をのこしていった。矢三郎は二人の前に陣取ってにやにやと笑った。

辰次郎が矢三郎の顔を正視したのはこれがはじめてだった。肉の削《そ》げた頰と落ち窪《くぼ》んだ眼窩《がんか》の悪相で、手燭《てしょく》の明かりを映したその目の中に人品の卑《いや》しさがあらわれていた。

「こいつは関わりねえ、なにも知らねんだ。こいつは帰してやってくれ」

松吉のたのみを、矢三郎は鼻で笑った。

「せっかくおめえを助けに来てくれたってのに、そりゃつれなかろう。待ってな、もうすぐ安蔵親分がくる。そしたら仲良くあの世行きだ」

舌舐《したな》めずりをするような嫌らしい物言いに、辰次郎は胸がむかついた。

「いいよ、おまえらにおとなしく殺されてやるよ。だから代わりに全部教えろ。おれだけ何も知らずに殺されるんじゃ割に合わねえ」

「おれからもたのむ！　おれもこいつに言っちまわねえと、死んでも死にきれねえ」

「密偵は黙ってろ」

松吉の哀願を、矢三郎が封じた。

「密偵ってなんだ」

辰次郎がきき咎《とが》めた。

「おれは多兵衛旦那《だんな》に雇われて裏金春に潜入したんだ。もっともそのときの話では、交易に関わる情報を得るためという名目だったがな」

「交易の情報って、なんだそれ」

「問屋にとって、交易に関わる御上の決め事は重要だ。それをいち早くつかむことが、商売を左右する鍵《かぎ》だと旦那は言った。入国の決まった新参者の略歴から、この役目を担《にな》えると践んで、おれを選んだとも言っていた」

「それでおまえは、その話を飲んだってのか？」

そんな話に松吉が乗るとは、とうてい信じ難かった。

「会社にいた頃、おれは調査部にいたんだ。各省庁や業界の情報を集める部署だ。学生だったおめえにはわかり辛《づれ》えだろうがな、行政の方針をつかむのは、日本や海外の企業にとっても大事なことなんだ。いまの経済は情報が命だからな」

「偉そうな御託をならべやがって、結局だまされていただけじゃねえか」

矢三郎の嘲《あざけ》りを、松吉は否定しなかった。

「ああそうだ。なまじっかそんな知識があったから、おれは旦那の依頼をきいてもさほどおかしいとは思わなかったんだ。御上の御用を務める仕事をしたかったのも本当だしな。最初旦那はおれを出島へ入れるつもりだったようだ。でもおれが船で会ったおめえの話をしたもんで……」

松吉が口ごもった。

「おれがいる裏金春のほうが潜入しやすいと考えたのか」

「そのとおりだ……おめえにはいくら謝っても足らねえ。すまねえ、本当にすまねえ」

「おまえがやたらと物売りを冷やかしてたのはそのためか」

「物売りの全部がこいつだったわけじゃねえがな。繋《つな》ぎを感づかれないよう、マメに物売りの相手をすることは、旦那からの入れ智慧《ぢえ》だ」

松吉はほっと息をつき、急に遠くを見つめる目になった。

「だけどおれの頼み人が岩代屋の旦那だってことは、ずっと知らなかった」

松吉は請け人の差配から、雇い主として多兵衛に引き合わされた。多兵衛のにせの肩書きを、差配もそのまま信じていたようだった。矢三郎がせせら笑った。

「おめえに正体がばれたら、いつ長崎奉行に伝わるか知れねえからな。そんな間抜けなことを、あの用心深《ぶけ》え多兵衛がするものか。おめえはあいつをすっかり信用して、いいように使われたんだ」

「そうかもしれねえ。でもおれは多兵衛の旦那が好きだった。穏やかで優しい人だった」

「それがあいつのやり口よ。誰も彼も丸め込まれて、その実身内を助けようともしない……おっとこれは重兵衛旦那の受け売りだ」

「そんなことはねえ。おれが岩代屋を見張ってて旦那の正体を知っちまったときも、旦那の態度はかわらなかった」

「それってひょっとして、岩代屋の旦那が殺される前の晩のことか」

辰次郎は御前会議の夜の、松吉のおかしなようすを思い出した。

「そうだ。おれはあんまりびっくりして、隠れていた物陰からふらふらと出てしまった。旦那もひどく驚いてたけどこう言ってくれたんだ。その日限りで旦那との関わりの一切を忘れて、裏金春でこれまでどおり働けって。おれはなにも悪くないから心配するなって」

松吉が密偵を引き受ける気になったのは、たぶん多兵衛の人柄を信頼してのことだろう、と辰次郎は思った。

「それはおめえが使いものにならねえってわかったからだろうよ。おめえは途中から、おれが繋ぎをとりにいっても避けてたじゃねえか」

「ああ、裏金春に馴染《なじ》むにつれて、てめえのやってることに嫌気がさしてきたんだよ。なによりおれは、繋ぎをつけていたおめえが気に入らなかった」

松吉は人が変わったように、矢三郎をにらみつけた。

「なんだと、てめえ」

「人の弱みを漁《あさ》るような、おめえのその目つきが気に入らなかったんだよ！」

咲呵《たんか》を切った松吉の胸倉を矢三郎がつかみ、頬を張った。それでも松吉は怯《ひる》まない。

「おめえはおれと多兵衛旦那の繋ぎをしていたはずだ。いつからこっちに鞍替《くらが》えしたんだ」

「まあ言ってみりゃ、最初からよ。おれは多兵衛の指示でおめえとの繋ぎをやっていたが、それをみんな、こっちの旦那と安蔵親分にばらしてたってわけだ」

「汚ねえ」

松吉が歯噛みした。

「多兵衛はうるさくてな。あれは駄目だのこれは人の道に外れるだの吐《ぬ》かしやがって、だいたいおれと直《じか》に会おうともしねえことがいちばん気に入らなかった」

「じゃあ、あんたは誰に繋ぎをつけてたんだ」

「そりゃ、さっきのお医者先生よ」

「そうなのか！」

辰次郎は、慈斎という名前を思い出した。岩代屋多兵衛の次男が師事していたという町医者だった。

「ついでに教えてやらあ。てめえを八丁堀で脅したのは、おれと先生だ」

「なんであの人が……」

呟《つぶや》いて、塀の外で会ったとき、見覚えがあるように思ったのはそのためか、と辰次郎は思い至った。

「あんな子供だましなやり方は、おれははなっから気が乗らなかった。だから南鍋町ではぶっすりやってやったのに、事もあろうに相手を間違えるとはな。あとでこっちの旦那にずいぶん叱《しか》られたもんよ」

「……こっちの旦那ってこたぁ、やっぱりあれは多兵衛の旦那じゃなく、重兵衛の差金か！」

矢三郎は蠅《はえ》を追うような表情で、面倒くさげに松吉の推量を認めた。

へへ……と、松吉が小さく笑った。

「……やっぱり、多兵衛旦那じゃあなかったんだな……」

松吉は嚙《か》みしめるように言って、もう一度へへっと笑った。

白く大きな満月が、黒板塀を皓々《こうこう》と照らしていた。

塀に耳をあてた韋駄天《いだてん》は、眩《まぶ》しそうに月を仰いだ。いつもなら足元を照らしてくれる大事な明かりであったが、人目を忍ぶ探索には厄介だ。目だけであたりを窺《うかが》ったとき、板塀が中から小さくたたかれた。短く四回、板が鳴ったことを確かめると、韋駄天は猛然と走り出した。

「土壇場《どたんば》じゃねえか」

合図の意味を呟いて、足だけをぐいぐいと前に運んだ。

韋駄天は走ることが好きだった。からだが前に出るときの、なにかに持っていかれるような躍動感や、全身に感じる風の感触が心地よく、走っていさえすれば、ほかにはなにもいらないと思っていた。

裏金春に入ってから、それが少しずつ変わってきた。何かのために、誰かのために走るということが、自分でも意外なほどの自負を生み、それは足の運びにも影響した。いまの韋駄天は、そうと気づかぬうちに、これまでにない疾《はや》さで走っていた。

——死ぬな！

韋駄天が念じていたのは、ただそれだけだった。

匕首《あいくち》をふりまわす、矢三郎の狂犬のような姿が脳裏に浮かんだ。奴《やつ》の凶暴な性質を、韋駄天はよく承知していた。

ゴメスの命で、松吉にずっと張りついていたのは韋駄天だった。羅宇屋に化けた矢三郎に松吉が詰め寄ったあの日、韋駄天は矢三郎のあとを尾《つ》けていった。途中で気づいた矢三郎に襲われて、尾行を諦《あきら》めやっとの思いで逃げ返ったのだ。奴の匕首が韋駄天の着物の袖《そで》を裂いたとき、矢三郎は確かに笑っていた。

走る道の先、遠くに出島の門前の灯が見えた。その灯のそばに、小山のような影を認めたとき、韋駄天の胸に希望がふくらんだ。


ゴメスは南町からの戻りであった。

真夜中だというのに長崎奉行所は大戸を開き、明々と松明《たいまつ》が焚《た》かれていた。中では町方から駆けつけた応援とともに、総出で吐根末の配布の用意に追われていた。

「まじめにやってるらしいな」

ゴメスが満足そうに呟いて、肩を落として後ろを歩く十助をふりむいた。利吉の話は、十助の慰めには少しもならなかった。

「なあ十助、とり返しのつかねえことばかりでも、とりあえずしなきゃいけねえことがあるってのは悪かねえ」

親分に慰められるほど、屈託のある顔をしていたかと、十助はようやく思い至った。過去にこだわる己の弱さを、十助は恥じた。

「はい、申し訳ございません」と、気をとりなおして顔を上げた。

そこへ韋駄天の声がとんだ。

「親分、辰次郎と松吉がつかまった！　場所は芳仙堂だ！　急がねえと二人が死んじまう！」

「なんだと！」声をあげたのは十助だった。「あの二人から目を離すなと言ったろう。甚三と菰八はどうしたんだ！」

「すいません、おれの手落ちです。裏金春にみながそろっていると、今日に限って油断した。みなで出島に着いてすぐ、二人のいないことに気がついて、方々探してやっと芳仙堂にたどり着いた。あいつら、てめえから芳仙堂に乗り込んだに違いない」

韋駄天の話がおわらぬうちに、ゴメスは松明に照らされた大門へ向かった。戻りの報《しら》せを受け、与力と竹内が玄関へとび出してきた。

「出役する。何人か用意させろ」

与力が意を受けて、すぐに踵《きびす》を返した。

「竹内」

「はっ」

「黒鬼丸を出す」

竹内ははじかれたようにゴメスを見上げたが、すぐに頭を下げた。

「承知」

言うなり馬場へと走り去った。その背を心配そうに見送る十助に、韋駄天が言った。

「二人に万一のことがあっても、いっとき凌《しの》げるだけの得物はおいてきました」

「得物だと」

「うちでいちばん切れ味のいい刀ですよ」

思いあたる顔になった十助に、韋駄天が深くうなずいた。


蔵の閂《かんぬき》が、ごとりと音をたてて外された。

「すっかり待たせてしまったな」

一目で絹物とわかる、光沢のある茶の羽織を着込んだ重兵衛が、口の端を吊《つ》り上げた。安蔵と、子分らしき三人の男を従えているが、落ち着いてどこか貫禄《かんろく》さえただよう安蔵の前では、重兵衛はせいぜい番頭程度の小者に見える。その後ろに、慈斎の姿もあった。

「おまえたちの始末をどうつけるか思案したが、あたしは荒っぽいことが嫌いでねえ。蔵を血で汚すのも障《さわ》りがある」

どうせ何もありはしない蔵だろうが、と辰次郎は蔑《さげす》むような目を向けた。隅に木箱や行李《こうり》がいくつかあるだけで、数棹《さお》の棚はほとんどがからっぽだった。重兵衛の困窮ぶりが窺える。

「で、これを使うことにした」

重兵衛が、安蔵の子分の一人に目で合図した。男が持ってきたのは、水を張った盥《たらい》だった。一抱えほどの大きさがあり、床に降ろした拍子に、たぽん、と水音がした。

「水責めたあ、旦那も乙なことを」

「人ぎきの悪い。土左衛門に見立てて堀へ流せば、手間もかかるまい」

重兵衛が顔をしかめて矢三郎を制した。

「さて、どっちを先にするか」

矢三郎が舌舐《したな》めずりをしながら辰次郎と松吉を見くらべた。先刻から矢三郎のにやにや笑いがとまらない。人を殺すことを明らかに楽しんでいる顔だ。

こんな奴に殺されるのかと思うと、口惜しくて涙も出ない。腸《はらわた》が煮えくりかえって仕方がない。内からわきあがってくるものは、死への恐怖ではなく、腹の底から笑い出したいような、やけくそな気持ちだった。辰次郎は前を向いたまま叫んだ。

「松吉！」

「おうよ！」

応《こた》えた松吉の声にも、怯《おび》えがなかった。

「死ぬ前にはこれまでのことが、走馬灯のように見えるって言うだろ」

「らしいな。こちとらまるっきり見えやしねえがな」

「おれもだ。おかげでさっきっからまるで死ぬ気がしねえんだ。ってより、こんなところで死ぬものか！」

「そうだ、こんな奴らのために、死んでたまるかよ！　ぜってえ生きてやるからな！」

口々に喚《わめ》きたてる二人に、矢三郎の笑いがとまり、重兵衛が閉口した。子分らも半ば呆《あき》れて見ている中で、安蔵だけが、顔の皺《しわ》一本動かさなかった。

「うるせえ！　黙れ！　とっとと始末してやる！」

矢三郎が怒鳴りつけ、そのときだった。

「先に始末されるのは、てめえのほうだ」

蔵の戸口から声がして、重い観音開きの扉が勢いよくひらき、長い影が踊り込んだ。角ばった太い六尺棒のようなものがふりまわされて、たちまち安蔵の三人の子分と重兵衛がたおれた。角材の先はそのまま、辰次郎と松吉の前に屈《かが》み込んでいた矢三郎の胸倉にぶち当たり、ふっとんだ矢三郎が蔵の壁にたたきつけられ動かなくなった。

「よう、まだ生きてたな」

「兄い！」

二人の顔を見下ろしたのは、藍《あい》の唐桟《とうざん》を着流した甚三だった。床に放り投げたのは角材ではなく、鉄扉《てっぴ》についていた長い閂である。

「ったくてめえらは、威勢の良さだけは一人前だな」

甚三は懐《ふところ》からとり出した匕首で、辰次郎の縄を手早く切った。

たおれたままの重兵衛が、大声で安蔵をけしかけた。先刻の甚三の攻撃を免れたのは、扉脇《わき》に背を寄せていた慈斎を除けば、素早く身をかわした安蔵だけだった。ゆっくりとした動作で安蔵が帯に挟んだ匕首に手をかけ、子分らも頭をふりながら立ち上がり刃物を構える。

舌打ちした甚三は、辰次郎に匕首をわたした。

「おれが奴らを防ぐから、松吉の縄を切ったらこれを持って外に出ろ。切りかかられたらてめえで防げ。いいか、もしもの場合はためらうんじゃねえぞ。命取りになる」

言うなり自分は素手で、安蔵の子分らに突っかかっていった。右の男の細身の攻撃をかわし、手首をつかんで捻《ひね》りあげた。悲鳴をあげる男の首筋を肘《ひじ》で殴りつけ、落とした細身を拾いざま、切りかかってきた別の男の脛《すね》を裂いた。

辰次郎は柱に縛りつけられていた松吉の縄を切った。長いこと拘束されていた松吉

が、ようやく息をついた。続いて松吉の足首を幾重にも巻いた太い麻縄を切ったとき、

「危ない！」松吉の声がとんだ。

辰次郎が後ろをふり返ったのと、松吉がそのからだを突きとばしたのが同時だった。松吉の悲鳴があがった。気絶から覚めた矢三郎の匕首が、松吉の肩をざっくりと割っていた。

「松吉！」

甚三が声にふりむいた。すかさず辰次郎に襲いかかる矢三郎の匕首を、甚三の細身が辛うじてとめた。刃と刃のぶつかる高い音がひびき、甚三はそのまま矢三郎の腹の真ん中を正面から蹴《け》った。甚三の足がばねになり、矢三郎は背中から柱の角に激突し、その場にくずおれた。背後から襲いかかる三人目の腹を、甚三はふりむきざまに細身で払った。のこるは安蔵だけだった。五尺ほどの間合をとって二人がにらみ合う。安蔵の顔にはじめてうすい笑いが浮いた。

「辰公、松吉を背負って外に出ろ！」

甚三が怒鳴ったが、辰次郎は半ば動転していた。松吉の薄紫地の着物の左肩が、見る間に真っ赤に染まってゆく。

それまで蔵の一隅で傍観していた慈斎が、松吉に歩み寄った。松吉の傷を調べ、懐

からさらしを出して細く裂くと、心臓の上と傷口を手早く縛った。

「一刻も早く外科医の手当てを受けさせろ」

慈斎が言って、松吉を辰次郎の背にのせた。

「松吉、しっかりしろよ」

背中に叫んで出口へ向かう。二人を庇《かば》いでもするかのように、慈斎が傍らに付き従う。松吉がうっすらと目をあけた。辰次郎の背から慈斎を見ている。

「……先生も……多兵衛の旦那《だんな》を裏切って……こいつらの仲間になったのか」

かぼそい声で慈斎を責めた。

「私はあの人の意を汲《く》んで動いているだけだ。裏切ってなぞいない」

慈斎は太い眉《まゆ》をきりりと上げて、昂然《こうぜん》と言い放った。

そのとき、耳をつんざくような鋭い音が、蔵の中にひびいた。ふりむくと、安蔵と対峙《たいじ》していた甚三のからだが、がくりと崩れた。微《かす》かな火薬のにおいが鼻をかすめた。

「兄い！」

蔵の奥の暗がりから、重兵衛があらわれた。手に持った短筒は、甚三の頭に向いている。

「おまえたちもさっさと戻れ。こいつの頭を打ち抜かれたくなかったらな」

辰次郎は背に負った松吉をかばうように、ゆっくりとからだを重兵衛に向けた。

「それでいい」重兵衛がほくそ笑む。

「ばか、早く行け！　おめえが戻ったとたん、こいつはおれの頭を打ち抜く気だ」

甚三にそう言われても、見捨てることなどできるはずがない。逃げたくない、と言った奈美の気持ちが、いまになってようやくわかった。

重兵衛が慈斎に鉄扉を締めさせ、蔵はふたたび閉ざされた。一本の燭台《しょくだい》だけが、頼りない灯りをさしかけている。

「ここでばっさりやるか」

さっきの乱闘でひっくり返った盥をつまらなそうにながめて、安蔵が言い出した。淡々とした口ぶりは、飯でも食うか、と言っているようにきこえる。

「これ以上蔵が汚れるのはかなわんな」

重兵衛の関心はそれしかないようだ。

「なあに、急所を一突きすればたいした血も出ない」

重兵衛にくらべ落ちついた印象の安蔵は、それだけ冷酷に見える。

「おれたちを殺しても無駄だぞ」

床に座り込んだままの甚三が告げた。

「利吉は捕まった。てめえらの悪事も、今頃とうにしゃべっているはずだ」

甚三の脅しを、重兵衛の高笑いがはね返した。

「利吉が捕まるよう仕向けたのは私たちだ。あいつは捕まってもなにも言わん。しゃべれば己の首を絞めるだけだからな」

「奴が口を開かなくとも、同じことだ。もうすぐここに、金春屋ゴメスが来る。おれたちを殺しても、どのみちおめえたちはおわりだ」

抑揚のない低い声だったが、甚三の物言いは確信に満ちていた。

「てめえのはったりなぞ、恐《こわ》くもなんともねえんだ」

ゆっくりと近づいた安蔵が、左腿《ひだりもも》の弾傷のあたりを足でふみつけた。低く呻《うめ》いて、甚三のからだがはねあがった。安蔵が甚三に匕首《あいくち》を向けた。

「最初に死にてえのはおめえらしいな」

「最初はおれだ！」

安蔵はにやりと笑い、叫んだ辰次郎に顔を向けた。

「元気な坊主《ぼうず》だな。そんなに死にてえのか」

返事の代わりに辰次郎は、甚三が託した匕首を懐からとり出し鞘《さや》を払った。

血相をかえた重兵衛が、短筒をふりかざしたが、安蔵がこれを制した。

「てんで役不足だが、死にかけた野郎を殺《や》るよりゃはるかにましだ。少しは楽しませてくれよ、小僧」

安蔵が刃物を辰次郎にむけ、ゆっくりと腰を落とした。笑っていない面長の顔が、不気味だった。

辰次郎は相手に匕首が見えぬようからだをわずかに斜めに構え、やはり重心を低くした。からだの正面を刺されると痛手が大きい、また、己の武器を相手から隠すことにより有効な攻撃が可能となる。どこかでききかじった痴漢撃退法だから、どこまで本当かわからない。腰のあたりで右手に握った匕首の柄が汗ですべる。

「来たぞ」

甚三が呟《つぶや》いた。痛みで口走ったうわ言のようにきこえたが、すぐに遠くで地鳴りのような音がした。蔵中の棚がいっせいに小刻みに震え、続いて床が縦に揺れはじめた。

「地震か」

重兵衛が四つん這《ば》いになった。外から、ばきばき、めりめり、と木の裂ける音が絶え間なくひびき、瓦《かわら》が落ちて砕ける派手な音もきこえる。やがて、どおん、という大きな音とともに、蔵全体が大きくゆれた。

安蔵のそばにあった、どっしりとした鉄の燭台が大きくはねた。一瞬、安蔵の注意が燭台にそれたのを、辰次郎は見逃さなかった。安蔵に向かってまっすぐ突っ込んでいき、匕首を握った右手を前に出した。だが相手の反応は早かった。素早くとびすさり、辰次郎の攻撃をかわした。

「小僧、しゃらくせえ真似《まね》しやがって」

ふたたび構えの体勢に戻った安蔵の顔に、酷薄なものが浮かんだ。

さらに二度、三度、蔵が悲鳴をあげる。柱や剝《む》き出しの長押《なげし》がぎしぎしと音をたて、天井から埃《ほこり》やら木片やらが降ってくる。揺れの激しさに、どちらも立っていられない。床に片手をついたまま、三尺ばかりの間合いを隔ててにらみ合った。

辛うじてもち堪《こた》えていた燭台がたおれ、真っ暗になったとたん、安蔵が動いた。やられる、と思いながら、辰次郎は柄を両手で握り締めていた。その途端、蔵の柱がいっせいに斜めに傾き、辰次郎はつんのめるように安蔵の懐にとび込む格好になった。安蔵の匕首の狙《ねら》いが狂い、辰次郎の左袖《ひだりそで》をかすめ、代わりに辰次郎の握った柄に手応えがあった。やみくもに前に出した匕首の刃は、安蔵の腰に突き刺さった。切っ先が骨を削る、ごりっとした嫌な感触が両手から伝わり、辰次郎は総毛だった。

安蔵の絶叫とともに、腰を抜かしていた重兵衛の後ろの壁が音をたてて崩れ落ちた。突き破られた壁の大穴から、巨大な黒い影があらわれた。

「よお芳仙堂、うちの若い者が世話ぁかけたな」

陣笠《じんがさ》をかぶり黒鬼丸にまたがったゴメスが、重兵衛を見下ろした。右肩に担《かつ》いでいるのは、昔話の鬼が持つような鉄針を植えた太い鉄棒《かなぼう》だった。黒鬼丸の頭にも、そろいの鉄の鉢金がかぶせられている。

「礼はきっちりさせてもらう。楽しみにしてろ」

ゴメスの目が冷たく笑った。床にへばりついた重兵衛は、ぽっかりと口をあけ、呆《ほう》けたように巨大な馬を見上げている。

ゴメスがあけた穴から、皓々《こうこう》と月明かりがさしていた。揺れがおさまった蔵のあちこちで、安蔵の子分たちがへっぴり腰で逃げようとしたが、黒鬼丸が高く嘶《いなな》き、前足の巨大な蹄《ひづめ》で、床を二度、三度と蹴ると、震えあがって動きをとめた。

甚三が右足をふんばって立ち上がり、こそりと呟いた。

「壁を崩さずとも、扉をぶち破ったほうが早かったんだがな」

「遅かったか」

甚三のぼやきを真にうけて、ゴメスが訊《たず》ねた。

「いや、さすがは黒鬼丸だ、ちゃんと間に合いやした」

甚三は足を引きずって、辰次郎のそばへ寄った。甚三に肩をたたかれるまで、辰次郎は放心したままだった。握った匕首が、手に張りついて離れない。

「急場には重宝だが、一度ご出馬されると、あとの始末が大変だ」

辰次郎の指を、柄から一本一本はがしながら、甚三が苦笑した。

「なに、あとは連中がやってくれるだろ」

ようやく駆けつけた与力や同心が、瓦礫《がれき》をかきわけて入ってきた。黒鬼丸の通り道となった芳仙堂の母屋《おもや》の、無残な姿だった。

「辰次郎」

ゴメスが床に転がった安蔵と辰次郎を見くらべた。辰次郎ははじめて馬上のゴメスに顔を向けた。

「ずいぶんと、いい顔になったじゃねえか」

崩れた壁の向こうに見える大きな月が、黒鬼丸とゴメスを浮かび上がらせた。

その姿は、まるで白い後光を背負っているかのようだった。

慈姑頭《くわいあたま》の医者が出ていくと、辰次郎は松吉の枕元《まくらもと》に寄った。

「松吉、しっかりしろよ」

汗びっしょりの松吉の額に、辰次郎が濡《ぬ》れ手拭《てぬぐい》をのせた。痛みと熱で苦しそうな息を吐きながら、それでも松吉は気丈に微笑《ほほえ》んだ。

「いいんだ、これは、おれの罰だから」

「おれを庇ったくせに、そんなこと言うな。おまえだってだまされてたんだ」

「いや、おれは信用してた旦那さえ、裏切った。旦那が、殺されたって知ったとき、おれは、心のどこかで、安心してた。旦那がいなくなれば、このまま裏金春に、いれるかもしれねえって、そんな、虫のいいこと……」

「松吉、もういいよ。おれだって同《おん》なじだ。おれが江戸の記憶をなくしていたのは、きっとおれがそれを望んでいたからだ。みんなが病で死んだのは、クロにひき合わせたおれのせいだと、たぶん頭のどこかで気づいてたんだ」

ずっと胸の内にわだかまっていた思いを、辰次郎は口にした。人というものは狡《ずる》くて弱い。それをひっくるめても悪くないと、松吉を見ていると、そんなふうに思えた。

襖《ふすま》が開き、ゴメスが入ってきた。辰次郎の向かい側にどっかと胡座《あぐら》をかくと、松吉を見下ろした。

「おめえの仕置が決まった」

「親分、こんなときに！」

辰次郎を無視して、ゴメスは続けた。

「おめえの左腕はもう使いものにならねえ。このままじゃ腐っていく一方だ。からだに雑菌がまじる前に、付け根から切り落とすしかねえそうだ」

辰次郎の両の目が、大きく見開かれた。

「腕が惜しけりゃ、いますぐ江戸を出ろ。むこうの医術なら切らずにすむかもしれん」

松吉の顔には、なんの表情も浮かばない。他人事《ひとごと》のように、ゴメスの話をきいていた。

「どちらにするかはおめえが決めろ。それが仕置だ」

それだけ言うと、腰を浮かせた。松吉がかぼそい声を出した。

「親分、切ってくれ」

「なに言ってんだ、松吉」

「日本の病院でも、治せるかどうかわからねえ」

「そんなの、行ってみなきゃわからないじゃないか。そんなに江戸がいいなら、人生百年だ、いつかきっと、また来ることができる」

根拠のない気休めでも、辰次郎は言わずにはおれなかった。

「いま帰ったら、二度と裏金春には戻れねえ。親分、後生だ。おれをここにおいてくれ」

熱で潤《うる》んだ松吉の黒目が据わっていた。

「ふん、岩代屋のまわし者のおめえを、このままおいとくはずがなかろう」

松吉の必死の願いを、ゴメスはあっさりと拒絶した。

「松吉は密偵なんかしていない」

辰次郎が、両膝《りょうひざ》に拳《こぶし》を握った。

「松吉の意図を、親分は最初からわかってた。わかっててわざと泳がせて囮《おとり》に使ったんだ。おれ、きいたんだ。松吉には韋駄天が、おれには甚兄いが、二人で瀧名村へ行ったときから、ずっと見張りについていたって」

「いいんだ、辰次郎、おれがみなを裏切ってたのは本当だ」

「よくなんかねえ！　岩代屋と親分は、どっちも松吉を利用してた。松吉が罰を受ける理由なんてない！」

ゴメスは少しも動じずに、仕置は必要だ、と譲らなかった。

「親分、たのむ、どんな罰でも仕置でも受ける。だからおれをここにおいてくれ」

お経のようにそればかりを唱え続ける。松吉の決心は固かった。

しばらく黙っていたゴメスが、にやりと笑った。いや、表情はかわっていないが、辰次郎にはそう見えた。

「そうまで言うなら、松吉、左腕のほかにもう一つ罰を受けろ。それに耐えたらこのままここにおいてやる」

「なんでもします」

「たぶんおめえのほうから殺してくれって、わめくことになるぞ」

「構わねえ」

止めようとした辰次郎だが、窪《くぼ》んだ松吉の目に宿る、なにかに憑《つ》かれたような光を見て諦《あきら》めた。病院で見た辰衛と、そっくり同じ目をしていた。

座敷を出た辰次郎は、ゴメスの指示で、医者と十助、それに菰八を呼びにいった。

三人は半刻《はんとき》ほど、松吉の寝所を出たり入ったりしていたが、やがて静かになった。

辰次郎はみなと一緒に玄関脇《わき》の座敷にかたまり、息をひそめていた。

突然、屋敷中に松吉の絶叫がひびきわたった。あいだをおかず、二度、三度、廊下を声が伝うたびに、全員のからだが、びくん、びくん、と反応した。

「ありゃ、まさに断末魔の叫びってやつだ」

「木《もく》兄い、縁起の悪いこと言わないでくれ」

「けどあれは人の声じゃねえぞ。黒鬼丸の断きだってかわいらしいくれえだ」

寛治も首を横にふる。「女と違って、男は痛みであっさり逝《い》っちまうって言うからなあ。麻酔なしで手当てに耐えろたぁ、いかにも親分らしいえげつない仕置だ」

「おれ……ちょっと……表の飯屋にでも行ってます」

青い顔をした良太が、最初に腰を浮かせた。

「おれも、なんだか吐きそうだ」と、木亮が続く。

「てめえら、おれをおいてくつもりか！」

甚三があわてて二人の着物の裾《すそ》をつかんだ。重兵衛に撃たれた傷は、幸い左太腿の肉をえぐっただけで弾ものこっていなかったが、足を布でぐるぐる巻きにされて動けないのだった。

「あ、静かになった」

寛治の一声に、全員が耳をすませた。

「死んじまったのかな」

「だから木兄い、冗談でもやめてくれ」

「ピーピーうるせえな。親分の腕を信用しろい。あれでも以前は本道の医者として小石川の養生所にいたんだからな」

「……本道って、内科のことじゃないすか！　手術なんてほんとにできるんすか！」

「なんか、昔一回あったような……、ああ、そういえば、役所で同心がたおれたときに、その場で親分が腹かっさばいたってきいたな」と甚三が言い出した。

「で、うまくいったんすか？」

「おお、そんときゃその同心助かってよ。半月もしねえうちに元気になった」

おおーっ、と一同からため息がもれる。

「で、その同心てのは、どちらの旦那《だんな》すか？」と、良太が訊ねた。

「いや、いまはもういねえ。それから半年で死んじまったからよ。……いや、たしか老衰で死んだはずだ！　もうよぼよぼのジジイだったからよ」

じっとりとしたみなの視線に、甚三が言い訳じみたことを口にした。

「医者から長崎奉行って、無理がないですか？」

「親分は旗本だし、養生所医者はれっきとした公儀のお役目だからな。いちおう異例の出世ということになってるが、親分が老中を威《おど》したってのがいちばん有力な説だな」

木亮の言葉に、みなが一様に大きくうなずく。

「でも養生所にいたお医者先生なら、松吉をまかせても大丈夫っすよね」と辰次郎が、自分を納得させる。

「腕が悪くて半年でお払い箱になったって話だがな。親分がいるあいだ患者が何人も死……」

馬鹿《ばか》正直に話す寛治の口を、木亮があわてて塞《ふさ》いだが間に合わなかった。

「うそ……」辰次郎の顔面から血の気がひいた。「松吉が……死んじまう。兄い、松吉が死んじまうよお！」

「男が鼻水垂らして泣くな！　みっともない」

思い出したように、松吉の悲鳴がまたきこえた。

「殺してくれって、言ってますよ……」

良太の眉《まゆ》が、八の字に下がった。松吉の悲鳴は、それから一刻《いっとき》近くもやまなかった。


三日続きの梅雨寒に、行き交う人々はみな肩を丸めていた。

その日、ゴメスと粟田《あわた》は、二人がかりで井出慈斎《じさい》の詮議《せんぎ》を行った。

「江戸の鬼赤痢の絵図面をひいたのは、おめえと岩代屋《いわしろや》多兵衛《たへえ》なんだってな」

開口一番、ゴメスが訊ねた。

「そのとおりにございます」

数日の仮牢《かりろう》暮らしで、坊主頭《ぼうずあたま》にはまばらに毛が生え無精髭《ぶしょうひげ》も伸びていたが、やつれは目立たず、以前とかわらぬ落ち着いた目の色だった。

「江戸の騒ぎには、利吉は一切関わりございません。企てのことはなにも知らせずに、鬼赤痢の虫を多兵衛旦那が預りました。去年の騒ぎで利吉も企てに気づきましたが、知らぬふりをしていればよいと、旦那と二人で説き伏せました」

大恩ある多兵衛のたのみに、利吉も従わざるを得なかった。

「利吉が虫を持っていることを、おめえたちが知ったのはいつだ」

「一昨年のはじめです。矢三郎と出会って以来、利吉のようすがおかしかった。旦那と二人で問いただしたところ、利吉は漉名村での流行病《はやりやまい》は己のせいだと、泣きながら明かしました」

「その年の夏に、死んだ四人に試してみたな。どうやって飲ませた」

「四人とは顔見知り程度のつきあいはありました。虫を溶いた水を、茶や酒にまぜて与えました。私と旦那と二人ずつです」

去年の発生は、菰八や寛治の調べどおり、濁り酒に仕込んだことを慈斎は認めた。

岩代屋が酒にまぜ、慈斎が売り歩いたという。

「なんでそんな面倒なことをした」

「女子供の患者をできるだけ出さぬため、それと無闇《むやみ》に患者を増やさぬためです」

濁り酒を使った理由は、ゴメスの推測通り己への感染を防ぐためだと慈斎は言った。

「結果を見届けるまでは、死ぬわけには参りませんから」

「今年は井戸に撒《ま》いたのか」

慈斎がはじめて躊躇《ためら》いを見せた。

「……いいえ、井戸のまわりの湿った地面に撒きました」

「まわりに撒いても、結局井戸水にも混じる。おめえたちらしくねえ、歯切れの悪いやり方だな」

「今年は思いのほか、多くの邪魔が入りました。きちんと策を練る前に、行わざるを得なくなりました」

この男には、重兵衛のような欲深さも、利吉のような弱さも感じられなかった。しかしその落ち着き払った態度を見て、ゴメスはなぜか冷酷な安蔵の顔を思い出した。

「邪魔とはなんだ」

「まずはあなたさまがた長崎奉行所が、病の正体を執拗《しつよう》に探っていた事にございます」

「そのために密偵を送り込んだというわけか。余計なことをしたな。ほかには」

「繋《つな》ぎに矢三郎なぞを使ったことです。矢三郎は、去年の鬼赤痢の騒ぎで、漉名村の病と利吉の関わりに感づきました。気の弱い利吉は知らぬふりが通せず、多兵衛の旦那が金をやって黙らせました。それならいっそ、こちらに引き込んでしまったほうがと、これは私の浅はかな考えでした」

「そこから芳仙堂や安蔵が入り込み、おめえらに便乗して金儲《かねもう》けを企《たく》んだというわけか。今年に限って病の発症が早かったのは、見込みちがいの末ということか」

慈斎が静かにうなずいた。

慈斎も捕縛されるまで知らずにいた事実が、多兵衛殺しの経緯だった。

松吉に正体を知られてしまった多兵衛は、危ない橋をわたらずに、病原虫の撒布《さんぷ》を断念しようと考えたのだ。これに納得のいかぬ重兵衛が、積年の兄への逆恨みも手伝って、口論の末多兵衛を刺した。居合わせた利吉に、多兵衛殺しと疫病を起こした罪を天秤《てんびん》にかけさせて、安蔵の手下が湯治場に利吉を隠したのだった。

南町の詮議所で利吉はそう申し述べた。

「重兵衛の話では、長崎奉行所に目をつけられ、捕縛を恐れた利吉と旦那が、虫を撒く撒かないで口論となり、利吉が旦那を刺したということでした。お役所の調べが入れば企みは頓挫《とんざ》する。虫を撒く時期を早めてくれと、重兵衛が言いました」

「おめえは重兵衛が多兵衛を殺したことを、薄々感づいていたはずだ。それをどうして重兵衛の言いなりになって虫を撒いた」

「言いなりではございません。私の考えでやりました。去年から今年にかけて、病が確かに広まっていると、世間に思わせることが肝心でした。今年虫を撒かなければ、去年死んだ者たちが無駄死にになります」

迷いのない慈斎の口調とは裏腹に、多兵衛の死がいちばんの番狂わせだったかと、ゴメスの胸に苦いものが込み上げた。多兵衛の慎重さと慈斎の胆力は、いわば車の両輪だった。その片側が外れて、ゴメスの描いていた犯人像とは結びつかない行動を起こした。

「おめえらの狙いをきこう。今年が大願成就《じょうじゅ》の年だったんだろう？」

「そのはずでした。ですが、多兵衛旦那と私の目論見《もくろみ》はまるであてが外れました」

慈斎の目が、急に虚《うつ》ろになった。

「目論見とは」

ゴメスが重ねて訊《たず》ねた。

「諸外国への開国と、科学を用いた新たな医術や薬を、江戸に入れることでした」

一言も口をはさまずに端座する粟田が、額に皺《しわ》を寄せた。

「私は医者として、数えきれぬほどの悔しい思いをしてきました。外国の医術なら楽に助かる命が、私の目の前で消えていくのです。せめて薬だけでも入れさせて欲しいと、御上に幾度も嘆願しましたが、きき入れてはもらえませんでした」

慈斎は今年三十八歳。医者を志し十五のときに田舎から江戸へのぼり、九年の修行を経て、いまの日本橋岩倉町で診療をはじめた。確かな腕と、貧富をとわない親身な施療で、近隣では評判の医者だった。独り者を通し、ひたすら医術に精進する慈斎にとって、江戸の遅れた医術はやがて大きな苦悩となった。

「多兵衛旦那も薬屋として、同じ辛《つら》い思いを感じていました。ことに日本で医者になった次男坊が、新しい医術の素晴らしさを書き送ってくるようになると、わたしたちの願いは焦《あせ》りにかわりました。利吉から鬼赤痢の話をきいたのは、ちょうどそんな頃でした」

慈斎の表情が動いた。ゴメスをはたと見つめて訴えた。

「鬼赤痢が広まれば、必ず市中から開国や不満の声が高まるはずでした。事実、たった五、六日で、御城にも役所へも人が詰めかけた。皆の願いは同じです。なぜ開国しない、なぜ科学を用いた医術が認められないのですか。私たちは確かにたくさんの人々を死なせました。ですが御上の政《まつりごと》は、もっと大勢の命を奪ってきたのではないのですか」

気を高ぶらせた慈斎が、いままでになく感情を露《あらわ》にした。

「おめえも多兵衛も、うちの若造どもと同じだな」

呟《つぶや》いたきり、ゴメスはふっつりと口をとじた。

記録していた書き役が顔を上げた。奉行の指示で、ほかに立ち会う者はいなかった。格子《こうし》のはまった明りとりから、音もなく降る細い雨と陰鬱《いんうつ》な空を、ゴメスは物憂《ものう》げにながめていた。粟田がはじめて口を開いた。

「慈斎、おまえは三十一年前、なにをしていた」

慈斎はいぶかしい表情を浮かべながらも、生まれ育った村にいたと答えた。

「多兵衛はたしか二十五年前に江戸入りしたときいたから、やはり知らんだろうな」

昔話でもするような調子だった。

「江戸建国の前年、御府内に疫病が流行ったんだ。ひどく足の早い病でな、当時は十万人ほどが住んでおったが、その四割が病にたおれた。だがその疫毒は薬が効かなくてな、当時の日本の医術でもどうすることもできなかった」

菌を抑える科学薬剤、すなわち抗生物質は、乱用や誤使用で耐性菌ができることがある。三十一年前の疫病は、その類《たぐい》のものだった。

「当時の日本の政府がとった方策は、江戸を丸ごと隔離することだった。江戸の領地は山や森に囲まれている。海さえ封鎖してしまえば隔離は難しいことではない。病が鎮《しず》まるまでの半年を、江戸市民はただ黙って耐えるしかなかった。幸いコロリなぞにくらべれば死人の少ない疫病ではあったが、それでも千人近くの者が亡《な》くなった」

「……まったく、存じませんでした」

慈斎が愕然《がくぜん》となった。

「いまでは一部の役人と、建国前から御府内に住む古町町人くらいしか、知っている者はおらんからな」

自分に向けられた慈斎のこわばった顔に、粟田は微《かす》かに笑いかけた。

「そのとき初代様は考えてのう。疫病が治まれば、次に日本の政府は、科学の粋を極めた上水や下水、西洋医術なぞを江戸に入れようとするだろう。だがな、そうなればそこはもう、江戸ではなくなってしまう。どちらを選ぶかは民が決めることとして、道の一つとして昔のままの江戸をのこしておこうと、初代様はお決めになったんだ」

慈斎の瞳《ひとみ》がうろうろとさ迷いはじめた。

「無理を承知で独立なぞを言いたてたのもそのためだ。日本の側には隔離していた後ろめたさがあった。それ故《ゆえ》、不測の事態においても構い無用のとり決めのもと、江戸の存続を許したんだ」

鎖国を敷いたのには、新たな病原から江戸を守る意味もあった、と粟田はつけ加えた。

「せめて、科学でこしらえた薬だけでも、入れることはできないのですか」

ゴメスが大儀そうにこれに答えた。

「合成薬というものは、膨大な金と人手がかけられている。たかが一錠の薬でも、それは数百年かけて培《つちか》った科学そのものだ。自然との共存を選んだおれたちがそれを贖《あがな》えば、必ずどこかで歪みが生じる。その歪みは江戸を根底からゆるがせて、江戸そのものを簡単に潰《つぶ》しちまうことになる」

いまのゴメスには、利吉を怒鳴りつけたときの勢いはなかった。やりきれない思いが、その意気を削《そ》いでいた。

「おめえらと初代の差はな、初代は江戸にのこるか否《いな》か、選ぶ自由を与えたということだ。疫病さえ収まれば、江戸を出るのは勝手だからな。だがおめえらに殺された連中は、そんな自由さえ与えられなかった」

慈斎ががっくりと肩を落とした。理想の潰《つい》えたそのからだが、ひとまわり小さく見えた。

詮議所の中にまた静寂が訪れた。霧雨の音さえきこえてきそうな静けさだった。

最後に一つだけ、と慈斎が訊ねた。

「利吉の娘は、助かりそうですか」

「ああ、薬が効いてな、医者の話じゃもう心配ないそうだ」と、ゴメスが答えた。

「それは良かった。本当に、良かった」

一介の町医者の顔になっていた。

あれはいい顔だった、と詮議のあとで粟田がもらした。


鬼赤痢の騒ぎは、最初の発症が確認されてから、ひと月半で終息を迎えた。

患者数、一千四百十五名、うち二十三名が亡くなった。そのほとんどが、乳幼児を含む五歳以下の子供か年寄であったが、心臓に故障を持ち、吐根末《とこんまつ》の副作用で亡くなった者も含まれていた。命をとりとめた者の中には、同じ副作用により、心臓の炎症や神経炎を起こした者もおり、また完治したあとも病気の恐怖がのこり、吐き気や下痢が長く続く者も多かった。人々の表情にまだ不安はのこるものの、七月になると、江戸はいちおうの落ち着きをとり戻した。

この騒ぎを起こした咎《とが》で、芳仙堂使用人と安蔵配下の手下を含め、総勢十三名が捕縛され、うち十一名の極刑は確かなものとなった。岩代屋と芳仙堂は闕所《けっしょ》となり、家屋敷と家財のすべてが没収された。

　刑の申しわたしが間近にせまった頃、辰次郎は良太からその話を知らされた。

「きいたか辰公。騒ぎの張本人の五人には、すんごいお裁きが下るらしいぜ」

「市中引廻しの上、磔《はりつけ》、獄門《ごくもん》ですか？」

「そんな生易しいもんじゃねえよ。なんとよ」と良太は声をひそめた。「鬼赤痢の虫を飲ませて、死ぬまで小塚《こづか》っ原《ぱら》に晒《さら》すんだとよ」

「ばかな！」

　辰次郎は畳におかれた茶碗《ちゃわん》をひっくり返して、良太に詰め寄った。

「本当らしいぜ。さすがはうちの親分だ、容赦がねえ」

「あの、鍬之助が持ってた虫の、のこり一つを使うんですか」

「ああ、慈斎が隠していたのをとりあげてあるからな、あれを使うんだろう」

「だめだ、そんなの絶対だめだ」

「おめえが言っても仕方な……、おい、どこ行くんだ！」

　良太が止めるのもきかず、辰次郎は奥座敷へ走り込んだ。十助がその無作法を咎める。

「辰次郎、いったいなんだ！」

「親分、連中の刑に鬼赤痢の虫を使うって、本当ですか」

「ああ、そうだ」

ゴメスは手にした書物から目も上げない。

「それはやめてください。そんな刑は中止してください」

「辰次郎、お裁きに口を出すなど言語道断だ。下がりなさい」

十助が立ち上がった。辰次郎は制止をきき入れず、逆にゴメスに詰め寄った。

「そんな罰を与えても誰も救われません。誰のためにもなりません。病気のことを蒸し返されて、嫌な思いをするだけです。なによりそんな酷《むご》いこと、人が人にしちゃいけない」

「辰次郎、それはおまえの、日本の考え方だろう。江戸には江戸のやり方がある」

十助が言うように、江戸では公開処刑があたりまえだった。それはわかっていたが、病原虫を飲ませることが、人道に背く行為だという考えはかわらなかった。

「お裁きが下りてないならまだ間に合うはずだ。お願いだ親分、そんなことしないでくれ。このとおりだ」

額を畳にこすりつけて懇願した。ゴメスが読んでいた書物をとじた。

「辰次郎、頭を上げろ」

言われるままに頭を上げたとたん、横っ面《つら》を張られた。江戸入りした日と同じように、辰次郎は脇《わき》の襖《ふすま》に激突した。しかし今日はそれだけではすまなかった。ゴメスはころがった辰次郎の着物の襟首をつかむと、そのまま濡《ぬ》れ縁《えん》まで引きずってゆき、片手一本で庭に放り投げた。決して小さくはない辰次郎のからだが、おもしろいほどふっとんで、雑草が生い茂る庭の地面にたたきつけられた。

庭に降りた十助が助け起こすと、縁側に仁王立ちになったゴメスに向かい、辰次郎は雑草の中で再び土下座した。

「たのむ、親分、やめてくれ。そんなことしないでくれ」

「いいかげんにしないか」

十助が制しても、辰次郎は同じたのみを言い続けた。

「くどい!」

ゴメスは一声怒鳴りつけ、音立てて障子を閉めた。十助は辰次郎の背に手を添えた。

「もう立ちなさい、これ以上蚊にくわれてはかなわん」

それでも辰次郎は、顔や腕に蚊をくっつけながら、その場を動かなかった。

十助がため息をついた。

「あの刑罰はな、病で身内を亡くした者たちからのたのみなんだ」

辰次郎がようやく顔を上げた。「本当ですか」

「ああ、幼い子供を亡くした父親、母親、一緒になってふた月で亭主を奪われた女房、まだ幼いのに二親を失った子供、病のために家業が傾きすべてをなくした者もいれば、世間から差別や迫害を受けた者もいる。そういう者たちからのたってのたのみで、類例のない刑が処されることになったんだ」

十助の話をきいて、辰次郎はのろのろと立ち上がった。

本当は誰も、そんなことは望んでいない。ただ怒りと悲しみが大きすぎて、どこにも持って行き場がないだけだ。頭の中に、漉名《すくな》村の嘉一郎の母、おさきの顔と悲鳴のような泣き声が思い浮かんだ。

「それでも、やっぱり、やめて欲しいんだ」

呟くと、辰次郎はしょんぼりしたまま庭を出ていった。

十助は座敷に戻ると、締めきられた襖をあけ放した。ゴメスは先刻まで読んでいた書物を脇にどけ、不機嫌なようすで煙管《きせる》をくわえていた。麦湯を茶碗に注いだ十助は、その反対に、どこかうれしそうだった。

「辰次郎は、あれは、親分に非道なことをさせたくないんだと思います」

茶托《ちゃたく》にのせた茶碗をゴメスの前においた。

「ったく、あの性分は誰に似てんだ。うっとうしい」

　ぶつくさ文句を言いながら、茶碗を手にとった。

「気の優しいところは父親似ですが、それを素直に出す人好きのする気質《たち》は、母親のものでしょう」

　十助は庭に目をあてた。辰次郎がうずくまっていた場所は雑草がたおれ、丸い隙間《すきま》があいていた。十助の口許《くちもと》に笑みがこぼれた。

「私は、運が良かった。昔のことは頭から離れなかったが、からだだけは前を向いていることができた。みんな、親分のおかげです」

　菩薩《ぼさつ》のような顔で語る十助を、薄っ気味悪そうにゴメスがながめた。

「けれど辰つぁんのまわりにはいなかった。無理に引きずってでも前へ歩かせてくれる、そんなお人がいれば、あんな死病にとりつかれることもなかったでしょう」

　脇に座していた十助が、ゴメスの正面にまわり畳に手をついた。

「私からも、折り入ってお願いしたいことがございます」

　十助の顔に固い決意を読みとって、麦湯をすすったゴメスが嫌な顔をした。こういうときの十助のたのみは、面白い話ではないことをよく承知しているからだ。

　嫌な予感はあたった。十助の申し出は、ゴメスには承伏しかねるものだった。

それから数日のうちに、騒ぎを起こした十三人への裁きが下った。流罪《るざい》二名、死罪二名、磔、獄門四名、そして最も重い罪として、五名には、自らが広げた同じ病による刑が言いわたされた。慈斎と利吉は従容《しょうよう》として刑に臨んだが、芳仙堂重兵衛、万丸屋安蔵、矢三郎の三人は、最後までひどく暴れて役人を往生させた。

刑の公開は行われなかった。五名は刑場につくられた窓のない借小屋でこの刑に服し、死後、その遺体が晒された。


七月ものこり少なくなった頃、奈美が裏金春に顔を出した。日本橋への使いのついでだと言う奈美の足元には、コロが尻尾《しっぽ》をふっていた。

「松吉はお役所だけど、もうすぐ戻る刻限だからひとっ走り迎えにいってくるよ」

辰次郎が言うと、奈美も一緒についてきた。

「でも良かったよね、左腕。切らなくてすんで」

「ああ、けどあのときは相当痛かったらしくて、いまでも夢でうなされるらしい」

松吉は左腕を切らずにすんだ。はなからはったりだったのか、ゴメスの腕が良かったのかは、辰次郎にはいまでもわからない。だが松吉の怪我《けが》がひどかったことだけは本当で、左腕は、最初はほとんど動かなかった。口より腕を動かせ、と兄いたちにどやされ、マメに訓練を続けるうちに少しずつ動かせるようになっていた。

「まだ遠出は無理だから、いまは出島で通詞の手伝いが多いんだ」

「それにしても、あれで四ヶ国語を使いこなせるとは恐れ入ったわね」

「江戸へ来てまで外語かよって、本人はぼやいてたけどな」

英語さえままならない辰次郎には、うらやましいの一言につきる。

「松吉は江戸にのこるとして、辰次郎はどうするの？」

「おれもまだいるよ。もうすぐ父さんが江戸入りすることになったから、そうしたらしばらくは一緒に漉名村で暮らそうと思うんだ」

細かいことにこだわらない奈美は、朗報として喜んでくれたが、親子二代で裏口入国とはさすがに後ろめたく、当の辰次郎は複雑な心境だった。

「奈美こそ、また次の国へ旅するんじゃないのか？」

「そのつもりだったけど、もうしばらくいることにした」

奈美は涼しげな夏の装《よそお》いになっていた。白地に藍《あい》の絣模様《かすりもよう》の着物は、病が癒《い》えた祝いにと高田屋から贈られたものだった。旅行マニアの奈美が、三十ヶ国目を目指さずに江戸にとどまる理由を辰次郎が訊《たず》ねると、なんだろうなあ、と少しのあいだ考えていた。

「どこの国に行ってもよく思うことがあったんだ、あたしはここで何をしてるんだろうって。でもここに来てからは一度もない」

それが理由かな、と笑った。

「機《はた》を織ってると、どんどん無心になっていくの。あれがいいのかもね」

「裏金春じゃばたばたしてるうちに日が暮れるけど、考える間がないのは一緒だな」

汐留橋《しおどめばし》にさしかかると、二人は足をとめた。河口の向こうに浜御殿《はまごてん》の鮮やかな緑と海が見えた。浜御殿を見ていると、江戸入りした日のことが思い出された。

「ここからならたいした距離じゃないのにな、あの竹芝埠頭《たけしばふとう》まで」

竹芝埠頭は、東京の浜離宮庭園のすぐそばにあった。

「なんか江戸入りした日が、何年も前みたいだな」

「都会を懐《なつ》かしむって、変な感じよね」

奈美も同じようなことを考えていたらしい。

「そうだな、でもずっと育ったところだから、やっぱり懐かしいよ」

ここからは見えない林立する高層ビルの群れを、辰次郎は胸に描いていた。

「あれって、松吉じゃない?」

奈美の言うとおり、橋をわたった右の土手上で、松吉が派手な身なりの飴売《あめう》りを冷やかしていた。辰次郎は大声で呼びかけてみたが、話に夢中なようすの松吉には届かない。

「あいつ、あの癖だけは抜けてないからなあ」と、辰次郎が頭をかいた。

「本名で呼んでみれば？」

「……え！」

奈美が大きく息を吸い込んだ。

「ぴえーるーっ！」

効果はてき面だった。松吉が真っ赤な顔でふりむき、一直線に二人のもとに走ってきた。

「辰次郎！　ひでえじゃねえか！　よりによって奈美にばらすなんてよ！」

「ち、違う、おれじゃない、おれは言ってない！」

松吉の剣幕に、辰次郎が必死で弁解する。

「あたしは船に乗ってたときから知ってたもの、比瑛瑠《ぴえーる》って。あんたたちが船酔いしてるあいだに竹内様にきいたの」

しれっとして奈美が種を明かす。

「それにしても……」

奈美が喉《のど》の奥で、くくっと笑いをもらした。

「もういいよ、笑いたきゃ笑え。この名前で恥をかくのはもう慣れてら」

奈美がたまらず吹き出した。

「違う、名前じゃない！　頭！　似合わなーい、すっごいへん！」

いきなり背負い投げでもくらったかのように、松吉は目をぱちくりさせた。

松吉は月代《さかやき》を剃《そ》って髷《まげ》を結ったのだった。辰次郎にはその勇気がまだない。

「いいだろう、これをやらなきゃ江戸人じゃねえんだよ」

渋面をつくりながらも、どこか嬉《うれ》しそうな松吉の横で、道行く人がふり返るほど奈美が笑いころげる。腹の底から笑うようすには、病の影は微塵《みじん》もなかった。

風に乗って流れる奈美の笑い声は耳に心地よく、鬼赤痢は本当に去ったのだ、と辰次郎は思った。


八月半ば、辰衛《たつえい》は千石船で江戸湊《えどみなと》に着いた。病の進んだからだにはここまでの道中がこたえたのか、辰衛は想像以上に衰弱していた。辰次郎を認めても、わずかに口の端を持ち上げただけで、話すのも辛《つら》そうだった。

水夫《かこ》たちに戸板で運ばれる父を見送って、辰次郎は十助に言った。

「あのようすじゃ、漉名村に着くまでだって……」もたないかもしれない、という言葉は飲み込んだ。「だから江戸を離れること、考えなおしてもらえませんか」

十助は静かに首を横にふった。辰衛の江戸入りを願い出たのは十助だった。無理を通す代償に、十助は裏金春から暇をもらい江戸を出ることを申し出た。

「辰次郎、これをやろう」

十助は懐《ふところ》からとり出した袱紗《ふくさ》包みを開いた。

「これは……刀鍔《かたなつば》ですか？」

刀身を通す中子《なかご》穴《あな》を囲むように座した狐《きつね》の透かしが入り、まわりに精緻《せいち》な秋草が彫り込まれている。裏を返すと狐の透かしは着物を着込んだ女の姿にかわり、春の草花が配されていた。洒落《しゃれ》た絵柄と緻密な技に、辰次郎は感心した。これなら海外で高い値がつくはずだ、と辰次郎は江戸入りした日のことを思い出した。蠟燭屋《ろうそくや》の妾宅《しょうたく》に入った賊が、海外に持ち出そうとしていたのが刀鍔だった。

目をかけてくれた出島の役人が、役目を辞すときにくれたものだと十助は言った。

「見事な細工だろう。これほどのものは今ではもう江戸でしかつくれないということだ。しかもこれは、その道の名人でもなんでもない一介の町職人の手によるものなんだ」

十助の顔にも声にも、江戸への愛情があふれていた。

「そんなに江戸がいいなら、ここにいればいいじゃないか。父さんの身代わりなんてやめてくれ。おれだってみんなだって、いままでどおり十さんにいてほしいんだ。十さんがいなくなったら、誰があの親分の面倒をみるっていうんだ」

「おまえたちがいるだろう。親分の傍《かたわ》らで、できることをすればいい」

「いまんとこ、殴られることしかできませんけどね」と、辰次郎がふてくされる。

それを見て、十助が笑った。こだわりのないその笑顔が、辰次郎には辛かった。

「どうしても、行くんですか」

十助は、辰次郎の目をまっすぐにとらえた。

「それが、理《ことわり》というものだ」

あらゆるものを削《そ》ぎ落とした、凛《りん》とした姿だった。

十助はその日一日、辰衛の枕元《まくらもと》にいて、昔語りなどをして過ごした。

翌日、川舟に乗せた辰衛とともに、辰次郎は漉名村へ向かった。上流の舟着場では、清造と長男が大八車を用意して待っていてくれた。

「今日は少し、暑過ぎるかもしれないな」と、清造は病人を気遣った。

残暑はだいぶやわらいでいたが、日中はまだかなりの暑さになった。日除《ひよ》けのために、荷台の前半分四ヶ所に、角材で短い柱を立て、筵《むしろ》の屋根をのせてあった。このまま途中で駄目になってしまうのではないかと、辰次郎は時折筵の下を確かめながら、大八車を横から押した。

半日ほど歩いた頃、筵の下を覗《のぞ》いた辰次郎は、辰衛の変化に気がついた。表情のなかった顔に、赤味がさしたように見えたのだった。見間違いかとも思ったが、そうではなかった。力のなかった目の中にわずかだが明るい光が見え、口許《くちもと》に微笑が浮かんでいた。

日本の病院では、あとひと月ももたないだろうとの診断だった。

――もしかしたら、もっと長く生きられるかもしれない。

乾いた道の埃《ほこり》っぽい土の匂《にお》い。青い空に浮かぶ羽を広げた鳶《とび》の姿。近くの林からきこえる鳥の囀《さえず》り。すれ違う馬の、むれたような暖かなにおい。黄色い穂を垂らした、稲のあいだをわたる風。

辰衛は、そういうものをからだ中で吸い込んでいる。この自然が、辰衛のか細い命をつなぎとめてくれるかもしれない。

辰次郎は懐から、母の形見の木鷽《きうそ》をとり出して父の手に握らせた。

「来年の正月、一緒に鷽替えに行こう」

半分本気でそう言った。辰衛の顔に、はじめて確かな笑顔が浮かんだ。
辰次郎は大八車を押す腕に力をこめた。

ゴメスおまけ劇場　飛脚犬コロ

「よーし、コロ、これがあんたの初仕事なんだから、しっかりたのむわよ」

奈美は柿色《かきいろ》の小さな風呂敷《ふろしき》を、犬の首に巻きつけた。ワン、とひと声吠《ほ》えて、コロは巻いた尾を立てた。

「よし、行け、コロ！」

奈美の合図に、コロは猛然と駆け出した。見る間に遠ざかる薄茶色の姿を見送って、傍らに立つお甲が声をかけた。

「まさか、本当にはじめるとはね。この暑いのに、可哀相《かわいそう》じゃないか」

「大丈夫だって、あのくらいはかえっていい運動よ」

「鬼だね、おまえは」

玉簪《たまかんざし》をのせた小さな頭から、大きなため息がもれた。

盛夏の陽射《ひざ》しが照りつける往来を、蟬《せみ》の声に押されるようにコロは駆けた。神田川をわたり、日本橋の大通りをひた走り、京橋と新橋を越えた。東に浜御殿を臨むあたりで西に折れ、金春屋へとまっすぐに走り込んだ。

「お、来たか！」

店先でさかんに吠える犬の声に、松吉がとび出してきた。コロの頭をよしよしとなで、お春に水をたのむと、風呂敷を首からはずす。

「なんでぇ、この犬っころは」

遅い朝餉《あさげ》にありついていた木亮が、暖簾《のれん》を分けて顔を出した。

「こいつを飛脚犬にしようって、奈美が言い出しやしてね」

「ああ、この前、おめえらを訪ねてきた別嬪《べっぴん》か」

「藤堂町から金春屋への道筋を、覚えさせることにしたんで」

「なんだってまた、そんな酔狂を」

「いやあ、やっぱ、恋文の一つでも届けたいってぇ、娘心じゃありやせんかねえ」

柿色の風呂敷の中には、小さくたたまれた紙片があった。いそいそと松吉がひらくと、そこにはただ『テスト』と書かれていた。

「恋文に、試しが要るとは初耳だぁな」

日本語の意味を解して、木亮がにやにやする。

「これは第一便で、今日のうちにあと二便くることになってるんすよ」

明らかにがっかりしながらも、松吉が弁解ぎみに説明する。コロに道を覚えさせるために、三度往復させることになっていた。

「ま、この暑いさかりに、熱のこもった文なんぞもらっても鬱陶《うっとう》しいだけだしな」

「そ、そうっすよね。こんくらいの涼が、ちょうどいいってもんで」

「次の便は、氷水かもしれねえがな」

からからと笑い、木亮は探索に出ていった。

「いくら夏でも、そいつは勘弁なんだがな」

器に鼻先を突っ込むようにして水を飲むコロを、松吉はじっとりと見下ろした。


昼をまわった頃、また店先で犬がないた。

「よっしゃあ、今度こそ！」

松吉がいさんで出迎えて、今度は昼餉をとっていた寛治が後ろにつづく。

ごくろうさま、とお春は、水と一緒に鰹節《かつおぶし》をたっぷりとかけた飯を持ってきた。

「氷水みてえな恋文じゃ、ありませんように」

松吉が祈りながら風呂敷をほどき、出てきた文に寛治が不思議そうな顔をした。

「恋文って……また、ずいぶんと渋好みだな。文の宛人《あて》は喜平さんだぜ」

「なんで……」

がっくりと肩を落とす松吉の傍らで、手紙を読んだ喜平はにっこりした。

「お春、紫蘇《しそ》の味噌《みそ》巻き三十本、この風呂敷に包んでやんな」

喜平は柿色の布を、孫娘にわたした。

「喜平さん、その手紙って」

「ああ、注文さね。犬に持たせろとは、また突飛なことを思いついたもんだ」

唐辛子入りの味噌を赤紫蘇で巻き、カラカラに炒《い》ったものは、暑い時分には食欲をそそる。十日ほど前、はじめて金春屋を訪れた奈美が絶賛していた一品だった。

「あ、お代は松つぁんからいただくようにと、書いてあるんだがね」

「ええっ！」

思わずのけぞる松吉の肩を、寛治が宥《なだ》めるようにたたいた。紫蘇巻きでほんのりとふくらんだ風呂敷を腹に巻いてやると、コロは一目散に走り出した。

三度目にコロが吠えたのは、夕方に近い時分だった。

「……やっぱりか……」と、松吉が地面にしゃがみ込む。

文の宛名は、またもや喜平である。今度は、探索をおえてひと休みしていた甚三と韋駄天が外に出てきた。

「おめえも不憫《ふびん》なやつだな」

今朝からの顚末《てんまつ》をお春からきいて、甚三が同情めいた顔になる。

奈美がコロを飛脚犬に仕立てたのは、金春屋の惣菜《そうざい》をお取り寄せするためであった。目論見《もくろみ》のはずれた松吉が、情けない声をあげる。

「奈美のやつ、今度はなんて……」

「折詰を二十箱だとさ」

文に目を走らせて、喜平がこたえた。金春屋は仕出しはやっていないのだが、喜平は犬の飛脚を面白がって、受けるつもりになったようだ。

「まさか、それもおれ払いなんてこたぁ……」

幸いそれは高田屋からの注文となっており、金は織店《おりだな》から支払われるという。ひとまず安堵《あんど》した松吉の傍らで、韋駄天が首をかしげる。

「それにしても、折詰二十個を、どうやって犬に運ばせるんだ?」

そういえば……と、松吉がコロを見下ろした。すっかりお春に気にいられたコロは、ご褒美《ほうび》に大きな骨をもらい、ちぎれんばかりに尾をふっている。

「そいつは松つぁんに、ご指名がかかってるよ」と、喜平が苦笑いする。

乗合舟にコロと折詰を乗せ、神田川の和泉橋《いずみばし》のたもとで降ろすようにと、文には書かれていた。折詰を船着場まで運び、船頭にあとをたのみ、さらに船賃を支払うのが松吉の役目である。かわいそうにとため息をつく二人の兄貴分に対し、松吉はだらしなくやに下がっている。

「なんだ、会いてぇなら会いてぇと、言ってくれりゃあいいのによ」

「いや、松吉、言ってねえと思うぞ」

「船着場までなんて遠慮せずとも、おれが舟に同乗して、高田屋までひとっ走りしてきまさあ」

「左腕もまだ治ってないし、無理はしねえほうが……」

「んなもん、右腕一本で十分っすよ」

甚三と韋駄天の忠告も、耳に入らぬほど舞い上がっていた松吉が、あれっ、と声をあげた。

「そういや、辰次郎はどうしたんだ？」

訊《たず》ねられたコロは松吉を見上げたが、クーンとなくと、また大好きな骨にかぶりついた。

その頃――。コロの伴走を仰《おお》せつかり、神田と芝のあいだを三往復させられていた辰次郎は、京橋傍《そば》の茶店の縁台にひっくり返っていた。

解　説

小谷真理

本書を最初に読んだときの衝撃は、忘れることができない。

二〇〇五年の初夏のこと。いつものように、新潮社から日本ファンタジーノベル大賞の最終選考作が送られてきた。第一七回にもなるんだな、どれから読もうかな、と茶封筒からぶあつい草稿をとりだしたとき、ぎらっとした迫力のタイトルにひっかかって、思わず手を止めてしまったのである。

「金春」とは、こんぱると読む。遠く五〇〇年以上もさかのぼったころに活躍した能楽師に由来して現代にもその名前の流派が伝わっている。いっぽうゴメスという名前には、スペイン系の響きがある。あの吸血鬼文学では著名なブラック・レズビアン・ヴァンパイアの物語を書いた女性作家の名字だったっけ。その不思議なタイトルの連なりを造ったセンスのなかに、ディレッタント的資質がちらっと見えた気がして、心がざわめいた。

新しい文化、知らない知識に好奇心がわきおこるのは、読書家の常。しかも予測のきかない新人の書いたモノというふれこみだから、なおさらだった。どういう手管でくるのか、見当もつかない。同時に、ちょっとした不安もあった。こちとら文学界隈《かいわい》では読書遍歴が多少長いとはいうものの、基本的に日本古典より海外古典に偏向がある性質。

しかし、それよりもなによりも、ここにただよう異様な気迫はなんだろう？　アンテバタくさいもの好きとしては、ちょっと苦手分野にきちゃったかな、という感じ。

ナをはりめぐらしていると、たまにそういうことがある。いい作品はある種の気迫、というかオーラがあるものなのだ。やばい。これはくるぞ。とコピーの束をばらばらめくで読んでしまっていた。そしてそこには、思った通りの、驚くべき世界が拡《ひろ》がっていたりはじめると、もういけない。目が勝手に筋を追っていってしまう。結局、すわりこんのである。

たしかに、「金春」を冠したタイトルは、伊達《だて》ではなかった。はるか遠くというわけでは必ずしもないけれど、そんなに現代的でもなくなった日本の古典世界を探検することにほかならない、という意味で。

問題なのは、それが馴染《なじ》み深い方法では書かれてない、ということだ。舞台は、花のお江戸。だが、その体験のしかたは一風変わっている。「江戸」という独立国家がある近未来なのだ。つまり、テーマパークのような江戸が、本書の舞台設定なのである。

江戸時代をまるまる描く歴史ファンタジーでもなく、現代的な視点から江戸を書く時代小説的な展開でもない。タイムマシンで時をかけるSFでもない。このアイディアを思いついた時点で、著者は鮮やかな勝者だった。

ストーリーの展開も、一筋縄ではいかない。主人公は佐藤辰次郎《しんじろう》、大学の二年生である。あるとき、彼は江戸国の入国許可通知を受け取る。なんと、近未来の日本の北関東の沿岸部分に「江戸」という微小な独立国家が設立され、ホンモノの江戸らしく、鎖国を貫いているらしい。三百倍の倍率を勝ち抜いて運良く江戸国に入り込んだ佐藤君は、鎖国の内側から同国を観察することになる。

電気もなく、自動車も電車もない、着物姿で昔風のゴハンを食べる「江戸」。辰次郎のホームステイ先は、一膳飯屋《いちぜんめしや》の金春屋。この金春屋が、表面上は簡易食堂ながら、その裏では奉行所の下っ端を引き受けていた、というところで、辰次郎は江戸をゆるがす大事件にまきこまれていくわけである。そして、江戸には、ジュラシック・パークばりのティラノザウルスならぬ巨魁《きょかい》がいて……。

なるほど！　わたしは、著者のセンスの良さにうなってしまった。

コロンブスの卵並みに盲点を突いている！　こういう設定ならば、面倒臭いタイムパラドックスについて悩むことなく、複雑な時代考証も巧妙に回避してしまえるではないか。ストレートに、江戸を見物できるだけではなく、江戸というミニチュアの街を、異世界ファンタジーなみに、創造できるのだ。

しかも、異世界ファンタジー風味に構築された大江戸を舞台にした、パロディめいた捕物帖《とりものちょう》という仕掛けは、時代小説からもほんのすこし距離をおいていて、読者は現代という視点を保持したまま、異世界の事件を客観視できる。これが後半、仮想都市大江戸のバイオハザードともいうべき、とんでもない仕掛けへとなだれこんでいくときの快感原則に通じるのだが、それは読んでのお楽しみ。

評者としては、なぜ主人公の辰次郎やニューヨーク生まれの松吉が江戸入りをめざしたのかという伏線もあいまって、近未来人たちが江戸を必要としたのか、その必然性について、考えさせられた。この世界は月に人が居住している、そういう宇宙時代に、なぜか江戸のような古典的な世界が——歴史の向こう側へ消えるのではなく——復活させられているのである。見えないところに、世界を便利にする機械が動いている、そういうハイテク世界のなかで、なにをするのも、まず人の体が基本という手作り系への欲求が、江戸を楽しむ楽しみ方に花をそえている。

なかなか種々な読みどころの多い作品だが、やっぱり印象的なのは、現代と江戸の落差かもしれない。とくに、帰国子女たる松吉の江戸萌《も》えぶりと一々の反応には、ちょっと笑ってしまった。考えてみれば、江戸と聞いただけでこういうものにちがいない、という先入観を、わたしたちは漠然と抱いてしまうが、そのイメージはきっと、実際の江戸とはずいぶんズレているのだろう。

大江戸研究で知られる作家・石川英輔《えいすけ》氏や歴史学者・田中優子氏らが、実践的江戸学を著作で提唱していたのを思い出す。

江戸にはネオンも電灯も蛍光灯もなく、夜ともなれば行灯《あんどん》の世界である。石川氏は、火打石を使ってみたり、暦や昔の時計で一日を送ってみたり。科学技術の懐《ふところ》に抱かれて、前近代の生活なんてまったく想像もつかなくなっている現代と江戸時代がいかにちがっているのかを事細かに実践しながら検証していた。いかにも理系的な発想と方法論だが、そのなかで、行灯の世界を人工的に作りその体験をリポートしたことがあった。行灯の世界の異界ぶりは、のっぺりとした当時の版画の印象が激変したことでもわかる、という。蛍光灯や真昼の光ではない、ほのめく行灯のなかで、版画がいかに違った表情を見せたのか、それがいかに曰《いわ》く言い難い美しさに満ちていたのかを、驚きをこめて記述していた。

本書もまた、人工的に構築された江戸が、どのような暗さをもっているのかを描いている。電飾ギラギラの今の日本の現代文化になれきった辰次郎が抱く江戸の第一印象は、「夜の暗さ」だった。なにげない記述ながら、その闇《やみ》の濃さは、わたしたちにとって不案内な江戸の本質に近づくものにほかならない。本書では、それはギャングや犯罪の闊《かっ》歩《ぽ》する江戸の暗黒面に繋《つな》がっていく。江戸の暗さのなかでうかびあがってくるゴメスは、その最たるもので、仮想国家の暗黒街に君臨する異形の怪物像なのではないかしら、とすら思わせるのだ。

その暗黒世界が、表側の世界とどう繋がっているのか。オモテとウラ、現代と江戸。両世界を行き交いながら、両者の境界線を攪乱《かくらん》していく病や犯罪を分析しつつ、物語は、現代では「こういうものだよね」と思いこんでいる江戸という枠組みを、なんどもなんども問い直すかのように展開していく。歴史的な事実と高度メディア社会で浮遊するイメージ。その不穏なゆらぎのなかで、とうに知っている気でいた江戸が、異世界の枠組みのなかで捉えなおされ、闇に蠢《うごめ》く怪物どもに侵食され現実との間で格闘するような江戸の姿が、ユートピアでもディストピアでもない、もうすこし複雑な魅力要素を充満させていた可能性を知らしめる。それは、わたしたちが江戸という想像力に惹《ひ》かれる秘密を解き明かしてくれるだろう。

日本ファンタジーノベル大賞は、過去にも、江戸のインフラ構造を活写し、現代のゴミ問題や環境問題までをも考察した『糞袋《くそぶくろ》』や、妖怪と人との共存する江戸社会を通して、日本人の奥底に隠蔽《いんぺい》されたにぎやかな幻想性を解放させた『しゃばけ』など、江戸をめぐる傑作ファンタジーを世に送り出してきた。が、本書もまた、シミュレーショニズムの時代に江戸的想像力を再考するすばらしい作品で、ならべて読みなおしてみると、各人の若々しい思弁の闊達さは、日本ファンタジーノベル大賞江戸部門ができても不思議はないように思われるほど、圧倒的な衝撃に満ちているのだ。ファンタジーを通して、日本に於《お》ける江戸のイメージが一新される日もちかいのではなかろうか。

ちなみに、こんなに手の込んだ作品を世に送り込んだ作者はどんな人なのかと思って授賞式に出席したところ、お目にかかった著者は、着物を粋《いき》に着こなす楚々《そそ》とした美女だった。この和服の美女は茶目っ気たっぷり、しかしその脳裏には、ゴメス大明神というヒーローがひそんでいるのである。ファンタジーノベルは、いまとても楽しい時代を迎えている。

（平成二十年八月、文芸評論家）

この作品は平成十七年十一月新潮社より刊行された。

金《こん》春《ぱる》屋《や》ゴメス

新潮文庫　さ－64－1

平成二十年十月一日発行

著者　西《さい》條《じょう》奈《な》加《か》
発行者　佐藤隆信
発行所　株式会社新潮社
郵便番号　一六二―八七一一
東京都新宿区矢来町七一
電話　編集部(〇三)三二六六―五四四〇
読者係(〇三)三二六六―五一一一
http://www.shinchosha.co.jp

価格はカバーに表示してあります。

乱丁・落丁本は、ご面倒ですが小社読者係宛ご送付ください。送料小社負担にてお取替えいたします。

印刷・二光印刷株式会社　製本・株式会社植木製本所

ISBN978-4-10-135771-3 C0193